薄暮的空气极其温柔，微风摇荡，大气中有稻草香味，有烂熟了山果香味，有甲虫类气味，有泥土气味。一切都在成熟，在开始结束一个夏天阳光雨露所及长养生成的一切。一切光景具有一种节日的欢乐情调。

——《月下小景》

这时节

我软弱得很

因为我爱了世界

爱了人类

他有一种荒山的飞鸟与孤岛野兽的寂寞，心上发冷，然而并不想离开此地。

——《逃的前一天》

若是要研究我生活的全体，我是怎样认识美同爱，我老实的说，就是他；由他身上我开了我自己生命的大门，放爱情进心中了。

——《喽啰》

然而听一切大小虫子的叫，听掠干了翅膀的蚱蜢各处飞，听树叶上的雨点向地下的跳跃，听身边一个人的心跳，全是诗。

——《雨后》

雨后放晴的天气，日头炙到人肩上背上已有了点儿力量。
溪边芦苇水杨柳，菜园中菜蔬，莫不繁荣滋茂，带着一分
有野性的生气。草丛里绿色蚱蜢各处飞着，翅膀搏动空气
时窸窣作声。

——《边城》

夏夜光景说来如做梦。大家饭后坐到院中心歇凉，挥摇蒲扇，看天上的星同屋角的萤，听南瓜棚上纺织娘咯咯咯拖长声音纺车，远近声音繁密如落雨，禾花风翛翛吹到脸上，正是让人在各种方便中说笑话的时候。

——《萧萧》

日头十分温暖，景象极其沉静，两个人一句话不说，望了一会天上，又望了一会河水，河水不像早晚那么绿，有些地方似乎是蓝色，有些地方又为日光照成一片银色。

——《静》

在春天，
去看一个人

沈从文——著

百花洲文艺出版社

我的墨成为怪东西了，因此只得搁笔，不再涂抹。不过来一个水鸟停泊图看了。

羡文 十一月立日晚上

（此信或当主十二月初到）

目录

第一章
水中有虹

第二章

美丽，总令人忧愁

第三章

生活上那一分应有的哀乐

第四章

沉静似海

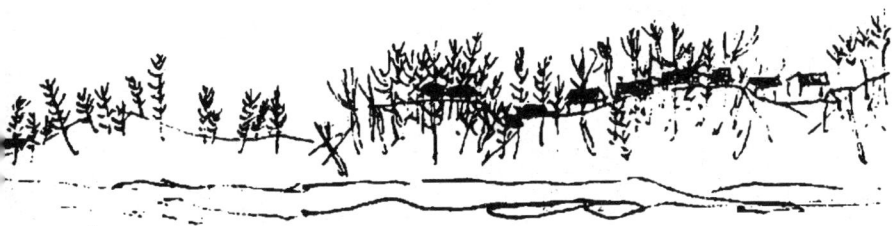

云，柳林岔的雕，太好看了。

沈从文画柳林岔

第一章

水中有虹

在风日里长养着，
把皮肤变得黑黑的，
触目为青山绿水，
一对眸子清明如水晶。

玫瑰与九妹

大哥从学堂归来时，手上拿了一大束有刺的青绿树枝。

"妈，我从萧家讨得玫瑰花来了。"

大哥高兴的神气，像捡得八宝精似的。

"不知大哥到那个地方找得这些刺条子来，却还来扯谎妈是玫瑰花，（九妹说。）妈，你是莫要信他话！"

"你不信不要紧。到明年子四月间开出各种花时，我可不准你戴，还有好吃的玫瑰糖。"大哥见九妹不相信，故意这样逗她。说到玫瑰花时，又把手上那一束青绿刺条子举了一举，——像大朵大朵的绯红玫瑰花已满缀在枝上，而立即就可以折下来做玫瑰糖似的！

"谁希罕你的，我顾自不会跑到三姨家去折吗！妈，是吧？"

"是！我宝宝不有几多，会希罕他的？"

妈虽说是顺到九妹的话，但这原是她要大哥到萧家讨的，是以又要我去帮大哥的忙：

"芸儿去帮大哥的忙，把那蓝花六角形钵子的鸡冠花拔出不要了，就用那四个钵子分栽。剩下的把插到花坛海棠边去。"

大哥在九妹脸上轻轻的刮了一下，就走到院中去了。娇纵的九妹，气得两脚乱跳，非要走出去照例报复一下不可。但终于给妈扯住了。

"乖崽，让他一次就是了！我们夜里煮鸽子蛋吃，莫分他……那你打妈一下好吧。"

"妈讨厌！专卫护大哥！他有理无理打了人家一个耳巴子，难道就算了？"

妈把九妹正在眼睛角边干搽的小手放到自己脸上拍了几下，九妹又笑了。

大哥这一刮，自然是为的报复九妹多嘴的仇。

满院坝散着红墨色土砂；有些细小的红色曲蟮四处乱爬着。几只小鸡在那里用脚乱擂①；赶了去又复拢来。大哥卷起两只衣袖筒，拿了外祖母剪麻绳那把方头大剪刀，把玫瑰枝条一律剪成

---

① 擂同扒。

一尺多长短。又把剪处各粘上一片糯泥巴，说是免得走气。

"老二，这一共是三种：（大哥用手指点）这是红的，——这是水红，这是大红；那种是白的：是栽成各自钵好——还是混合起栽好呢——你说？"

"打伙栽好玩点。开花时也必定更热闹有趣……大哥，怎么又不将那种黄色镶边的弄来呢？"

"那种难活，萧子敬说不容易插，到分株时答应分给我两钵……好，依你办，打伙儿栽好玩点。"

我们把钵子底底各放了一片小瓦，才将新泥放下。大哥扶着枝条，待我把泥土堆到与钵口齐平时，大哥才敢松手，又用手筑实一下，洒了点水，然后放到花架子上去。

每钵的枝条均有十根左右，花坛上，却只插了三根。

就中最关心花发育的自然要数大哥了。他时时去看视，间或又背到妈偷悄儿拔出钵中小的枝条来验看是否生了根须。妈也能记到于每早上拿着那把白铁喷壶去洒水。当小小的翠绿叶片从枝条上嫩杈桠间长出时，大家都觉得极高兴。

"妈，妈，攻瑰有许多苞了！有个大点的尖尖上已红。往天我们总不去注意过它，还以为今年不会开花呢。"

六弟发狂似的高兴，跑到妈床边来说。九妹还刚睡醒，眼屎朦胧搂着妈手臂说笑，听见了，忙要挣着起床，催妈帮她穿衣。

她连袜子也不及穿，披那一头黄发，便同六弟站在那蓝花钵子边旁数花苞了。

"妈，第一个钵子有七个，第二个钵子有二十几个，第三个钵子有十七个，第四个钵子有三个；六哥说第四个是不大向阳，但它叶子却又分外多分外绿。花坛上六哥不准我爬上去，他说有十几个。"

当妈为九妹在窗下梳理头上那一脑壳黄头发时，九妹便把刚才同六弟所数的花苞数目告妈。

没有作声的妈，大概又想到去年秋天栽花的大哥身上去了。

当第一朵水红的玫瑰在第二个钵子上开放时，九妹记着妈的教训，连洗衣的张嫂进屋时见到刚要想用手去抚摩一下，也为她"嗨！不准抓呀！张嫂。"忙制止着了。以后花越开越多，九妹同六弟两人每早上都各争先起床跑到花钵边去数夜来新开的花朵有多少。九妹还时常一人站立在花钵边对着那深红浅红的花朵微笑；像花也正觑着她微笑的样子。

花坛上大概是土多一点吧。虽只三四个枝条，开的花却不次于钵头中的，并且花也似乎更大一点。不久，接近檐下那一钵子也开得满身满体了。而新的苞还是继续从各枝条嫩芽中茁壮。

屋里似乎比往年热闹一点。

凡到我家来玩的人，都说这花各种颜色开在一个钵子内，真是错杂的好看。同到大姐同学的一些女人到我家来看花时，也都夸奖这花有趣。三姨并且说这比她花园里的开得茂盛的远。

妈因为爱惜，从不忍折一朵下来给人，因此，谢落了的，不久便都各于它的蒂上长了一个小绿果子。妈又要我写信去告在长沙读书的大哥，信封里九妹附上了十多片谢落下的玫瑰花瓣。

那年的玫瑰糖呢，还是九妹到三姨家里折了一大篮单瓣玫瑰做的。

本篇发表于 1925 年 11 月 19 日《晨报副刊》。署名休芸芸。

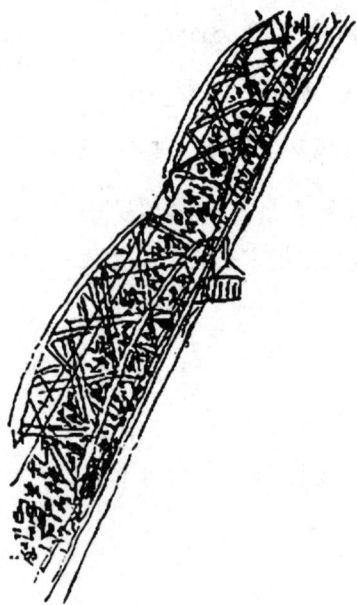

船、船还生
作梦，在大海
中飘动。原来
美丽摇的海、
歌声经演
偶挂的海。
（昆明之夜不醒。
六兰沙所见）

帽帽船还在做梦，在大海中飘动。沈从文画。

卒伍

不是为任何希望，我就离开了家中的一切人了。

照规矩——我倒不明白为什么我们的这个地方有这种规矩。照这地方规矩，我小学毕业以后，要到军队上做兵，也不是打仗须人，也不是别的，只是全像那么办，一面自然为的是自己太不像是可以读书成器的人，所以在七月间我就决定了。

六月间毕业考在第三，方高兴到了不得，每次见到阿姨她要为我做媒，还谁不应当考第三来找红脸机会，谁知到中元节以后我就离开了家中，从此是世界上的人，不再是家中的人了。

想起伤心，是我出门的年纪未免太小。比大哥，比六弟，还都小。照我的十三岁半的年龄论来，有些人出家到别处吃酒还要奶妈引带，但我却穿上不相称的又长又大的灰布衣服，束了一条极阔的生皮带子，随我们家乡中的叔叔伯伯到外面来猎食了。

日子是七月十六，那一天动的身。

我永远不会忘记这一天的：是落雨，直到如今一落小雨我就能记起那第一次出门的一天！

先是十五，给人在十四约下来到河里去洗澡，就答应下来。

洗澡，不是任何人想得到的有趣！从早上，吃过饭以后，一直洗到下午三点，这是成了很平常的事情的。把身子泡到水中厌了，几个人又光身到浅水滩上摸鱼。又并不是一定要摸一斤两斤鱼，即或把鱼摸得许多，谁也不敢拿回家去说是摸来的。把鱼摸来，那运气顶坏的鱼一到了我们手中，就在滩头上挖一小池，把鱼放到池子里去，用手为鱼运一些新鲜河水，回头又常常忘记释放这鱼，于是泰然的在估定应当回去的时候回去，鱼是谁也不再理会终于成了涸鲋了。洗澡呢，互相比赛这泅过河的速度，互相比赛打朵子谁能潜在水中久一点，又互相比赛浇水。人是天真烂漫那么十个八个年龄相同的人，侥大幸在水中从不闻淹坏一个。

一个热天把身子每天浸泡到水中，泅水是特别进了步，可因如此却在这一件事上决定了我的此后命运了。

"又到洗澡了，不准吃饭！"娘或者大姐，见到回家的我神气就明白。

于是就分辩。这分辩明知是无用，显然的是皮肤为水泡成苍白，而脸上又为日头炙成酱色了，就说不吃饭也成。然而回头自然而然就又有那做好人的外婆送饭来空房中吃。

大哥在家时，那时有点害怕的。遇到在河中正高兴玩着各样把戏，大哥忽然远远的来了，就忙把功夫显出来，一个㑰子打到河中间去，明知是近视眼的大哥就不会见到了。或者一个两个把身子翻睡到水中，只剩一个头盖在水面，正像一些瓢，那是纵留心在岸上检察也不能知道水中究是谁的。然而有时大哥可以找到我们藏衣服的地方，则事情不容易如此过去，必定是用手拈了我耳朵，一直拈到家，又得罚跪，可是这个顶大的仇人已出门有一年了，除了大哥我谁都不怕。

打，不是不挨，挨得太多了，反而不怕了。又不能把我关上一间房子里我总有方法出去。只要莫洗澡，省得家中担心我为水淹死，也许我还可以勉强再在家中呆一两年吧，可是这个比任何禁止还难过。水就是我的生命，除开是河中水过大，恐怕气力太小，管狎不着浪，则一个热天，在我同学中，谁都不愿有一天不把身子跳到潭里去过回瘾。

每早上，常常把买菜的钱输到一些赌摊上去，不敢回家，是常事，我是在洗澡以外又有这门武艺。把钱输尽又悄悄的返到家中来同外祖母打麻烦，要她设法，也成了屡见不一见的故事了。我真奇怪我竟有这样一段放荡的过去。我也不明白这趣味因何事养成，又因何消灭到无影无踪。

总之，我是一个小痞子，完全的，一件不缺的，痞到太不成形，给家中的气愤太多，家中把我赶出来了。

到目下，我非常怕与水狎了。赌博和我也好像无缘。一切跳荡的事也好像与我无缘。因了昔日的我形成今日的我，我是已经又为人称为"老成"了。

十五，那一天，是我"洗礼"的最末一次。到早上，如家中所命的把一张黄竹连纸胡胡涂涂写了一遍灵飞经，把饭一吃，家中就不见到我的影子了。我到了我们所约定的学校操场，几个人正爬在树上等我。

"还有四个不来呀！"

听他们所说的话，显然是不必忙到河里去，我于是也爬到一株杨柳树上去了。

在树上的同伴是八个，各人据在最高枝，那么把身子摇着荡着，胆子大一点的且敢用手扳着细条，好让身下垂到空中。又来互相交换着昨天晚上分手回家以后的话，又互相来讨论到今天应当如何办法，来消磨一个整天。说话说到第三者，不拘是教员校长，总不忘在话前面加上一点"妈的"的助语。一些蝉，无知无识的飞来，停到这操场周围任何一株杨柳上，这杨柳若无人占据，则大家就追到这蝉叫声所在，争爬到那树上去把蝉吓走。这工作，是我们所能在这大毒秋日下唯一的工作！各人能把身体训练得好好的，也许这也不无用处吧。

大家既是那么耽下来，于是本来的几个人也全来了。

每一个人都会爬树，因此后来的人总不会就在场里站，即或见到我们已预备下树，仍然也得爬上去一趟。爬到上面后，或使劲在树身上翻一次倒挂金钩，或从顶高地方跳下，意思是并不一定为旁人看，自己就是一个人在此似乎也有这样需要。

"去！"

"去！"

大家应和着，出了北门。北门实即学校的大门一样，到北门，则已见到汤汤河水了。

沿河上。上到一里多，要过一个跳石，或者不过这跳石，则须到上面时把衣裤缠在头上泅过河去才行。

时间虽然早，可是在那长潭上泅来泅去，以及在那浅碾坝下弯了腰摸鱼的已有些人了。

各人在一种顶熟习顶快捷的手法下，已把身子脱得精光，凡是那屁股白白的，被太阳晒的资格就浅，下水总慢一点儿，我们三五个人是把衣裤向头上一缠，如一群鸭子见水一样，无声无意的都早在水中游着了。

"不准打水！"你也喊。

"不准！"我也喊。

为的是各人头上有衣裤。其实衣裤回头全得湿了水。在大的毒的能够把河滩上石子晒得不敢赤足走过的日头下面，谁还怕衣服晒不干？然而规矩是不能打水，我们全是蹚水去过的河，谁都不会忘记这一件本领！若不能蹚水，则就是那类屁股还不曾晒黑的人。他们是只能从浅处过河了。

一切的事在水面上开始了。各人任意玩自己欢喜的，所喜欢的是什么就做什么。

我最饿蟋蟀，就像一个水鬼一样不必再穿衣服就追逐了一种弹琴的蟋蟀声音跑到高岸旁土坎下去。太阳越大则阴处的蟋蟀声音越好，这是只有河边有这情形的。

在一种顶精细的搜索中这个带了太太在唱歌的混账东西立时就在我手窝中了。我欢喜到不愿说话。我叫他们来看这个我从不曾经见到过的大蟋蟀，于是我身边即刻就围了一堆水淋淋的小鬼。

蟋蟀是给一般同学都吃惊了。我综计我从养蟋蟀以来就不曾有过一次得到这样一头大东西，我不大愿再下水去洗澡了，想法子来安置这俘虏。得找一个竹筒之类，则这个东西就不愁它逃跑了，各处寻找的结果，却又没有一件可以说是能安插这东西的。各处找大蚌壳到今天却不拘怎么设法也不见到一对较大的蚌壳了。

"唉，我不下水了！"为的是我不能让这东西跑去，我只能用手握着这东西在岸上呆着看这些人泅水了。

我实在又愿意下水泅一阵，又感到无法处置这手上东西。

凡是洗澡的初初不很会泅水，一到深处即下沉的，救济方法把自己裤子下脚用线捆好，将裤子先用水泡湿，再用一个人提着两只裤脚，一个人拿着裤头骤往水中一钻，将裤头用线捆好，则裤子即刻膨胀起来，成了"水马"。有水马在胸前，则深水中去也无妨了。我到后见到了他们的做水马的情形，才想起用我裤子来收容这蟋蟀的方法，我且采了不少树叶垫到裤中，好好的把这家伙放到裤子里去，各处用裤带捆上，以后是我也自由到水中去同他们厮闹去了。

又不知道疲倦又不记起肚子饿，到回家，已是许多人家烧夜饭时候了。

我手中捏着的东西简直使我欢喜到忘记回到家中又要受质问。到家后，走到书房去取盖碗安置蟋蟀，大姐跟到后边来，只好笑。

"为什么？"

"我看你样子是又到河里洗澡了。"

"只洗一点钟，并不久。我上午是到观音山玩的。"

"有人看到你，还扯谎！"

不扯谎，我是简直就无话可说了。大姐就望到我为蛐蛐洗澡，为蛐蛐喂饭，也不再说什么话，只告我夜间有一点儿事，莫出去玩。

我答应她后，我却在她转到上面房里时，偷偷溜出大门，带领我新得的将军同人决战去了。打两次都是胜利属于我这一面，就高高兴兴回家吃饭。

我见到娘只是对我哭，是吃饭时候，还不明白是什么事。我并不心怯。这一两天我不曾同谁打过架，又不曾到米厂上去赌过钱，心里想不出有毛病给家中找出，也就坦然的把饭吃了。

吃过饭以后，娘却要我换一件长衣，且给我新鞋新袜，简直莫名其妙。这一个热天来全是赤脚的我，对于鞋子真感不到兴趣，然而是新的，也就好。到把一切穿得整齐时，娘却要我送她到一个亲戚家去。

是的，我去了。那地方我是愿意去而不常敢去的，那家有一个女儿，是一个时候曾同我住在隔邻，这女儿是妆过观音菩萨当打大醮时抬着在街上走过的，看起似乎很给人舒服，且曾听到说过还没有人家。这次不是"看郎"吧，我疑心到这个时却不敢进这个亲戚家了。

"娘，我在这个地方等你吧。"

"为什么？"

"我不愿。"

"应当愿，这来是为你找事做！"

我不十分懂找事做是什么情形。我何尝想到做事？在我的年龄中我只想家中给我自由的玩，我决不会玩厌。听到找事的话，倒茫然了。

"还是送我进去，你可以到花园去玩，莲姑或者在花园。"莲姑便是我所说的那个好看的女孩子，比我小，人却比我高。我就答应了。也不是像母亲所说同莲姑玩，我只是想到花园去看看她家金鱼也好，就从她家大院转到花园去了。

这花园很大，各样花全有。这时池子中全是莲花，金鱼极其多。我答应母亲到花园里来一面还有一种偷摘一个莲蓬的野心，倒以为那个莲姑不在此方便一点。

沿着荷池跑去，这个时晚风是很热。日头快要落到山后去了，天空中有霞，又有无数的鹰在空中打团。

我把脚步声音加重，好使那一边，为牵牛篱笆隔开的地方有人则可以听去。没有说话的声音，因此我却胆大起来了。

我沿到荷池走就是为找那伸手可摘的莲蓬。把莲蓬找到，似乎是用手还来不及，就又折了一枝篱笆上的竹子去捞那莲蓬到身边来。很小心，不让声音扩大，然竹枝打在水上的声音却给一个人发现了，正当我用手把莲蓬抓着在扭那梗子时，忽然从那大花台子背后跃出一个人来。

"哈，是贼！"

这声音，一听就明白是那个女孩子。可是我给人这一声呼喝，非常的羞愧，手中的莲蓬也随便仍然恢复它的原来地位了。

我只好站起来腼腼腆腆对她笑。

"同谁来？"

"同母亲。"

"见我的妈了不？"

"不，我不到上房去，只在此等我母亲。"

"你是不是要这莲蓬？"

"恐怕吃是吃不得，我想摘回家去玩也好。"

问到说，想不想要这莲蓬？我真不好意思！不想，却费神来摘么？见到摘又还来问我想不想，这小女孩也就够天真了。她听到我说想摘一个玩玩，就忙跑到那角门上，不到一会儿，就拿来一把长长的钩子，又拿了一个小鱼捞斗来了。

她把捞斗交给我，却用钩子很熟练的去找寻那老一点的莲蓬。

"我告你，你刚才那个太嫩了，要选这样子的才有子。"这样的一下，钩子就把那莲蓬钩着了，"来！快用你捞斗接到它！"

莲蓬是得了。先说是拿回去玩，当然就不好意思剥来吃了。其实我倒非常愿意得一个莲蓬吃吃，拿回去也只是给六弟抢的。

"请你来这边！"说着就对我做一个白眼。这白眼做的俏皮，是曾给过母亲她们笑过，说是"怪伤心了"的。我于是让这白眼引到花园偏南一个地方来了。

原来是看她的小金鱼。鱼用小缸子装着，共五缸。这鱼还不到一年，颜色还是黑的，但看这形象是顶好的种，我欢喜极了。她又指点那一缸为她所有，那一缸为她小妹妹所有，那一缸归她堂兄。

"好不好，你瞧？"

我是顶懂金鱼的，且极爱金鱼，见到这个就不忍离开缸子。问到我那一缸好看，当然我是凭了拍马屁的本能说是她的那一缸极好。听到我的一句话，却把这女孩子乐疯了。

她说她曾同堂兄打过赌，请人告她究竟是谁的鱼好，别个又不很懂金鱼，就以为堂兄的鱼大一点为好，实则好的鱼并不在大，末了对我的内行，又免不了称赞，我是也顶痛快的。

"我们明天要下辰州了，这一去才有趣！"说到这个，她似乎就想起辰州来了。

"是下辰州吗？"

"是的。应当坐三四天的船，在船上玩三四天，才能拢岸。"

我忽然想起母亲同我说的话来了。母亲说为我找事情做，不是要我也跟到走吗？我就告她：

"莲姑，我恐怕也要去！"

"谁同你去？"

"我也不明白。大哥在长沙，或者去长沙。"

"那是太远了。我听请饷的人说去长沙当过洞庭湖，湖里四面全望不见岸，可怕人。"

我们暂时就不说话又来看金鱼，看了这缸又那缸。天气热，虽然在白天，缸上全盖得很厚的几层帘子，缸中的水也不很好，鱼是近于呆板了。我自己觉得我家中的鱼缸的水就比这个好得多。

我说："莲姑，我家今年鱼也有几匹顶难得的！"

"可惜明天走，就见不到了。——我问你，你怎么知道你也要动身？"

"听到我母亲说为我找事做。"

"哎呀，那在一起才好！你若同到我爹一块动身，你到了辰州，我就可以引你去许多地方玩。那地方河边的船多到数不清，到河边去看船，那些拉纤的，摇橹的，全会唱歌！"她想起唱歌，就装成摇橹人一样，把手上那个竹钩子摇着荡着，且唱起来了。

我觉得这个也倒好听。但是我即刻惆怅起来了。从她这歌上，我似乎已经到了辰州河边，再不是在家中的情形了。我且明白若是真要走，则当然同大哥下省读书一样，就是一个人那么走的。我的蟋蟀，我的朋友，还有我的许多东西都将离开我了。我即刻怀着小小的乡愁了。然而我见到莲姑却又似乎对于下行非常高兴。听到她那唱摇橹人的歌就可明白她对于那些事情是如何熟习，我问她到辰州是不是可以随便玩的。

"好玩多了。那是大地方！"

"可不可以洗澡？"

"你们男人就只讲究洗澡。"她就用手指头在那嫩脸上刮着羞我。

我不怕。我是没有害羞的。我心中那时所佩服的只是蒋平石铸一类人物，这个那里是她们姑娘家所了解呢。

若不是洗十年二十年的澡，那个碧眼金蝉就不会有如此能耐。我把那个蛤蟆口的英雄为我自己的榜样，还在心中老以为到将来也总会有一天如他成名！

莲姑这个人，说话一天就不知道厌，见到我们的话停下来了，就又问我的大姐近来怎么。我说大姐只每天逼到我写字。

"我的妈还不是勒到要我写字！我真不高兴。"

"但是我听我的大姐说你字很好！"

"才好！我气来了一天用一枝新笔，随便画。气我的妈。"

我是知道莲姑平素极娇的。她娘就怕她，爹也是怕她，只听说她服奶妈管。听她说写字把笔乱涂，就问她，奶妈是不是要骂她。她说不。奶妈已到龙山去了。龙山出好大头菜，于是我又问她得不得过好味道的大头菜吃。

"你莫忙，让我去就来。"这个粉红衫子的女孩，便像一朵大荷花，消失到绿的荷叶中了。望到这背影，我就隐隐约约在我身上煽动一种欲望来，只觉得同这女孩子在一块是极舒畅的一件事。且我平素在学校时是以唱高音歌出名的，到她面前我就知道唱歌我是无分了。我比她年纪稍大，可是比她矮，这高一点的女子的淡淡的恋着的印象保留，乃形成了我成年以后对长大女子的倾心理由。把那发，四垂到眉下，白白的耳朵垂着那珠耳环，眼又是两粒宝石样晃着青光，这个记忆在心上是深的，然而当时却并没有那种抱搂她冲动在！

去了不久的她又来了，使我好笑的，是她拿了两个黑色龙山大头菜来，给我试，因为我问她吃不吃过味道好的大头菜，为证明她家并不缺少这个，就取了些来了。

我们就一同并排坐在鱼缸边石条子吃那大头菜，且数点天上那鹰的数目。

天的四垂是有暮色了。

一个声音从那绿色角门传来，是走着的人叫的。

"莲！莲！沈四少爷在园里吗？"是丫头声音。

这一边，莲姑却无事样子的懒声懒气说："在的。"

"叫他来！"

我忙把还不曾吃完的大头菜丢到一边，走到角门进去，她是随到我身后来的。

见到了莲姑的爹妈，忙行礼，房子中已点灯了，这灯是在城中少有的白光灯，为这灯光耀得我眼花。

坐在一只矮木凳上的莲姑的爹，见了我就笑。

"嗨，一年不见了呀！我见到你是在文庙折桂花，不知同一个小孩子在树上打架，是不是？"

我脸红，我记起那一次见莲姑的爹的情形，脸无从禁止它不红了。

莲姑的妈却让我坐。莲姑也就进来了，站到她妈身边轻轻的说："娘，他是不是同我们一起下辰州？"

"……"只见到她娘在她耳朵边不知说了些什么话，莲姑就不再作声了。

坐下了，我见到母亲想要同我说什么话又不说。

那团长，莲姑的爹爹，口上含了一根极粗的烟，过了一阵才说：

"你妈说你同我明天下辰州，好不好？"

"好。"我轻轻答应。

莲姑在一旁就高兴得跳，"好呀，一块呀，娘，娘，他刚才问到我辰州好不好玩呢，娘你说，辰州不是比这城里强多了吗？"

莲姑的妈却用眼睛瞪。

我的母亲说话了。她告我是如何与表叔这边商量，明天就随到他们动身，又同莲姑的爹说：

"是吧，只要这孩子听表叔的话，我也放心了。他爹既是这样不理，放到家里又镇天同坏孩子在一起，我想书就再读两年也无用处，倒不如这样……"

"那倒不要紧。"莲姑的爹又回头同我打趣，"军队里头可不能随便玩了！哈哈，我知道你必定舍不得北门河的长潭，这一去可不能每天洗澡了。你的水性我还不明白，若是泅得过长潭来去五次，我们到辰州我要萧副官就带你去大河里泅水。"

"每天洗，做梦也只喊泅过来！"母亲说到这里就笑了。

莲姑的妈也大笑，说是小孩多是这样。莲姑则只记到母亲说的话，只学到我的声气喊"泅过来""泅过来"，使我害臊到了不得。

"你告我，到底泅得几次？"

又不好意思不告给这个胡子，我只得含笑的说："三次是泅得过。"

"那好极了！我做小孩子时候也才泅过三次！"

"爹，你也能泅吗？我不信。"莲姑的怀疑我就同意。我也实在不敢相信这个瘦个儿胡子能有气力泅三次来回。可是他却说洞庭湖也洗过澡！

"我不信，我不信，爹爹吹牛皮！"

"什么牛皮，爹爹是马玉龙，比石铸还本事好！"

说得全房子人都笑了。我听他说才知道铸字不应当念为涛字，这个上司在做我上司以前，倒先做我一次先生了。

坐一阵，把动身的话说妥，天已断黑多久了。到回家，莲姑的妈一定要她家弁兵打灯送我们，在喊叫弁兵时节，莲姑却悄悄的把那个放在房门边的莲蓬给我，我就拿着这个莲蓬跟着母亲返家了。

见到母亲给我清理着一切东西，就在她身边痴痴的弄着那莲蓬。九妹见到我今天是特别不同，也听大姐劝告不再来同我争这莲蓬了。我记起了我的蛐蛐，就又到书房去看它，蛐蛐还是好好的在茶碗里，只用草一逗，就掉过头来，张开牙齿，咀咀的叫着。我见到这个样子，下决心要带它出门了，就又拿灯到厨房去找得一个小竹筒，预备明早一起来就装它到竹筒里去。

回到母亲房中去，则见到母亲正在那儿哭，大姐却在为我打包袱，眼睛中也似乎是有泪。九妹一声不作傍着母亲，见我进房就用小手摇摆，我还不明白是什么意思。

"四弟，你还舍不得你那蛐蛐吗？"

听到大姐的话我羞愧得哭了。我才明白我离开母亲去看望那蛐蛐时母亲伤心起来了。我立时且想起这一去的一切难过，我只觉得我的过错都是不应当，我即刻就走转到书房去把那蛐蛐捉到手中抛到瓦上去。回头时，就告给大姐说已经放了。

母亲对我望着，大的泪只从眶中涌。我生平只见到母亲哭过两次，一次是二姐死哭得昏死两回，这一次则是为我出门流泪。大哥出门母亲还是笑笑的，因为大哥是大人不必担心了，我则不过比一个茶几稍高，且我的身体又是这样的小，平常简直还不敢一个人睡一个床，若非外祖母做伴就不能睡觉。如今却就要一个人去当兵，怎么能够使这个良善的老人放心？我的行为又是这样坏，在家中，虽然管教打呀骂呀总还是自己的人，如今则把他交付给别个人，错事又是免不了，那么给人打呀骂呀又定是做母亲的不堪设想的事？就是明明知道在一起的也总不外乎城中几个熟人，不过离家既已是这么远的路程，倘若有一点小病小疼，谁又能像家中人来照料？

母亲的心是碎到我这次动身的上面了。母亲为儿子打算的事，也总不是忍心说给我受苦。在家庭方面，既已到了把老屋字契到处借钱度日的情形，在我又还是如此胡作胡为，即或把我送进中学又有什么益处？不过见到我就是这么离开了家中一切的人，为我到外面以后生活着想，却伤心到极点了。

　　那么一个小小的人儿，也得为命运卷到生活旋涡里来尝味那生活的苦辣，在我自己倒正因为小却一点不知道！如今却只给我痛哭到这回忆上。有人从大族中把家从中落到破产么？有人在小孩子时正当着这个顶坏的命运么？从这个来的，他都能体会到那种情形。我的家，在我出世那一年，是还正给爹爹大抖特抖，让一个姓庞的抚台到家为我取名的，谁知这个名字却在他十四年后给人做副兵喊叫用！在口北的爹爹，也许还正在儿子身上做着那好梦，谁知儿子却应在十五岁以前来把时间消磨在供人使唤的下作中？

　　我当时，虽然不明白这一离开家中是怎样为难，在我前面等候我的又是一些什么，然而见到母亲的伤心，我也再不能忍我的眼泪了。我只明白母亲的泪是为我流的。母亲在儿子离开家中时，所有的爱是再不能用到眼泪的以外事物上了。在我弟兄姐妹中，我永远是给母亲难过。我的病体，我的行为上错误，以及我的好像对家中也特别爱的反应，一直买得了母亲的眼泪十一年。离开母亲十一年，我从我自己的行为上看就知道母亲没有一天不是用眼泪洗面。生活既是这样难，我又是这般无用，一时要同母亲在一起又总不容易，我不明白在我同母亲的命运中，还应给母亲以多久流泪！娘，我想起你，我要努力活下来了。这世界上还有你这样一个人，我就应当活到这世界上了。我不要一切，只愿意将一切所得供献到你面前。我好好的做人，我找钱，我找名誉，都只是想把这些来给娘赔偿那用爱儿子而流得太多的珍贵眼泪！但愿能够从这些事上赎我所有的罪过万分之一。我就死得了。做儿子的即或永远是穷困下去，让娘长此随到亲戚飘荡，但娘你所给我的爱，我却已经把它扩大到爱人类上面去了。我能从你这不需要报酬的慈爱中认识了人生是怎样可怜可悯，我已经学到母亲的方法来爱世界了。

我是终于就把母亲同姐用眼泪洒在上面那小小包袱背起，来到世界上混入人群中，参加人类的活动，为扮演这时代人类的百年悲剧的角色一员了。

以后为生活的变动，把我揪过来，抓过去，无抵抗的就到了今天。

当我见到大姐为我把包袱裹好，就想睡。洗了一整天的澡的我，一到夜来不拘什么重大事情我仍然需要的是睡！我哭也哭倦了。我在母亲未让我上床以前，已经就在母亲膝边从哭泣中把眼睛闭上了。

听到大姐喊我，又听到母亲叹气。

"让他去睡好了。这是只有这一次在家中放肆，回头就要随到军营中喇叭做一切事的人！"母亲似乎见到我这情形还做着苦笑。

为了预备明天的早起，这次是同大姐在一床睡。到上床，又似乎心中有事不能即睡，就听到母亲同大姐讨论我的事情，到后我且听我那只大蛐蛐在瓦上得了露水的叫声，那已经是在梦中，大姐什么时候睡，母亲又在什么时候睡，我全不知道。

醒来，竟是为大姐摇醒的。

我还以为是当夜，第一次明白的是的的确确那蛐蛐用极闳大的声音正在叫。

"天亮了吗？"

"不，你起来的了。你是就要动身的人！"

我记起我是即刻要离开这个地方的人，心上便忽然加上一件莫名其妙的东西。这东西坠在心上发沉，在床却啜泣了，从此以后要自己擦这眼泪了，从此以后要自己穿衣服了，还有从此要……

"大姐，我不想去了！"

"我们也并不想要你去，但是你应当知道娘的苦处……"

起身了，第一件事是见到这陪我出门的包袱。包袱是大得可笑。

我也不明白我的包袱里究竟是些什么东西，只是我嫌这包袱重了点，因为要自己背就不很愿如此重。

"大姐，"我同这个代理母亲一样的姐姐商量，我说，"似乎太大了。"

"不。这个时候就快要冷起来了，你在冷天怎么不要棉衣？"

"我背不起，那又怎么办？"

"试一试，试一试。"

我于是就来试背这个包袱。包袱比我的腰大两倍，放在背后就如奶娘背小孩。我自己好笑这个奇怪的东西，我说："我不要！"

"这不能说不要！你不是做客，是出门！"

"那么，今年不回家来过中秋节了吗？"

"但你可以转家过年，到过年时莲姑的妈总要回家的，你就跟到她转来。"大姐一面安慰我，一面为把包袱中一件缎子马褂取出，说，"这个不要倒可以了。"

在把包袱重新打好时，天已经快见亮了。母亲问大姐是不是已经天亮，大姐却要母亲莫忙到起床。其实母亲似乎就整夜不曾合眼。

起了床的只是我同到大姐，还是大姐去喊张嫂起身烧水，到水烧好洗过脸以后，母亲同外祖母全起来了。

外祖母却扯我到另一个地方去，幽幽的同我说："乖，要走了，我不知还能见到你不？且去你娘面前磕两个头，你是太麻烦倒她了。你这次出门，她的心也是在你身上！"往日外祖母从不说这些话，这时把我感动得太厉害了，我就扯着老人的围腰擦我的眼泪。

我照到她说的话，到坐在一张琴凳上为我搓那草鞋上的耳子的母亲身边去，我只能说"妈"，就哭倒在她脚边。

母亲却是强忍悲痛，哽哽咽咽的，说：

"这时是到别人处去当兵，再不要像在家中淘气了。到家中挨一打总不什么要紧，到外面去淘气撞了祸，犯了军纪，那就非常丢家中的丑。你应当记到从前莲姑的爹是帮你爹当过差的人，这时你却去侍候莲姑，再不要以为是在家中的情形了。你好好的去做一个正派人，则我们也就非常放心！这一去，又并不是要你升官发财，只是你若不是这样改变一下生活，你到家中也只有一天一天变坏。你也不要抱怨我，说我不送你读书，你是永远与学问不会发生感情的一个人了。你好好的去自己在你命运上做人。家中这一栋房子至少也总还可够支持五年。你能在五年六年后有机会能救济到我同你九妹，则自然是好。若你仍然这样脾气，我也只好看你大哥同你爹去了。……"

"娘，我全记得到。"是的，我真一世也不会忘记母亲这话！母亲把我看透了。母亲知道我处比我自己知道的就还要多。我对母亲给我的一切只有感激。母亲给了我的新生机会，我对这第一段到世界上的机会就非常感谢母亲！

我跪在母亲面前，让这个好人来教训我，我把一个字一个字安置到心上，我告她我是决不会忘记。我综计我在这个好人身边十四年，只有过这一次是规规矩矩听过她的训戒。我只有这一次觉得我应当要遵守人家的话做人。就是这一次，以后这好人的脸，每一次为我想起，我眼睛就要红！我真能听娘这话，我真能在以后凡事遵守娘这话做人，也少要母亲在以后的岁月中为我缘故流许多泪了。我并不缺少那向善的心，这是母亲明白的。我同时有那容易给一切诱惑摇动我心的短处，母亲对这个也很知道。前者使母亲永远相信我是好人，后则因这好人偏免不了做坏事，就更给我母亲无数伤心呕气机会了。

动身，是落细雨了。雨是天未亮以前落的。初以为或到天亮以后会止，谁知仍然落。听到街头已有人喊卖油粑粑，再不得不动身走了。

家中所有的人把我送到大门外，各人全是眼睛湿湿的。我是穿着那身在技术团学军事操缝就的灰宁绸军服，把那大包袱压到脊梁上，眼泪巴渣走到莲姑家的。

"来了，好极了！"一个副官姓周的，是我所认识的人，见了我就笑着说。

我为我的样子非常害羞。我又见到好几个马弁，全是比我稍大的人，然而人家穿得却是黄色制服，且领章肩章全不缺少。我看看我自己，衣服虽然是绸子做成，但不合式的样子，总像是一个可笑的乡下人。并且这些年青差弁马弁，那样子全是又大方又标致好看，在往天，见了面时不理我，倒并不以为怎么难过，如今我却先给那周副官为我介绍给这一辈年青人，且说我是个少爷，别人又尊敬又和气的来同我说话，我真不好意思起来了。在每一个人的眼中，就都可以察出他对我是有点可怜的神气，就为这个缘故我的心就酸到非流泪不可。我又不敢在这些人面前来哭，这个我还记到大姐说的话，"不能在生人前面流泪"，且当到我面前的几个人又全是那么欢欢喜喜的样子，结果我只好又走到那花园里去了。

又到那个荷池边旁。头上飞着毛毛雨，我却不顾它，就站在那池子边恣肆的流泪！我觉得我此后到这世界上是孤独的一个人了。我觉得我的未来已坠入到那做梦的一种情境里了。我觉得这在我面前扩张无垠的陌生生活太可怕了。我觉得我忽然太小，一个人独立着当不住这许多生疏事情的应付。

我不知道我应当怎么办。为未来的眼前已来的新生活所恐吓，我流泪的意味是同怕鬼一样流的！又像是在往天做梦哭喊一样，可是那种哭喊以后即时就醒了，如今在什么时候是我醒转来取得我在小学校每天同人打闹的自由时候？

想起蛐蛐，想起河里的一切，想起看戏，想起到米厂上去掷六颗骰子，又想起同几个打架的同学的事情，以后是全不能得了。

然而小孩子，所谓悲哀，究竟是容易找到寄托这悲哀的事，我想起这里的金鱼，就走到那养鱼的缸子边前去。今天的鱼活泼多了，全浮在水面换气。我来细细的数那每一缸子里鱼的尾数，从第一缸数去到第五缸。在第四缸上，可是总不能得到一个确实数目。忽然在我背后有一个人咕咕的一笑。我吓得忙把头掉转去看望，便是这缸鱼的主人莲姑！

"嗨，怎么这个神气！"

我就即时又把刚才忘去的羞愧找回来了。我背上还正压着那个大包袱，我不好意思说话，就说这包袱是我大姐勉强要我带的。

"难道你自己能背？"

"是吧，当然要自己！"

"我告你，路是并不近，有一天的路走，才能走到有船那个地方！"

"我想我走得起的。"

"我看你必定走不起。我是同我兰妹坐一顶轿子的。"

"下蛮总走得起吧。"自己这话是喔，下蛮做得去，我以后凡事都因为我勉强做过去了。我随即问她怎么知道我来，才明白她一起床就问周副官我来了不曾，问头一次还说不见我，到后又问到，才知我已经来了，来了各处又不见，所以猜到是必定在这个地方了。

我记起妈所告我的话，说我以后便应给莲姑当差，在母亲说时好像非常痛心，我却以为就是给这个女孩不拘做什么事也是很好的。我又来看莲姑的脸，像是看来顶受用，也不明白是什么受用。我想起观音菩萨的莲姑，我就笑笑的说：

"莲姑，我记起你去年作观音游街！"

"再不作那个了，他们都笑我。还有人说——"似乎又想起一件事情，就不再说了。但稍稍默了一会，就用着她那天真的腻腻的腔调问我："四哥，你名字是不是沈岳焕？"

"是呀。"

"昨晚上妈告我，以后不能再喊你做四哥了。我应当喊你名字。我爹也说这才是规矩，我不知道是什么规矩。"

"我妈也告我，说以后我是应当侍候你，帮你装烟倒茶的！"

"别说这个！"又是那个俏皮的白眼，"谁要你装烟倒茶。我不吃烟看你怎么装法！"为这个话我们都好笑，但我看得出在这时候我们已经就不同昨天摘莲蓬的我们了。莲姑总还听到了她父母告的多少话，只是不好同我说罢了。然而在这很天真的胸中仍然藏不下，随即她就又告我说她妈曾告她以后不要再同我在一起随便说话，且告我她爹爹说我应称她为小姐。

"四哥，我是不信他们的话的。"为申明她仍然可以在无人时喊我做四哥，就又来给我一点证据。当然是不很相信爹妈的话，才把这话又来同我说！但以后事实给我们的教训只是使我守我做小兵的分，小姐也只好守她小姐的分了。

这一次，算是一次很可纪念的一次事情吧。我们却还能平等在一块，虽然我已经穿上了当差的衣服，而仍然是做着那娇媚入骨的白眼逼我信她的话是全无歹心，且见到我样子很难走六十里路，又说为我向她爹要了一匹小白骡子给我骑坐。

关于骡子，我拒绝了，我说这个恐怕不好。

"好的，你不见我家那白骡子吗？我就去问问。"

莲姑就走了。不到一会儿，一个马弁喊我去看马。我只好跟到这个人去。

"大小姐说为你找一匹骡子，是不是？"这个人提到大小姐给我找坐骑就有点不舒服的意思。

"是的。"我看得出他这人的意思，却硬硬的答应正是。

我们就到了马房。他指点给我那一匹白骡子看。

"试牵它一下吧。"

我就如他所说去扯这骡子的笼头。

这骡子的鞍是小小的洋式鞍子，是红色牛皮钉有黄铜圆泡，骡子又是那么驯善，真给了我极大的欢喜！

因了这匹骡子我就把一切眼前的未来的忧愁全忘了。

本篇分 4 次于 1928 年 3 月发表于《中央日报》。署名沈岳焕。

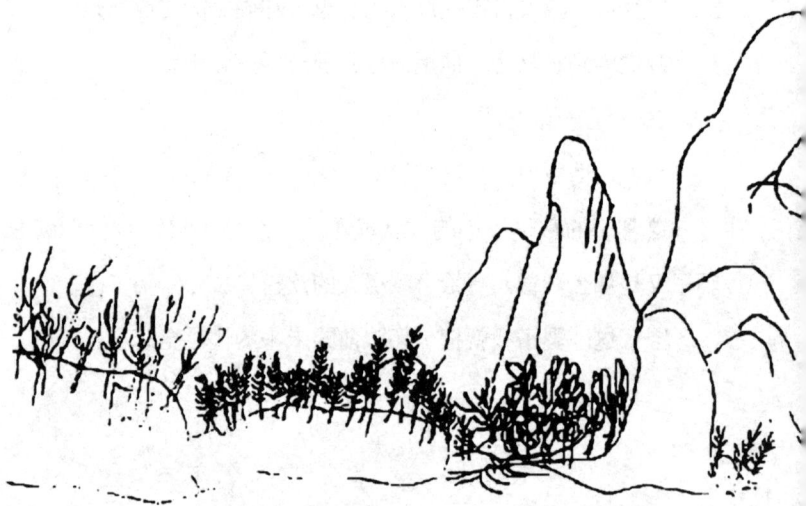

边 城

一

由四川过湖南去，靠东有一条官路。这官路将近湘西边境到了一个地方名为"茶峒"的小山城时，有一小溪，溪边有座白色小塔，塔下住了一户单独的人家。这人家只一个老人，一个女孩子，一只黄狗。

小溪流下去，绕山岨流，约三里便汇入茶峒的大河。人若过溪越小山走去，则只一里路就到了茶峒城边。溪流如弓背，山路如弓弦，故远近有了小小差异。小溪宽约二十丈，河床为大片石头做成。静静的河水即或深到一篙不能落底，却依然清澈透明，河中游鱼来去皆可以计数。小溪既为川湘来往孔道，限于财力不能搭桥，就安排了一只方头渡船。这渡船一次连人带马，约可以载二十位搭客过河，人数多时则反复来去。渡船头竖了一枝小小竹竿，挂着一个可以活动的铁环，溪岸两端水面横牵了一段废缆，有人过渡时，把铁环挂在废缆上，船上人就引手攀缘那条缆索，慢慢的牵船过对岸去。船将拢岸时，管理这渡船的，一面口中嚷着"慢点慢点"，自己霍的跃上了岸，拉着铁环，于是人货牛马全上了岸，翻过小山不见了。渡头为公家所有，故过渡人不必出钱。有人心中不安，抓了一把钱掷到船板上时，管渡船的必为一一拾起，依然塞到那人手心里去，俨然吵嘴时的认真神气："我有了口粮，三斗米，七百钱，够了。谁要这个！"

但不成，凡事求个心安理得，出气力不受酬谁好意思，不管如何还是有人要把钱的。管船人却情不过，也为了心安起见，便把这些钱托人到茶峒去买茶叶和草烟，将茶峒出产的上等草烟，一扎一扎挂在自己腰带边，过渡的谁需要这东西必慷慨奉赠。有时从神气上估计那远路人对于身边草烟引起了相当的注意时，这弄渡船的便把一小束草烟扎到那人包袱上去，一面说："大哥，不吸这个吗，这好的，这妙的，看样子不成材，巴掌大叶子，味道蛮好，送人也合式！"茶叶则在六月里放进大缸里去，用开水泡好，给过路人解渴。

管理这渡船的，就是住在塔下的那个老人。活了七十年，从二十岁起便守在这小溪边，五十年来不知把船来去渡了若干人。年纪虽那么老了，骨头硬硬的，本来应当休息了，但天不许他休息，他仿佛便不能够同这一分生活离开。他从不思索自己职务对于本人的意义，只是静静的很忠实的在那里活下去。代替了天，使他在日头升起时，感到生活的力量，当日头落下时，又不至于思量与日头同时死去的，是那个伴在他身旁的女孩子。他唯一的朋友是一只渡船和一只黄狗，唯一的亲人便只那个女孩子。

女孩子的母亲，老船夫的独生女，十五年前同一个茶峒军人唱歌相熟后，很秘密的背着那忠厚爸爸发生了暧昧关系。有了小孩子后，这屯戍兵士便想约了她一同向下游逃去。但从逃走的行为上看来，一个违悖了军人的责任，一个却必得离开孤独的父亲。经过一番考虑后，屯戍兵见她无远走勇气，自己也不便毁去做军人的名誉，就心想：一同去生既无法聚首，一同去死应当无人可以阻拦，首先服了毒。女的却关心腹中的一块肉，不忍心，拿不出主张。事情业已为做渡船夫的父亲知道，父亲却不加上一个有分量的字眼儿，只作为并不听到过这事情一样，仍然把日子很平静的过下去。女儿一面怀了羞惭，一面却怀了怜悯，依旧守在父亲身边，待到腹中小孩生下后，却到溪边故意吃了许多冷水死去了。在一种近于奇迹中，这遗孤居然已长大成人，一转眼间便十三岁了。为了住处两山多篁竹，翠色逼人而来，老船夫随便给这个可怜的孤雏拾取了一个近身的名字，叫做"翠翠"。

翠翠在风日里长养着，故把皮肤变得黑黑的，触目为青山绿水，故眸子清明如水晶。自然既长养她且教育她，为人天真活泼，处处俨然如一只小兽物。人又那么乖，如山头黄麂一样，从不想到残忍事情，从不发愁，从不动气。平时在渡船上遇陌生人对她有所注意时，便把光光的眼睛瞅着那陌生人，做随时皆可举步逃入深山的神气，但明白了面前的人无机心后，就又从从容容的在水边玩耍了。

老船夫不论晴雨，必守在船头。有人过渡时，便略弯着腰，两手缘引了竹缆，把船横渡过小溪。有时疲倦了，躺在临溪大石上睡着了，人在隔岸招手喊过渡，翠翠不让祖父起身，就跳下船去，很敏捷的替祖父把路人渡过溪，一切皆溜刷在行，从不误事。有时又和祖父黄狗一同在船上，过渡时与祖父一同动手牵缆索。船将近岸边，祖父正向客人招呼"慢点，慢点"时，那只黄狗便口衔绳子，最先一跃而上，且俨然懂得如何方为尽职似的，把船绳紧衔着拖船拢岸。

风日清和的天气，无人过渡，镇日长闲，祖父同翠翠便坐在门前大岩石上晒太阳。或把一段木头从高处向水中抛去，嗾使身边黄狗从岩石高处跃下，把木头衔回来。或翠翠与黄狗皆张着耳朵，听祖父说些城中多年以前的战争故事。或祖父同翠翠两人，各把小竹做成的竖笛，逗在嘴边吹着迎亲送女的曲子。过渡人来了，老船夫放下了竹管，独自跟到船边去，横溪渡人，在岩上的一个，见船开动时，于是锐声喊着：

"爷爷，爷爷，你听我吹，你唱！"

爷爷到溪中央便很快乐的唱起来，哑哑的声音同竹管声，振荡在寂静空气里，溪中仿佛也热闹了些。实则歌声的来复，反而使一切更寂静。

有时过渡的是从川东过茶峒的小牛，是羊群，是新娘子的花轿，翠翠必争着做渡船夫，站在船头，懒懒的攀引缆索，让船缓缓的过去。牛羊花轿上岸后，翠翠必跟着走，送队伍上山，站到小山头，目送这些东西走去很远了，方回转船上，把船牵靠近家的岸边。且独自低低的学小羊叫着，学母牛叫着，或采一把野花缚在头上，独自装扮新娘子。

茶峒山城只隔渡头一里路，买油买盐时，逢年过节祖父得喝一杯酒时，祖父不上城，黄狗就伴同翠翠入城里去备办东西。到了卖杂货的铺子里，有大把的粉条，大缸的白糖，有炮仗，有红蜡烛，莫不给翠翠一种很深的印象，回到祖父身边，总把这些东西说个半天。那里河边还有许多船，比起渡船来全大得多，有趣味得多，翠翠也不容易忘记。

二

茶峒地方凭水依山筑城，近山一面，城墙俨然如一条长蛇，缘山爬去。临水一面则在城外河边留出余地设码头，湾泊小小篷船。船下行时运桐油、青盐、染色的五棓子。上行则运棉花、棉纱以及布匹、杂货同海味。贯串各个码头有一条河街，人家房子多一半着陆，一半在水，因为余地有限，那些房子莫不设有吊脚楼。河中涨了春水，到水脚逐渐进街后，河街上人家，便各用长长的梯子，一端搭在屋檐口，一端搭在城墙上，人人皆骂着嚷着，带了包袱、铺盖、米缸，从梯子上进城里去，等待水退时，方又从城门口出城。某一年水若来得特别猛一些，沿河吊脚楼，必有一处两处为大水冲去，大家皆在城上头呆望。受损失的也同样呆望着，对于所受的损失仿佛无话可说，与在自然安排下，眼见其他无可挽救的不幸来时相似。涨水时在城上还可望着骤然展宽的河面，流水浩浩荡荡，随同山水从上流浮沉而来的有房子、牛、羊、大树。于是在水势较缓处，税关趸船前面，便常常有人驾了小舢板，一见河心浮沉而来的是一匹牲畜，一段小木，或一只空船，船上有一个妇人或一个小孩哭喊的声音，便急急的把船桨去，在下游一些迎着了那个目的物，把它用长绳系定，再向岸边桨去。这些勇敢的人，也爱利，也仗义，同一般当地人相似。不拘救人救物，却同样在一种愉快冒险行为中，做得十分敏捷勇敢，使人见及不能不为之喝彩。

那条河水便是历史上知名的酉水，新名字叫做白河。白河到辰州与沅水汇流后，便略显浑浊，有出山泉水的意思。若溯流而上，则三丈五丈的深潭皆清澈见底。深潭为白日所映照，河底小小白石子，有花纹的玛瑙石子，全看得明明白白。水中游鱼来去，皆如浮在空气里。两岸多高山，山中多可以造纸的细竹，长年作深翠颜色，迫人眼目。近水人家多在桃杏花里，春天时只需注意，凡有桃花处必有人家，凡有人家处必可沽酒。夏天则晒晾在日光下耀目的紫花布衣裤，可以作为人家所在的旗帜。秋冬来时，人家房屋在悬崖上的、滨水的，无不朗然入目。黄泥的墙，乌黑的瓦，位置却永远那么妥贴，且与四围环境极其调和，使人迎面得到的印象，实在非常愉快。一个对于诗歌图画稍有兴味的旅客，在这小河中，蜷伏于一只小船上，作三十天的旅行，必不至于感到厌烦，正因为处处有奇迹可以发现，自然的大胆处与精巧处，无一地无一时不使人神往倾心。

白河的源流，从四川边境而来，从白河上行的小船，春水发时可以直达川属的秀山。但属于湖南境界的，茶峒算是最后一个水码头。这条河水的河面，在茶峒时虽宽约半里，当秋冬之际水落时，河床流水处还不到二十丈，其余只是一滩青石。小船到此后，既无从上行，故凡川东的进出口货物，皆从这地方落水起岸。出口货物俱由脚夫用桑木扁担压在肩膊上挑抬而来，入口货物莫不从这地方成束成担的用人力搬去。

这地方城中只驻扎一营由昔年绿营屯丁改编而成的戍兵，及五百家左右的住户。（这些住户中，除了一部分拥有了些山田同油坊，或放账屯油、屯米、屯棉纱的小资本家外，其余多数皆为当年屯戍来此有军籍的人家。）地方还有个厘金局，办事机关在城外河街下面小庙里，局长则长住城中。一营兵士驻扎老参将衙门，除了号兵每天上城吹号玩，使人知道这里还驻有军队以外，兵士皆仿佛并不存在。冬天的白日里，到城里去，便只见各处人家门前皆晾晒有衣服同青菜。红薯多带藤悬挂在屋檐下。用棕衣做成的口袋，装满了栗子、榛子和其他硬壳果，也多悬挂在檐口下。屋角隅各处有大小鸡叫着玩着。间或有什么男子，占据在自己屋前门限上锯木，或用斧头劈树，把劈好的柴堆到敞坪里去如一座一座宝塔。又或可以见到几个中年妇人，穿了浆洗得极硬的蓝布衣裳，胸前挂有白布扣花围裙，躬着腰在日光下一面说话一面做事。一切总永远那么静寂，所有人民每个日子皆在这种不可形容的单纯寂寞里过去。一分安静增加了人对于"人事"的思索力，增加了梦。在这小城中生存的，各人自然也一定皆各在分定一份日子里，怀了对于人事爱憎必然的期待。但这些人想些什么？谁知道。住在城中较高处，门前一站便可以眺望对河以及河中的景致，船来时，远远的就从对河滩上看着无数纤夫。那些纤夫也有从下游地方，带了细点心洋糖之类，拢岸时却拿进城中来换钱的。船来时，小孩子的想象，应当在那些拉船人一方面。大人呢，孵一窠小鸡，养两只猪，托下行船夫打副金耳环，带两丈官青布，或一坛好酱油、一个双料的美孚灯罩回来，便占去了大部分做主妇的心了。

这小城里虽那么安静和平，但地方既为川东商业交易接头处，故城外小小河街，情形却不同了一点。也有商人落脚的客店，坐镇不动的理发馆。此外饭店、杂货铺、油行、盐栈、花衣庄，莫不各有一种地位，装点了这条河街。还有卖船上檀木活车、竹缆与罐锅铺子，介绍水手职业吃码头饭的人家。小饭店门前长案上，常有煎得焦黄的鲤鱼豆腐，身上装饰了红辣椒丝，卧在浅口钵头里，钵旁大竹筒中插着大把红筷子，不拘谁个愿意花点钱，这人就可以傍了门前长案坐下来，抽出一双筷子捏到手上，那边一个眉毛扯得极细脸上擦了白粉的妇人，就走过来问："大哥，副爷，要甜酒？要烧酒？"男子火焰高一点的，谐趣的，对内掌柜有点意思的，必故意装成生气似的说："吃甜酒？又不是小孩，还问人吃甜酒！"那么，酽洌的烧酒，从大瓮里用木滤子舀出，倒进土碗里，即刻就来到身边案桌上了。杂货铺卖美孚油，及点美孚油的洋灯与香烛纸张。油行屯桐油。盐栈堆四川火井出的青盐。花衣庄则有白棉纱、大布、棉花以及包头的黑绉绸出卖。卖船上用物的，百物罗列，无所不备，且间或有重至百斤以外的铁锚，搁在门外路旁，等候主顾问价的。专以介绍水手为事业，吃水码头饭的，在河街的家中，终日大门必敞开着，常有穿青羽缎马褂的船主与毛手毛脚的水手进出，地方像茶馆却不卖茶，不是烟馆又可以抽烟。来到这里的，虽说所谈的是船上生意经，然而船只的上下，划船拉纤人大都有一定规矩，不必做数目上的讨论。他们来到这里大多数倒是在"联欢"。以"龙头管事"作中心，谈论点本地时事，两省商务上情形，以及下游的"新闻"。邀会的，集款时大多数皆在此地，扒骰子看点数多少轮做会首时，也常常在此举行。真真成为他们生意经的，有两件事：买卖船只，买卖媳妇。

大都市随了商务发达而产生的某种寄食者，因为商人的需要，水手的需要，这小小边城的河街，也居然有那么一群人，聚集在一些有吊脚楼的人家。这种小妇人不是从附近乡下弄来，便是随同川军来湘流落后的妇人，穿了假洋绸的衣服，印花标布的裤子，把眉毛扯得成一条细线，大大的发髻上敷了香味极浓俗的油类。白日里无事，就坐在门口小凳子上做鞋子，在鞋尖上用红绿丝线挑绣双凤，一面看过往行人，消磨长日。或靠在临河窗口上看水手起货，听水手爬桅子唱歌。到了晚间，则轮流的接待商人同水手，切切实实尽一个妓女应尽的义务。

由于边地的风俗淳朴，便是做妓女，也永远那么浑厚。遇不相熟的主顾，做生意时得先交钱，数目弄清楚后，再关门撒野；人既相熟后，钱便在可有可无之间了。妓女多靠四川商人维持生活，但恩情所结，却多在水手方面。感情好的，别离时互相咬着嘴唇咬着颈脖发了誓，约好了"分手后各人皆不许胡闹"，四十天或五十天，在船上浮着的那一个，同在岸上蹲着的这一个，便皆呆着打发这一堆日子，尽把自己的心紧紧缚定远远的一个人。尤其是妇人，感情真挚痴到无可形容，男子过了约定时间不回来，做梦时，就总常常梦船拢了岸，那一个人摇摇荡荡的从船跳板到了岸上，直向身边跑来。或日中有了疑心，则梦里必见那个男子在桅上向另一方面唱歌，却不理会自己。性格弱一点儿的，接着就在梦里投河吞鸦片烟，性格强一点儿的便手执菜刀，直向那水手奔去。她们生活虽那么同一般社会疏远，但是眼泪与欢乐，在一种爱憎得失间，揉进了这些人生活里时，也便同另外一片土地另外一些人相似，全个身心为那点爱憎所浸透，见寒作热，忘了一切。若有多少不同处，不过是这些人更真切一点，也更近于胡涂一点罢了。短期的包定，长期的嫁娶，一时间的关门，这些关于一个女人身体上的交易，由于民情的淳朴，身当其事的不觉得如何下流可耻，旁观者也就从不用读书人的观念，加以指摘与轻视。这些人既重义轻利，又能守信自约，即便是娼妓，也常常较之知羞耻的城市中人还更可信任。

掌水码头的名叫顺顺，一个前清时便在营伍中混过日子来的人物，革命时在著名的陆军四十九标做个什长。同样做什长的，有因革命成了伟人名人的，有杀头碎尸的，他却带少年喜事得来的脚疯痛，回到了家乡，把所积蓄的一点钱，买了一条六桨白木船，租给一个穷船主，代人装货在茶峒与辰州之间来往。气运好，半年之内船不坏事，于是他从所赚的钱上，又讨了一个略有产业的白脸黑发小寡妇。因此一来，数年后，在这条河上，他就有了八只船，一个妻子，两个儿子了。

但这个大方洒脱的人，事业虽十分顺手，却因欢喜交朋结友，慷慨而又能济人之急，便不能同贩油商人一样大大发作起来。自己既在粮子里混过日子，明白出门人的甘苦，理解失意人的心情，故凡因船只失事破产的船家，过路的退伍兵士，游学文墨人，凡到了这个地方，闻名求助的，莫不尽力帮助。一面从水上赚来钱，一面就这样洒脱散去。这人虽然脚上有点小毛病，还能泅水；走路难得其平，为人却那么公正无私。水面上各事原本极其简单，一切都为一个习惯所支配，谁个船碰了头，谁个船妨害了别一个人别一只船的利益，照例有习惯方法来解决。惟运用这种习惯规矩排调一切的，必需一个高年硕德的中心人物。某年秋天，那原来执事人死去了，顺顺做了这样一个代替者。那时他还只五十岁，为人既明事明理，正直和平，又不爱财，故无人对他年龄怀疑。

到如今，他的儿子大的已十八岁，小的已十六岁。两个年青人皆结实如小公牛，能驾船，能泅水，能走长路。凡从小乡城里出身的年青人所能够做的事，他们无一不做，做去无一不精。年纪较长的，性情如他们爸爸一样，豪放豁达，不拘常套小节。年幼的则气质近于那个白脸黑发的母亲，不爱说话，眼眉却秀拔出群，一望即知其为人聪明而又富于感情。

两兄弟既年已长大，必需在各种生活上来训练他们的人格，做父亲的就轮流派遣两个小孩子各处旅行。向下行船时，多随了自己的船只充伙计，甘苦与人相共。荡桨时选最重的一把，背纤时拉头纤二纤，吃的是干鱼、辣子、臭酸菜，睡的是硬邦邦的舱板。向上行从旱路走去，则跟了川东客货，过秀山、龙潭、酉阳做生意，不论寒暑雨雪，必穿了草鞋按站赶路。且佩了短刀，遇不得已必需动手，便霍的把刀抽出，站到空阔处去，等候对面的一个，继着就同这个人用肉搏来解决。帮里的风气，既为"对付仇敌必需用刀，联结朋友也必需用刀"，故需要刀时，他们也就从不让它失去那点机会。学贸易，学应酬，学习到一个新地方去生活，且学习用刀保护身体同名誉，教育的目的，似乎在使两个孩子学得做人的勇气与义气。一分教育的结果，弄得两个人皆结实如老虎，却又和气亲人，不骄惰，不浮华，不依势凌人，故父子三人在茶峒边境上为人所提及时，人人对这个名姓无不加以一种尊敬。

做父亲的当两个儿子很小时，就明白大儿子一切与自己相似，却稍稍见得溺爱那第二个儿子。由于这点不自觉的私心，他把长子取名天保，次子取名傩送。天保佑的在人事上或不免有龃龉处，至于傩神所送来的，照当地习气，人便不能稍加轻视了。傩送美丽得很，茶峒船家人拙于赞扬这种美丽，只知道为他取出一个诨名为"岳云"。虽无什么人亲眼看到过岳云，一般的印象，却从戏台上小生岳云，得来一个相近的神气。

三

两省接壤处，十余年来主持地方军事的，注重在安辑保守，处置极其得法，并无变故发生。水陆商务既不至于受战争停顿，也不至于为土匪影响，一切莫不极有秩序，人民也莫不安分乐生。这些人，除了家中死了牛，翻了船，或发生别的死亡大变，为一种不幸所绊倒，觉得十分伤心外，中国其他地方正在如何不幸挣扎中的情形，似乎就永远不会为这边城人民所感到。

边城所在一年中最热闹的日子，是端午、中秋和过年。三个节日过去三五十年前，如何兴奋了这地方人，直到现在，还毫无什么变化，仍是那地方居民最有意义的几个日子。

端午日，当地妇女小孩子，莫不穿了新衣，额角上用雄黄蘸酒画了个王字。任何人家到了这天必可以吃鱼吃肉。上午十一点钟左右，全茶峒人就吃了午饭，把饭吃过后，在城里住家的，莫不倒锁了门，全家出城到河边看划船。河街有熟人的，可到河街吊脚楼门口边看，不然就站在税关门口与各个码头上看。河中龙船以长潭某处作起点，税关前作终点作比赛竞争。因为这一天军官、税官以及当地有身份的人，莫不在税关前看热闹。划船的事各人在数天以前就早有了准备，分组分帮，各自选出了若干身体结实手脚伶俐的小伙子，在潭中练习进退。船只的形式，与平常木船大不相同，形体一律又长又狭，两头高高翘起，船身绘着朱红颜色长线，平常时节多搁在河边干燥洞穴里，要用它时，拖下水去。每只船可坐十二个到十八个桨手，一个带头的，一个鼓手，一个锣手。桨手每人持一支短桨，随了鼓声缓促为节拍，把船向前划去。带头的坐在船头上，头上缠裹着红布包头，手上拿两支小令旗，左右挥动，指挥船只的进退。擂鼓打锣的，多坐在船只的中部，船一划动便即刻蓬蓬铛铛把锣鼓很单纯的敲打起来，为划桨水手调理下桨节拍。一船快慢既不得不靠鼓声，故每当两船竞赛到剧烈时，鼓声如雷鸣，加上两岸人呐喊助威，便使人想起小说故事上梁红玉老鹳河时水战擂鼓，牛皋水擒杨幺时也是水战擂鼓。凡把船划到前面一点的，必可在税关前领赏，一匹红，一块小银牌，不拘缠挂到船上某一个人头上去，皆显出这一船合作的光荣。好事的军人，且当每次某一只船胜利时，必在水边放些表示胜利庆祝的五百响鞭炮。

赛船过后，城中的戍军长官，为了与民同乐，增加这个节日的愉快起见，便把绿头长颈大雄鸭，颈膊上缚了红布条子，放入河中，尽善于泅水的军民人等，下水追赶鸭子。不拘谁把鸭子捉到，谁就成为这鸭子的主人。于是长潭换了新的花样，水面各处是鸭子，同时各处有追赶鸭子的人。

船与船的竞赛，人与鸭子的竞赛，直到天晚方能完事。

掌水码头的龙头大哥顺顺，年青时节便是一个泅水的高手，入水中去追逐鸭子，在任何情形下总不落空。但一到次子傩送年过十岁时，已能入水闭气氽着到鸭子身边，再忽然冒水而出，把鸭子捉到，这做爸爸的便解嘲似的说："好，这种事有你们来做，我不必再下水了。"于是当真就不下水与人来竞争捉鸭子。但下水救人呢，当做别论。凡帮助人远离患难，便是入火，人到八十岁，也还是成为这个人一种不可逃避的责任！

天保傩送两人皆是当地泅水划船好的选手。

端午又快来了，初五划船，河街上初一开会，就决定了属于河街的那只船当天入水。天保恰好在那天应向上行，随了陆路商人过川东龙潭送节货，故参加的就只傩送。十六个结实如牛犊的小伙子，带了香、烛、鞭炮，同一个用生牛皮蒙好绘有朱红太极图的高脚鼓，到了搁船的河上游山洞边，烧了香烛，把船拖入水后，各人上了船，燃着鞭炮，擂着鼓，这船便如一枝箭似的，很迅速的向下游长潭射去。

那时节还是上午，到了午后，对河渔人的龙船也下了水，两只龙船就开始预习种种竞赛的方法。水面上第一次听到了鼓声，许多人从这鼓声中，感到了节日临近的欢悦。住临河吊脚楼对远方人有所等待的、有所盼望的，也莫不因鼓声想到远人。在这个节日里，必然有许多船只可以赶回，也有许多船只只合在半路过节，这之间，便有些眼目所难见的人事哀乐，在这小山城河街间，让一些人嬉喜，也让一些人皱眉。

蓬蓬鼓声掠水越山到了渡船头那里时，最先注意到的是那只黄狗。那黄狗汪汪的吠着，受了惊似的绕屋乱走；有人过渡时，便随船渡过河东岸去，且跑到那小山头向城里一方面大吠。

翠翠正坐在门外大石上用棕叶编蚱蜢蚰蜒玩，见黄狗先在太阳下睡着，忽然醒来便发疯似的乱跑，过了河又回来，就问它骂它：

"狗，狗，你做什么！不许这样子！"

可是一会儿那声音被她发现了，她于是也绕屋跑着，且同黄狗一块儿渡过了小溪，站在小山头听了许久，让那点迷人的鼓声，把自己带到一个过去的节日里去。

四

还是两年前的事。五月端阳，渡船头祖父找人做了代替，便带了黄狗同翠翠进城，过大河边去看划船。河边站满了人，四只朱色长船在潭中滑着，龙船水刚刚涨过，河中水皆豆绿色，天气又那么明朗，鼓声蓬蓬响着，翠翠抿着嘴一句话不说，心中充满了不可言说的快乐。河边人太多了一点，各人皆尽张着眼睛望河中，不多久，黄狗还在身边，祖父却挤得不见了。

翠翠一面注意划船，一面心想"过不久祖父总会找来的"。

但过了许久，祖父还不来，翠翠便稍稍有点儿着慌了。先是两人同黄狗进城前一天，祖父就问翠翠："明天城里划船，倘若一个人去看，人多怕不怕？"翠翠就说："人多我不怕，但自己只是一个人可不好玩。"于是祖父想了半天，方想起一个住在城中的老熟人，赶夜里到城里去商量，请那老人来看一天渡船，自己却陪翠翠进城玩一天。且因为那人比渡船老人更孤单，身边无一个亲人，也无一只狗，因此便约好了那人早上过家中来吃饭，喝一杯雄黄酒。第二天那人来了，吃了饭，把职务委托那人以后，翠翠等便进了城。到路上时，祖父想起什么似的，又问翠翠："翠翠，翠翠，人那么多，好热闹，你一个人敢到河边看龙船吗？"翠翠说："怎么不敢？可是一个人玩有什么意思。"到了河边后，长潭里的四只红船，把翠翠的注意力完全占去了，身边祖父似乎也可有可无了。祖父心想："时间还早，到收场时，至少还得三个时刻。溪边的那个朋友，也应当来看看年青人的热闹，回去一趟，换换地位还赶得及。"因此就告翠翠："人太多了，站在这里看，不要动，我到别处去有事情，无论如何总赶得回来伴你回家。"翠翠正为两只竞速并进的船迷着，祖父说的话毫不思索就答应了。祖父知道黄狗在翠翠身边，也许比他自己在她身边还稳当，于是便回家看船去了。

祖父到了那渡船处时，见代替他的老朋友，正站在白塔下注意听远处鼓声。

祖父喊他，请他把船拉过来，两人渡过小溪仍然站到白塔下去。那人问老船夫为什么又跑回来，祖父就说想替他一会儿故把翠翠留在河边，自己赶回来，好让他也过大河边去看看热闹，且说："看得好，就不必再回来，只须见了翠翠告她一声，翠翠到时自会回家的。小丫头不敢回家，你就伴她走走！"但那替手对于看龙船已无什么兴味，却愿意同老船夫在这溪边大石上各自再喝两杯烧酒。老船夫听说十分高兴，于是把酒葫芦取出，推给城中来的那一个。两人一面谈些端午旧事，一面喝酒，不到一会，那人却在岩石上被烧酒醉倒了。

　　人既醉倒了，无从入城，祖父为了责任又不便与渡船离开，留在河边的翠翠便不能不着急了。

　　河中划船的决了最后胜负后，城里军官已派人驾小船在潭中放了一群鸭子，祖父还不见来。翠翠恐怕祖父也正在什么地方等着她，因此带了黄狗各处人丛中挤着去找寻祖父，结果还是不得祖父的踪迹。后来看看天快要黑了，军人扛了长凳出城看热闹的，皆已陆续扛了那凳子回家。潭中的鸭子只剩下三五只，捉鸭人也渐渐的少了。落日向上游翠翠家中那一方落去，黄昏把河面装饰了一层薄雾。翠翠望到这个景致，忽然起了一个怕人的想头，她想："假若爷爷死了？"

　　她记起祖父嘱咐她不要离开原来地方那一句话，便又为自己解释这想头的错误，以为祖父不来，必是进城去或到什么熟人处去，被人拉着喝酒，故一时不能来的。正因为这也是可能的事，她又不愿在天未断黑以前，同黄狗赶回家去，只好站在那石码头边等候祖父。

再过一会，对河那两只长船已泊到对河小溪里去不见了，看龙船的人也差不多全散了。吊脚楼有娼妓的人家，已上了灯，且有人敲小斑鼓弹月琴唱曲子。另外一些人家，又有划拳行酒的吵嚷声音。同时停泊在吊脚楼下的一些船只，上面也有人在摆酒炒菜，把青菜萝卜之类，倒进滚热油锅里去时发出"吵——"的声音。河面已朦朦胧胧，看去好像只有一只白鸭在潭中浮着，也只剩一个人追着这只鸭子。

翠翠还是不离开码头，总相信祖父会来找她，同她一起回家。

吊脚楼上唱曲子声音热闹了一些，只听到下面船上有人说话，一个水手说："金亭，你听你那婊子陪川东庄客喝酒唱曲子，我赌个手指，说这是她的声音！"另一个水手就说："她陪他们喝酒唱曲子，心里可想我。她知道我在船上！"先前那一个又说："身体让别人玩着，心还想着你；你有什么凭据？"另一个说："我有凭据。"于是这水手吹着嗯哨，做出一个古怪的记号，一会儿，楼上歌声便停止了。两个水手皆笑了。两人接着便说了些关于那个女人的一切，使用了不少粗鄙字眼，翠翠不很习惯把这种话听下去，但又不能走开。且听水手之一说，楼上妇人的爸爸是在棉花坡被人杀死的，一共杀了十七刀。翠翠心中那个古怪的想头"爷爷死了呢"便仍然占据到心里有一忽儿。

两个水手还正在谈话，潭中那只白鸭慢慢的向翠翠所在的码头边游来，翠翠想："再过来些我就捉住你！"于是静静的等着，但那鸭子将近岸边三丈远近时，却有个人笑着，喊那船上水手。原来水中还有个人，那人已把鸭子捉到手，却慢慢的"蹚水"游近岸边的。船上人听到水面的喊声，在隐约里也喊道："二老，二老，你真能干，你今天得了五只吧。"那水上人说："这家伙狡猾得很，现在可归我了。""你这时捉鸭子，将来捉女人，一定有同样的本领。"水上那一个不再说什么，手脚并用的拍着水傍了码头。湿淋淋的爬上岸时，翠翠身旁的黄狗，仿佛警告水中人似的，汪汪的叫了几声，那人方注意到翠翠。码头上已无别的人，那人问：

"是谁？"

"是翠翠！"

"翠翠又是谁？"

"是碧溪岨撑渡船的孙女。"

"你在这儿做什么？"

"我等我爷爷。我等他来。"

"等他来他可不会来，你爷爷一定到城里军营里喝了酒，醉倒后被人抬回去了！"

"他不会这样子。他答应来找我，他就一定会来的。"

"这里等也不成。到我家里去，到那边点了灯的楼上去，等爷爷来找你好不好？"

翠翠误会邀他进屋里去那个人的好意，心里记着水手说的妇人丑事，她以为那男子就是要她上有女人唱歌的楼上去，本来从不骂人，这时正因等候祖父太久了，心中焦急得很，听人要她上去，以为欺侮了她，就轻轻的说：

"悖时砍脑壳的！"

话虽轻轻的，那男的却听得出，且从声音上听得出翠翠年纪，便带笑说："怎么，你骂人！你不愿意上去，要呆在这儿，回头水里大鱼来咬了你，可不要叫喊！"

翠翠说："鱼咬了我也不管你的事。"

那黄狗好像明白翠翠被人欺侮了，又汪汪的吠起来。那男子把手中白鸭举起，向黄狗吓了一下，便走上河街去了。黄狗为了自己被欺侮还想追过去，翠翠便喊："狗，狗，你叫人也看人叫！"翠翠意思仿佛只在告给狗"那轻薄男子还不值得叫"，但男子听去的却是另外一种好意，男的以为是她要狗莫向好人乱叫，放肆的笑着，不见了。

又过了一阵，有人从河街拿了一个废缆做成的火炬，喊叫着翠翠的名字来找寻她，到身边时翠翠却不认识那个人。那人说老船夫回到家中，不能来接她，故搭了过渡人口信来告翠翠，要她即刻就回去。翠翠听说是祖父派来的，就同那人一起回家，让打火把的在前引路，黄狗时前时后，一同沿了城墙向渡口走去。翠翠一面走一面问那拿火把的人，是谁告他就知道她在河边。那人说是二老问他的，他是二老家里的伙计，送翠翠回家后还得回转河街。

翠翠说："二老他怎么知道我在河边？"

那人便笑着说："他从河里捉鸭子回来，在码头上见你，他说好意请你上家里坐坐，等候你爷爷，你还骂过他！你那只狗不识吕洞宾，只是叫！"

翠翠带了点儿惊讶轻轻的问："二老是谁？"

那人也带了点儿惊讶说："二老你都不知道？就是我们河街上的傩送二老！就是岳云！他要我送你回去！"

傩送二老在茶峒地方不是一个生疏的名字！

翠翠想起自己先前骂人那句话，心里又吃惊又害羞，再也不说什么，默默的随了那火把走去。

翻过了小山岨，望得见对溪家中火光时，那一方面也看见了翠翠方面的火把，老船夫即刻把船拉过来，一面拉船一面哑声儿喊问："翠翠，翠翠，是不是你？"翠翠不理会祖父，口中却轻轻的说："不是翠翠，不是翠翠，翠翠早被大河中鲤鱼吃去了。"翠翠上了船，二老派来的人，打着火把走了，祖父牵着船问："翠翠，你怎么不答应我，生我的气了吗？"

翠翠站在船头还是不作声。翠翠对祖父那一点儿埋怨，等到把船拉过了溪，一到了家中，看明白了醉倒的另一个老人后，就完事了。但另一件事，属于自己不关祖父的，却使翠翠沉默了一个夜晚。

五

两年日子过去了。

这两年来两个中秋节，恰好都无月亮可看，凡在这边城地方，因看月而起整夜男女唱歌的故事，皆不能如期举行，故两个中秋留给翠翠的印象，极其平淡无奇。两个新年虽照例可以看到军营里与各乡来的狮子龙灯，在小教场迎春，锣鼓喧阗很热闹。到了十五夜晚，城中舞龙耍狮子的镇箪兵士，还各自赤裸着肩膊，往各处去欢迎炮仗烟火。城中军营里，税关局长公馆，河街上一些大字号，莫不预先截老毛竹筒，或镂空棕榈树根株，用洞硝拌和磺炭钢砂，一千搥八百搥把烟火做好。好勇取乐的军士，光赤着个上身，玩着灯打着鼓来了，小鞭炮如落雨的样子，从悬到长竿尖端的空中落到玩灯的肩背上，锣鼓催动急促的拍子，大家皆为这事情十分兴奋。鞭炮放过一阵后，用长凳绑着的大筒烟火，在敞坪一端燃起了引线，先是咝咝的流泻白光，慢慢的这白光便吼啸起来，作出如雷如虎惊人的声音，白光向上空冲去，高至二十丈，下落时便洒散着满天花雨。玩灯的兵士，在火花中绕着圈子，俨然毫不在意的样子。翠翠同他的祖父，也看过这样的热闹，留下一个热闹的印象，但这印象不知为什么原因，总不如那个端午所经过的事情甜而美。

翠翠为了不能忘记那件事，上年一个端午又同祖父到城边河街去看了半天船，一切玩得正好时，忽然落了行雨，无人衣衫不被雨湿透。为了避雨，祖孙二人同那只黄狗，走到顺顺吊脚楼上去，挤在一个角隅里。有人扛凳子从身边过去，翠翠认得那人是去年打了火把送她回家的人，就告给祖父：

"爷爷，那个人去年送我回家，他拿了火把走路时，真像喽啰！"

祖父当时不作声，等到那人回头又走过面前时，就一把抓住那个人，笑嘻嘻说：

"嗨嗨，你这个人！要你到我家喝一杯也不成，还怕酒里有毒，把你这个真命天子毒死！"

那人一看是守渡船的，且看到了翠翠，就笑了。"翠翠，你大长了！二老说你在河边大鱼会吃你，我们这里河中的鱼，现在可吞不下你了。"

翠翠一句话不说，只是抿起嘴唇笑着。

这一次虽在这喽啰长年口中听到个"二老"名字，却不曾见及这个人。从祖父与那长年谈话里，翠翠听明白了二老是在下游六百里外青浪滩过端午的。但这次不见二老却认识了大老，且见着了那个一地出名的顺顺。大老把河中的鸭子捉回家里后，因为守渡船的老家伙称赞了那只肥鸭两次，顺顺就要大老把鸭子给翠翠。且知道祖孙二人所过的日子十分拮据，节日里自己不能包粽子，又送了许多三角粽子。

那水上名人同祖父谈话时，翠翠虽装作眺望河中景致，耳朵却把每一句话听得清清楚楚。那人向祖父说翠翠长得很美，问过翠翠年纪，又问有不有人家。祖父则很快乐的夸奖了翠翠不少，且似乎不许别人来关心翠翠的婚事，故一到这件事便闭口不谈。

回家时，祖父抱了那只白鸭子同别的东西，翠翠打火把引路。两人沿城墙走去，一面是城，一面是水。祖父说："顺顺真是个好人，大方得很。大老也很好。这一家人都好！"翠翠说："一家人都好，你认识他们一家人吗？"祖父不明白这句话的意思所在，因为今天太高兴一点，便笑着说："翠翠，假若大老要你做媳妇，请人来做媒，你答应不答应？"翠翠就说："爷爷，你疯了！再说我就生你的气！"

祖父话虽不说了，心中却很显然的还转着这些可笑的不好的念头。翠翠着了恼，把火炬向路两旁乱晃着，向前快的走去了。

"翠翠，莫闹，我摔到河里去，鸭子会走脱的！"

"谁也不希罕那只鸭子！"

祖父明白翠翠为什么事不高兴，祖父便唱起摇橹人驶船下滩时催橹的歌声，声音虽然哑沙沙的，字眼儿却稳稳当当毫不含糊。翠翠一面听着一面向前走去，忽然停住了发问：

"爷爷，你的船是不是正在下青浪滩呢？"

祖父不说什么，还是唱着，两人皆记顺顺家二老的船正在青浪滩过节，但谁也不明白另外一个人的记忆所止处。祖孙二人便沉默的一直走还家中。到了渡口，那代理看船的，正把船泊在岸边等候他们。几人渡过溪到了家中，剥粽子吃，到后那人要进城去，翠翠赶即为那人点上火把，让他有火把照路。人过了小溪上小山时，翠翠同祖父在船上望着，翠翠说：

"爷爷，看喽啰上山了啊！"

祖父把手攀引着横缆，注目溪面升起的薄雾，仿佛看到了什么东西，轻轻的吁了一口气。祖父静静的拉船过对岸家边时，要翠翠先上岸去，自己却守在船边，因为过节，明白一定有乡下人上城里看龙船，还得乘黑赶回家去。

六

白日里，老船夫正在渡船上同个卖皮纸的过渡人有所争持。一个不能接受所给的钱，一个却非把钱送给老人不可。正似乎因为那个过渡人送钱气派，使老船夫受了点压迫，这撑渡船人就俨然生气似的，迫着那人把钱收回，使这人不得不把钱捏在手里。但船拢岸时，那人跳上了码头，一手铜钱向船舱里一撒，却笑眯眯的匆匆忙忙走了。老船夫手还得拉着船让别人上岸，无法去追赶那个人，就喊小山头的孙女：

"翠翠，翠翠，为我拉着那个卖皮纸的小伙子，不许他走！"

翠翠不知道是怎么会事，当真便同黄狗去拦那第一个下船人。那人笑着说：

"不要拦我！……"

正说着，第二个商人赶来了，就告给翠翠是什么事情。翠翠明白了，更拉着卖纸人衣服不放，只说："不许走！不许走！"黄狗为了表示同主人的意见一致，也便在翠翠身边汪汪汪的吠着。其余商人皆笑着，一时不能走路。祖父气吁吁的赶来了，把钱强迫塞到那人手心里，且搭了一大束草烟到那商人担子上去，搓着两手笑着说："走呀！你们上路走！"那些人于是全笑着走了。

翠翠说："爷爷，我还以为那人偷你东西同你打架！"

祖父就说：

"他送我好些钱。我才不要这些钱！告他不要钱，他还同我吵，不讲道理！"

翠翠说："全还给他了吗？"

祖父抿着嘴把头摇摇，闭上一只眼睛装成狡猾得意神气笑着，把扎在腰带上留下的那枚单铜子取出，送给翠翠。且说：

"他得了我们那把烟叶，可以吃到镇箪城！"

远处鼓声又蓬蓬的响起来了，黄狗张着两个耳朵听着。翠翠问祖父，听不听到什么声音。祖父一注意，知道是什么声音了，便说：

"翠翠，端午又来了。你记不记得去年天保大老送你那只肥鸭子。早上大老同一群人上川东去，过渡时还问你。你一定忘记那次落的行雨。我们这次若去，又得打火把回家；你记不记得我们两人用火把照路回家？"

翠翠还正想起两年前的端午一切事情。但祖父一问，翠翠却微带点儿恼着的神气，把头摇摇，故意说："我记不得，我记不得。"其实她那意思就是"我怎么记不得？！"

祖父明白那话里意思，又说："前年还更有趣，你一个人在河边等我，差点儿不知道回来，我还以为大鱼会吃掉你！"

提起旧事翠翠嗤的笑了。

"爷爷，你还以为大鱼会吃掉我？是别人家说我，我告给你的！你那天只是恨不得让城中的那个爷爷把装酒的葫芦吃掉！你这种人，好记性！"

"我人老了，记性也坏透了。翠翠，现在你人长大了，一个人一定敢上城看船不怕鱼吃掉你了。"

"人大了就应当守船呢。"

"人老了才当守船。"

"人老了应当歇憩!"

"你爷爷还可以打老虎,人不老!"祖父说着,于是,把膀子弯曲起来,努力使筋肉在局束中显得又有力又年青,且说:"翠翠,你不信,你咬。"

翠翠睨着腰背微驼白发满头的祖父,不说什么话。远处有吹唢呐的声音,她知道那是什么事情,且知道唢呐方向,要祖父同她下了船,把船拉过家中那边岸旁去。为了想早早的看到那迎婚送亲的喜轿,翠翠还爬到屋后塔下去眺望。过不久,那一伙人来了,两个吹唢呐的,四个强壮乡下汉子,一顶空花轿,一个穿新衣的团总儿子模样的青年,另外还有两只羊,一个牵羊的孩子,一坛酒,一盒糍粑,一个担礼物的人。一伙人上了渡船后,翠翠同祖父也上了渡船,祖父拉船,翠翠却傍花轿站定,去欣赏每一个人的脸色与花轿上的流苏。拢岸后,团总儿子模样的人,从扣花抱肚里掏出了一个小红纸包封,递给老船夫。这是当地规矩,祖父再不能说不接收了。但得了钱祖父却说话了,问那个人,新娘是什么地方人,明白了,又问姓什么,明白了,又问多大年纪,一起皆弄明白了。吹唢呐的一上岸后,又把唢呐呜呜喇喇吹起来,一行人便翻山走了。祖父同翠翠留在船上,感情仿佛皆追着那唢呐声音走去,走了很远的路方回到自己身边来。

祖父掂着那红纸包封的分量说:"翠翠,宋家堡子里新嫁娘只十五岁。"

翠翠明白祖父这句话的意思所在，不作理会，静静的把船拉动起来。

到了家边，翠翠跑还家中去取小小竹子做的双管唢呐，请祖父坐在船头吹"娘送女"曲子给她听，她却同黄狗躺到门前大岩石上荫处看天上的云。白日渐长，不知什么时节，祖父睡着了，翠翠同黄狗也睡着了。

七

到了端午。祖父同翠翠在三天前业已预先约好，祖父守船，翠翠同黄狗过顺顺吊脚楼去看热闹。翠翠先不答应，后来答应了。但过了一天，翠翠又翻悔回来，以为要看两人去看，要守船两人守船。祖父明白那个意思，是翠翠玩心与爱心相战争的结果。为了祖父的牵绊，应当玩的也无法去玩，这不成！祖父含笑说："翠翠，你这是为什么？说定了的又翻悔，同茶峒人平素品德不相称。我们应当说一是一，不许三心二意。我记性并不坏到这样子，把你答应了我的即刻忘掉！"祖父虽那么说，很显然的事，祖父对于翠翠的打算是同意的。但人太乖了，祖父有点愀然不乐了。见祖父不再说话，翠翠就说："我走了，谁陪你？"

祖父说："你走了，船陪我。"

翠翠把眉毛皱拢去苦笑着。"船陪你，嗨，嗨，船陪你。爷爷，你真是……"

祖父心想："你总有一天会要走的。"但不敢提这件事。祖父一时无话可说，于是走过屋后塔下小圃里去看葱，翠翠跟过去。

"爷爷，我决定不去，要去让船去，我替船陪你！"

"好，翠翠，你不去我去，我还得戴了朵红花，装老太婆进城去见世面！"

两人都为这句话笑了许久。所争持的事，不求结论了。

祖父理葱，翠翠却摘了一根大葱吹着。有人在东岸喊过渡，翠翠不让祖父占先，便忙着跑下去，跳上了渡船，援着横溪缆子拉船过溪去接人。一面拉船一面喊祖父：

"爷爷，你唱，你唱！"

祖父不唱，却只站在高岩上望翠翠，把手摇着，一句话不说。

祖父有点心事。

翠翠一天比一天大了，无意中提到什么时会红脸了。时间在成长她，似乎正催促她，使她在另外一件事情上负点责。她欢喜看扑粉满脸的新嫁娘，欢喜述说关于新嫁娘的故事，欢喜把野花戴到头上去，还欢喜听人唱歌。茶峒人的歌声，缠绵处她已领略得出。她有时仿佛孤独了一点，爱坐在岩石上去，向天空一片云一颗星凝眸。祖父若问："翠翠，想什么？"她便带着点儿害羞情绪，轻轻的说："翠翠不想什么。"但在心里却同时又自问："翠翠，你想什么？"同是自己也在心里答着："我想的很远，很多。可是我不知想些什么。"她的确在想，又的确连自己也不知在想些什么。这女孩子身体既发育得很完全，在本身上因年龄自然而来的一件"奇事"，到月就来，也使她多了些思索。

祖父明白这类事情对于一个女子的影响，祖父心情也变了些。祖父是一个在自然里活了七十年的人，但在人事上的自然现象，就有了些不能安排处。因为翠翠的长成，使祖父记起了些旧事，从掩埋在一大堆时间里的故事中，重新找回了些东西。

翠翠的母亲，某一时节原同翠翠一个样子。眉毛长，眼睛大，皮肤红红的，也乖得使人怜爱——也懂在一些小处，起眼动眉毛，机伶懂事使家中长辈快乐。也仿佛永远不会同家中这一个分开。但一点不幸来了，她认识了那个兵。到末了丢开老的和小的，却陪那个兵死了。这些事从老船夫说来谁也无罪过，只应"天"去负责。翠翠的祖父口中不怨天，心却不能完全同意这种不幸的安排。到底还像年青人，说是放下了，也正是不能放下的莫可奈何容忍到的一件事！

并且那时还有个翠翠。如今假若翠翠又同妈妈一样，老船夫的年龄，还能把小雏儿再抚育下去吗？人愿意的事神却不同意！

人太老了，应当休息了，凡是一个良善的中国乡下人，一生中生活下来所应得到的劳苦与不幸，业已全得到了。假若另外高处有一个上帝，这上帝且有一双手支配一切，很明显的事，十分公道的办法，是应把祖父先收回去，再来让那个年青的在新的生活上得到应分接受一份的。

可是祖父并不那么想。他为翠翠担心。他有时便躺到门外岩石上，对着星子想他的心事。他以为死是应当快到了的，正因为翠翠人已长大了，证明自己也真正老了。可是无论如何，得让翠翠有个着落。翠翠既是她那可怜母亲交把他的，翠翠大了，他也得把翠翠交给一个人，他的事才算完结！翠翠应分交给谁？必需什么样的人方不委屈她？

前几天顺顺家天保大老过溪时，同祖父谈话，这心直口快的青年人，第一句话就说：

"老伯伯，你翠翠长得真标致，像个观音样子。再过两年，若我有闲空能留在茶峒照料事情，不必像老鸦成天到处飞，我一定每夜到这溪边来为翠翠唱歌。"

祖父用微笑奖励这种自白。一面把船拉动，一面把那双小眼睛瞅着大老。意思好像说，你的傻话我全明白，我不生气，你尽管说下去，看你还有什么要说。

于是大老又说：

"翠翠太娇了，我担心她只宜于听点茶峒人的歌声，不能做茶峒女子做媳妇的一切正经事。我要个能听我唱歌的情人，却更不能缺少个照料家务的媳妇。'又要马儿不吃草，又要马儿走得好'，唉，这两句话恰是古人为我说的！"

祖父慢条斯理把船掉了头，让船尾傍岸，就说：

"大老，也有这种事儿！你瞧着吧。"

那青年走去后，祖父温习着那些出于一个男子口中的真话，实在又愁又喜。翠翠若应当交把一个人，这个人是不是适宜于照料翠翠？当真交把了他，翠翠是不是愿意？

八

初五大清早落了点毛毛雨，上游且涨了点"龙船水"，河水已作豆绿色。祖父上城买办过节的东西，戴了个粽粑叶"斗篷"，携带了一个篮子，一个装酒的大葫芦，肩头上挂了个褡裢，其中放了一吊六百制钱，就走了。因为是节日，这一天从小村小寨带了铜钱担了货物上城去办货掉货的极多，这些人起身也极早，故祖父走后，黄狗就伴同翠翠守船。翠翠头上戴了一个崭新的斗篷，把过渡人一趟一趟的送来送去。黄狗坐在船头，每当船拢岸时必先跳上岸边去衔绳头，引起每个过渡人的兴味。有些过渡乡下人也携了狗上城，照例如俗话说的"狗离不得屋"，一离了自己的家，即或傍着主人，也变得非常老实了。到过渡时，翠翠的狗必走过去嗅嗅，从翠翠方面讨取了一个眼色，似乎明白翠翠的意思，就不敢有什么举动。直到上岸后，把拉绳子的事情做完，眼见到那只陌生的狗上小山去了，也必跟着追去。或者向狗主人轻轻吠着，或者逐着那陌生的狗，必得翠翠带点儿嗔恼的嚷着："狗，狗，你狂什么？还有事情做，你就跑呀！"于是这黄狗赶快跑回船上来，且依然满船闻嗅不已。翠翠说："这算什么轻狂举动！跟谁学得的！还不好好蹲到那边去！"狗俨然极其懂事，便即刻到它自己原来地方去，只间或又像想起什么心事似的，轻轻的吠几声。

雨落个不止，溪面一片烟。翠翠在船上无事可做时，便算着老船夫的行程。她知道他这一去应到什么地方碰到什么人，谈些什么话，这一天城门边应当是些什么情形，河街上应当是些什么情形，"心中一本册"，她完全如同眼见到的那么明明白白。她又知道祖父的脾气，一见城中相熟粮子上人物，不管是马夫火夫，总会把过节时应有的颂祝说出。这边说："副爷，你过节吃饱喝饱！"那一个便也将说："划船的，你吃饱喝饱！"这边若说着如上的话，那边人说："有什么可以吃饱喝饱？四两肉，两碗酒，既不会饱也不会醉！"那么，祖父必很诚实邀请这熟人过碧溪岨喝个够量。倘若有人当时就想喝一口祖父葫芦中的酒，这老船夫也从不吝啬，必很快的就把葫芦递过去。酒喝过了，那兵营中人卷舌子舔着嘴唇，称赞酒好，于是又必被勒迫着喝第二口。酒在这种情形下少起来了，就又跑到原来铺上去，加满为止。翠翠且知道祖父还会到码头上去同刚拢岸一天两天的上水船水手谈谈话，问问下河的米价盐价，有时且弯着腰钻进那带有海带鱿鱼味，以及其他油味、醋味、柴烟味的船舱里去，水手们从小坛中抓出一把红枣，递给老船夫，过一阵，等到祖父回家被翠翠埋怨时，这红枣便成为祖父与翠翠和解的工具。祖父一到河街上，且一定有许多铺子上商人送他粽子与其他东西，作为对这个忠于职守的划船人一点敬意，祖父虽嚷着"我带了那么一大堆，回去会把老骨头压断"，可是不管如何，这些东西多少总得领点情。走到卖肉案桌边去，他想买肉，人家却照例不愿接钱，屠户若不接钱，他却宁可到另外一家去，决不想沾那点便宜。那屠户说："爷爷，你为人那么硬算什么？又不是要你去作犁口耕田！"但不行，他以为这是血钱，不比别的事情，你不收钱他会把钱预先算好，猛的把钱掷到大而长的钱筒里去，攫了肉就走去的。卖肉的明白他那种性情，到他称肉时总选取最好的一处，且把分量故意加多，他见及时却将说："喂喂，大老板，我不要你那些好处！腿上的肉是城里人炒鱿鱼肉丝用的肉，莫同我开玩笑！我要夹项肉，我要浓的、糯的，我是个划船人，我要拿去炖胡萝卜喝酒的！"得了肉，把钱交过手时，自己先数一次，又嘱咐屠户再数，屠户却照例不理会他，把一手钱哗的向长竹筒口丢去，他于是简直是妩媚的微笑着走了。屠户与其他买肉人，见到他这种神气，必笑个不止……

翠翠还知道祖父必到河街上顺顺家里去。

翠翠温习着两次过节两个日子所见所闻的一切，心中很快乐，好像目前有一个东西，同早间在床上闭了眼睛所看到那种捉摸不定的黄葵花一样，这东西仿佛很明朗的在眼前，却看不准，抓不住。

翠翠想："白鸡关真出老虎吗？"她不知道为什么忽然想起白鸡关。白鸡关是酉水中部一个地名，离茶峒两百多里路！

于是又想："三十二个人摇六匹橹，上水走风时张起个大篷，一百幅白布铺成的一片东西，先在这样大船上过洞庭湖，多可笑……"她不明白洞庭湖有多大，也就从没见过这种大船，更可笑的，还是她自己也不知道为什么却想到这个问题！

一群过渡人来了，有担子，有送公事跑差模样的人物，另外还有母女二人。母亲穿了新浆洗得硬朗的蓝布衣服，女孩子脸上涂着两饼红色，穿了不甚称身的新衣，上城到亲戚家中去拜节看龙船的。等待众人上船稳定后，翠翠一面望着那小女孩，一面把船拉过溪去。那小孩从翠翠估来年纪也将十二岁了，神气却很娇，似乎从不曾离开过母亲。脚下穿的是一双尖头新油过的钉鞋，上面沾污了些黄泥。裤子是那种泛紫的葱绿布做的。见翠翠尽是望她，她也便看着翠翠，眼睛光光的如同两粒水晶球。神气中有点害羞，有点不自在，同时也有点不可言说的爱娇。那母亲模样的妇人便问翠翠年纪有几岁。翠翠笑着，不高兴答应，却反问小女孩今年几岁。听那母亲说十三岁时，翠翠忍不住笑了。那母女显然是财主人家的妻女，从神气上就可看出的。翠翠注视那女孩，发现了女孩子手上还戴得有一副麻花绞的银手镯，闪着白白的亮光，心中有点儿歆羡。船傍岸后，人陆续上了岸，妇人从身上摸出一把铜子，塞到翠翠手中，就走了。翠翠当时竟忘了祖父的规矩了，也不说道谢，也不把钱退还，只望着这一行人中那个女孩子身后发痴。一行人正将翻过小山时，翠翠忽又忙匆匆的追上去，在山头上把钱还给那妇人。那妇人说："这是送你的！"翠翠不说什么，只微笑把头尽摇，表示不能接受且不等妇人来得及说第二句话，就很快的向自己渡船边跑去了。

到了渡船上，溪那边又有人喊过渡，翠翠把船又拉回去。第二次过渡是七个人，又有两个女孩子，也同样因为看龙船特意换了干净衣服，相貌却并不如何美观，因此使翠翠更不能忘记先前那一个。

今天过渡的人特别多，其中女孩子比平时更多，翠翠既在船上拉缆子摆渡，故见到什么好看的，极古怪的，人乖的，眼睛眶子红红的，莫不在记忆中留下个印象。无人过渡时，等着祖父祖父又不来，便尽只反复温习这些女孩子的神气。且轻轻的无所谓的唱着：

"白鸡关出老虎咬人，不咬别人，团总的小姐派第一。……大姐戴副金簪子，二姐戴副银钏子，只有我三妹没得什么戴，耳朵上长年戴条豆芽菜。"

城中有人下乡的，在河街上一个酒店前面，曾见及那个撑渡船的老头子，把葫芦嘴推让给一个年青水手，请水手喝他新买的白烧酒，翠翠问及时，那城中人就告给她所见到的事情。翠翠笑祖父的慷慨不是时候，不是地方。过渡人走了，翠翠就在船上又轻轻的哼着巫师十二月里为人还愿迎神的歌玩——

你大仙，你大神，睁眼看看我们这里人！
他们既诚实，又年青，又身无疾病。
他们大人会喝酒，会做事，会睡觉；
他们孩子能长大，能耐饥，能耐冷；
他们牯牛肯耕田，山羊肯生仔，鸡鸭肯孵卵；

他们女人会养儿子，会唱歌，会找她心中欢喜的情人！
你大神，你大仙，排驾前来站两边。
关夫子身跨赤兔马，
尉迟公手拿大铁鞭！

你大仙，你大神，云端下降慢慢行！

张果老驴得坐稳，

铁拐李脚下要小心！

福禄绵绵是神恩，

和风和雨神好心，

好酒好饭当前陈，

肥猪肥羊火上烹！

洪秀全，李鸿章，

你们在生是霸王，

杀人放火尽节全忠各有道，

今来坐席又何妨！

慢慢吃，慢慢喝，

月白风清好过河。

醉时携手同归去，

我当为你再唱歌！

　　那首歌声音既极柔和，快乐中又微带忧郁。唱完了这歌，翠翠觉得心上有一丝儿凄凉。她想起秋末酬神还愿时田坪中的火燎同鼓角。

远处鼓声已起来了，她知道绘有朱红长线的龙船这时节已下河了，细雨还依然落个不止，溪面一片烟。

九

祖父回家时，已将近平常吃早饭时节了，肩上手上全是东西，一上小山头便喊翠翠，要翠翠拉船过小溪来迎接他。翠翠眼看到多少人皆进了城，正在船上急得莫可奈何，听到祖父的声音，精神旺了，锐声答着："爷爷，爷爷，我来了！"老船夫从码头边上了渡船后，把肩上手上的东西搁到船头上，一面帮着翠翠拉船，一面向翠翠笑着，如同一个小孩子，神气充满了谦虚与羞怯。"翠翠，你急坏了，是不是？"翠翠本应埋怨祖父的，但她却回答说："爷爷，我知道你在河街上劝人喝酒，好玩得很。"翠翠还知道祖父极高兴到河街上去玩，但如此说来，将更使祖父害羞乱嚷了，故不提出。

翠翠把搁在船头的东西一一估记在眼里，不见了酒葫芦。翠翠嗤的笑了。

"爷爷，你倒大方，请副爷同船上人吃酒，连葫芦也吃到肚里去了！"

祖父笑着忙做说明：

"那里，那里，我那葫芦被顺顺大伯扣下了，他见我在河街上请人喝酒，就说：'喂，喂，摆渡的张横，这不成的。你不开糟坊，如何这样子！你要做仁义大哥梁山好汉，把你那个放下来，请我全喝了吧。'他当真那么说：'请我全喝了吧。'我把葫芦放下了。但我猜想他是同我闹着玩的。他家里还少烧酒吗？翠翠，你说，是不是？……"

"爷爷，你以为人家真想喝你的酒，便是同你开玩笑吗？"

"那是怎么的？"

"你放心，人家一定因为你请客不是地方，所以扣下你的葫芦，不让你请人把酒喝完。等等就会派毛伙为你送来的，你还不明白，真是！——"

"唉，当真会是这样的！"

说着船已拢了岸，翠翠抢先帮祖父搬东西回家，但结果却只拿了那尾鱼，那个花裙裙；裙裙中钱已用光了，却有一包白糖，一包小芝麻饼子。

两人刚把新买的东西搬运到家中，对溪就有人喊过渡，祖父要翠翠看着肉菜免得被野猫拖去，争着下溪去做事，一会儿，便同那个过渡人嚷着到家中来了。原来这人便是送酒葫芦的。只听到祖父说："翠翠，你猜对了。人家当真把酒葫芦送来了！"

翠翠来不及向灶边走去，祖父同一个年纪青青的脸黑肩膊宽的人物，便进到屋里了。

翠翠同客人皆笑着，让祖父把话说下去。客人又望着翠翠笑，翠翠仿佛明白为什么被人望着，有点不好意思起来，走到灶边烧火去了。溪边又有人喊过渡，翠翠赶忙跑出门外船上去，把人渡过了溪。恰好又有人过溪。天虽落小雨，过渡人却分外多，一连三次。翠翠在船上一面做事一面想起祖父的趣处。不知怎么的，从城里被人打发来送酒葫芦的，她觉得好像是个熟人，却不明白在什么地方见过面。但也正像是不肯把这人想到某方面去，方猜不着这来人的身份。

祖父在岩坎上边喊："翠翠，翠翠，你上来歇歇，陪陪客！"本来无人过渡便想上岸去烧火，但经祖父一喊，反而不上岸了。

来客问祖父"进不进城看船"，老渡船夫就说"应当看守渡船"。两人又谈了些别的话。到后来客方言归正传：

"伯伯，你翠翠像个大人了，长得很好看！"

撑渡船的笑了。"口气同哥哥一样，倒爽快呢。"这样想着，却那么说："二老，这地方配受人称赞的只有你，人家都说你好看！'八面山的豹子，地地溪的锦鸡'，全是特为颂扬你这个人好处的警句！"

"但是，这很不公平。"

"很公平的！我听船上人说，你上次押船，船到三门下面白鸡关滩出了事，从急浪中你援救过三个人。你们在滩上过夜，被村子里女人见着了，人家在你棚子边唱歌一整夜，是不是真有其事？"

"不是女人唱歌一夜，是狼嗥。那地方著名多狼，只想得机会吃我们！我们烧了一大堆火，吓住了它们，才不被吃掉！"

老船夫笑了。"那更妙！人家说的话还是很对的。狼是只吃姑娘，吃小孩，吃十八岁标致青年，像我这种老骨头，它不要吃的！"

那二老说："伯伯，你到这里见过两万个日头，别人家全说我们这个地方风水好，出大人，不知为什么原因，如今还不出大人？"

"你是不是说风水好应出有大名头的人？我以为这种人不生在我们这个小地方，也不碍事。我们有聪明、正直、勇敢、耐劳的年青人，就够了。像你们父子兄弟，为本地也增光彩已经很多很多！"

"伯伯，你说得好，我也是那么想。地方不出坏人出好人，如伯伯那么样子，人虽老了，还硬朗得同棵楠木树一样，稳稳当当的活到这块地面，又正经，又大方，难得的咧。"

"我是老骨头了，还说什么。日头，雨水，走长路，挑分量沉重的担子，大吃大喝，挨饿受寒，自己分上的都拿过了，不久就会躺到这冰凉土地上喂蛆吃的。这世界有得是你们小伙子分上的一切，好好的干，日头不辜负你们，你们也莫辜负日头！"

"伯伯，看你那么勤快，我们年青人不敢辜负日头！"

说了一阵，二老想走了，老船夫便站到门口去喊叫翠翠，要她到屋里来烧水煮饭，掉换他自己看船。翠翠不肯上岸，客人却已下船了，翠翠把船拉动时，祖父故意装作埋怨神气说：

"翠翠，你不上来，难道要我在家里做媳妇煮饭吗？"

翠翠斜睨了客人一眼，见客人正盯着她，便把脸背过去，抿着嘴儿，很自负的拉着那条横缆，船慢慢拉过对岸了。客人站在船头同翠翠说话：

"翠翠，吃了饭，同你爷爷去看划船吧？"

翠翠不好意思不说话，便说："爷爷说不去，去了无人守这个船！"

"你呢？"

"爷爷不去我也不去。"

"你也守船吗？"

"我陪我爷爷。"

"我要一个人来替你们守渡船，好不好？"

砰的一下船头已撞到岸边土坎上了，船拢岸了。二老向岸上一跃，站在斜坡上说：

"翠翠，难为你！……我回去就要人来替你们，你们快吃饭，一同到我家里去看船，今天人多咧，热闹咧！"

翠翠不明白这陌生人的好意，不懂得为什么一定要到他家中去看船，抿着小嘴笑笑，就把船拉回去了。到了家中一边溪岸后，只见那个人还正在对溪小山上，好像等待什么，不即走开。翠翠回转家中，到灶口边去烧火，一面把带点湿气的草塞进灶里去，一面向正在把客人带回的那一葫芦酒试着的祖父询问：

"爷爷，那人说回去就要人来替你，要我们两人去看船，你去不去？"

"你高兴去吗？"

"两人同去我高兴。那个人很好，我像认得他，他是谁？"

祖父心想："这倒对了，人家也觉得你好！"祖父笑着说：

"翠翠，你不记得你前年在大河边时，有个人说要让大鱼咬你吗？"

翠翠明白了，却仍然装不明白问："他是谁？"

"你想想看，猜猜看。"

"我猜不着他是张三李四。"

"顺顺船总家的二老，他认识你你不认识他啊！"他抿了一口酒，像赞美酒又像赞美人，低低的说："好的，妙的，这是难得的。"

过渡的人在门外坎下叫唤着，老祖父口中还是"好的，妙的……"匆匆下船做事去了。

十

吃饭时隔溪有人喊过渡，翠翠抢着下船，到了那边，方知道原来过渡的人，便是船总顺顺家派来做替手的水手，一见翠翠就说道："二老要你们一吃了饭就去，他已下河了。"见了祖父又说："二老要你们吃了饭就去，他已下河了。"

张耳听听，便可听出远处鼓声已较密，从鼓声里使人想到那些极狭的船，在长潭中笔直前进时，水面上画着如何美丽的长长的线路！

新来的人茶也不吃，便在船头站妥了，翠翠同祖父吃饭时，邀他喝一杯，只是摇头推辞。祖父说：

"翠翠，我不去，你同小狗去好不好？"

"要不去，我也不想去！"

"我去呢？"

"我本来也不想去，但我愿意陪你去。"

祖父微笑着："翠翠，翠翠，你陪我去，好的，你陪我去！"

……

祖父同翠翠到城里大河边时河边早站满了人。细雨已经停止，地面还是湿湿的。祖父要翠翠过河街船总家吊脚楼上去看船，翠翠却似乎有心事怕到那边去。两人在河边站定不多久，顺顺便派人把他们请去了。吊脚楼上已有了很多的人。早上过渡时，为翠翠所注意的乡绅妻女，受顺顺家的款待，占据了最好窗口，一见到翠翠，那女孩子就说："你来，你来！"翠翠带着点儿羞怯走去，坐在他们身后条凳上，祖父便走开了。

祖父并不看龙船竞渡，却为一个熟人拉到河上游半里路远近，到一个新碾坊看水碾子去了。老船夫对于水碾子原来就极有兴味的。倚山滨水来一座小小茅屋，屋中有那么一个圆石片子，固定在一个横轴上，斜斜的搁在石槽里。当水闸门抽去时，流水冲激地下的暗轮，上面的石片便飞转起来。做主人的管理这个东西，把毛谷倒进石槽中去，把碾好的米弄出放在屋角隅长方箩筛子里，再筛去糠灰。地上全是糠灰，主人头上包着块白布帕子，头上肩上也全是糠灰。天气好时就在碾坊前后隙地里种些萝卜、青菜、大蒜、四季葱。水沟坏了，就把裤子脱去，到河里去堆砌石头修理泄水处。水碾坝若修筑得好，还可装个小小鱼梁，涨小水时就自会有鱼上梁来，不劳而获！在河边管理一个碾坊比管理一只渡船多变化有趣味，情形一看也就明白了。但一个撑渡船的若想有座碾坊，那简直是不可能的妄想。凡碾坊照例是属于当地小财主的产业。那熟人把老船夫带到碾坊边时，就告给他这碾坊业主为谁。两人一面各处视察一面说话。

那熟人用脚踢着新碾盘说：

"中寨人自己坐在高山砦子上，却欢喜来到这大河边置产业；

这是中寨王团总的，值大钱七百吊！"

老船夫转着那双小眼睛，很羡慕的去欣赏一切，估计一切，把头点着，且对于碾坊中物件一一加以很得体的批评。后来两人就坐到那还未完工的白木条凳上去，熟人又说到这碾坊的将来，似乎是团总女儿陪嫁的妆奁。那人于是想起了翠翠，且记起大老托过他的事情来了，便问道：

"伯伯，你翠翠今年十几岁？"

"满十四进十五岁。"老船夫说过这句话后，便接着在心中计算过去的年月。

"十四岁多能干！将来谁得她真有福气！"

"有什么福气？又无碾坊陪嫁，一个光人。"

"别说一个光人，一个有用的人，两只手抵得五座碾坊！洛阳桥也是鲁班两只手造的！……"这样那样的说着，说到后来，那人笑了。

老船夫也笑了，心想："翠翠有两只手将来也去造洛阳桥吧，新鲜事！"

那人过了一会又说：

"茶峒人年青男子眼睛光，选媳妇也极在行。伯伯，你若不多我的心时，我就说个笑话给你听。"

老船夫问："是什么笑话？"

那人说："伯伯你若不多心时，这笑话也可以当真话去听咧。"

接着说的下去就是顺顺家大老如何在人家面前赞美翠翠，且如何托他来探听老船夫口气那么一件事。末了同老船夫来转述另一回会话的情形。"我问他：'大老，大老，你是说真话还是说笑话？'他就说：'你为我去探听探听那老的，我欢喜翠翠，想要翠翠，是真话！'我说：'我这口钝得很，说出了口收不回，万一老的一巴掌打来呢？'他说：'你怕打，你先当笑话去说，不会挨打的！'所以，伯伯，我就把这件真事情当笑话来同你说了。你试想想，他初九从川东回来见我时，我应当如何回答他？"

老船夫记前一次大老亲口所说的话，知道大老的意思很真，且知道顺顺也欢喜翠翠，故心里很高兴。但这件事照规矩得这个人带封点心亲自到碧溪岨家中去说，方见得慎重其事，老船夫就说："等他来时你说，老家伙听过了笑话后，自己也说了个笑话，他说：'车是车路，马是马路，各有走法。大老走的是车路，应当由大老爹爹做主，请了媒人来正正经经同我说。走的是马路，应当自己做主，站在渡口对溪高崖上，为翠翠唱三年六个月的歌。'"

"伯伯，若唱三年六个月的歌动得了翠翠的心，我赶明天就自己来唱歌了。"

"你以为翠翠肯了我还会不肯吗？"

"不咧，人家以为这件事你老人家肯了，翠翠便无有不肯呢。"

"不能那么说，这是她的事呵！"

"便是她的事，可是必须老的做主，人家也仍然以为在日头月光下唱三年六个月的歌，还不如得伯伯说一句话好！"

"那么，我说，我们就这样办，等他从川东回来时，要他同顺顺去说明白。我呢，我也先问问翠翠；若以为听了三年六个月的歌再跟那唱歌人走去有意思些，我就请你劝大老走他那弯弯曲曲的马路。"

"那好的。见了他我就说：'大老，笑话吗，我已说过了。真话呢，看你自己的命运去了。'当真看他的命运去了，不过我明白他的命运，还是在你老人家手上捏着紧紧的。"

"不是那么说！我若捏得定这件事，我马上就答应了。"

这里两人把话说妥后，就过另一处看一只顺顺新近买来的三舱船去了。河街上顺顺吊脚楼方面，却有了如下事情。

翠翠虽被那乡绅女孩喊到身边去坐，地位非常之好，从窗口望出去，河中一切朗然在望，然而心中可不安宁。挤在其他几个窗口看热闹的人，似乎皆常常把眼光从河中景物挪到这边几个人身上来。还有些人故意装成有别的事情样子，从楼这边走过那一边，事实上却全为的是好仔细看看翠翠这方面几个人。翠翠心中老不自在，只想借故跑去。一会儿河下的炮声响了，几只从对河取齐的船只，直向这方面划来。先是四条船皆相去不远，如四枝箭在水面射着，到了一半，已有两只船占先了些，再过一会子，那两只船中间便又有一只超过了并进的船只而前。看看船到了税局门前时，第二次炮声又响，那船便胜利了。这时节胜利的已判明属于河街人所划的一只，各处便皆响着庆祝的小鞭炮。那船于是沿了河街吊脚楼划去，鼓声蓬蓬作响，河边与吊脚楼各处，都同时呐喊表示快乐的祝贺。翠翠眼见在船头站定摇动小旗指挥进退头上包着红布的那个年青人，便是送酒葫芦到碧溪岨的二老，心中便印着三年前的旧事，"大鱼吃掉你！""吃掉不吃掉，不用你管！""狗，狗，你也看人叫！"想起狗，翠翠才注意到自己身边那只黄狗，早已不知跑到什么地方去，便离了座位，在楼上各处找寻她的黄狗，把船头人忘掉了。

她一面在人丛里找寻黄狗，一面听人家正说些什么话。

一个大脸妇人问："是谁家的人，坐到顺顺家当中窗口前的那块好地方？"

一个妇人就说："是砦子上王乡绅家大姑娘，今天说是来看船，其实来看人，同时也让人看！人家命好，有本领坐那好地方！"

"看谁人？被谁看？"

"嗨，你还不明白，那乡绅想同顺顺打亲家呢。"

"那姑娘配什么人？是大老，还是二老？"

"说是二老呀，等等你们看这岳云，就会上楼来看他丈母娘的！"

另一个女人便插嘴说："事弄妥了，好得很呢！人家在大河边有一座崭新碾坊陪嫁，比十个长年还好一些。"

有人问："二老怎么样？"

又有人就轻轻的说："二老已说过了，这不必看。第一件事我就不想做那个碾坊的主人！"

"你听岳云二老说过吗？"

"我听别人说的。还说二老欢喜一个撑渡船的。"

"他又不是傻小二，不要碾坊，要渡船吗？"

"那谁知道。横顺人是'牛肉炒韭菜，各人心里爱'。只看各人心里爱什么就吃什么。渡船不会不如碾坊！"

当时各人眼睛对着河里，口中说着这些闲话，却无一个人回头来注意到身后边的翠翠。

翠翠脸发火发烧走到另外一处去，又听有两个人提到这件事。且说："一切早安排好了，只须要二老一句话。"又说："只看二老今天那么一股劲儿，就可以猜想得出，这劲儿是岸上一个黄花姑娘给他的！"

谁是激动二老的黄花姑娘？

翠翠人矮了些，在人背后已望不见河中情形，只听到敲鼓声渐近渐激越，岸上呐喊声自远而近，便知道二老的船恰恰经过楼下。楼上人也大喊着，杂夹叫着二老的名字，乡绅太太那方面，且有人放小百子鞭炮。忽然又用另外一种惊讶声音喊着，且同时便见许多人出门向河下走去。翠翠不知出了什么事，心中有点迷乱，正不知走回原来座位边去好，还是依然站在人背后好。只见那边正有人拿了个托盘，装了一大盘粽子同细点心，在请乡绅太太小姐用点心，不好意思再过那边去，便想也挤出大门外到河下去看看。从河街一个盐店旁边甬道下河时，正在一排吊脚楼的梁柱间，迎面碰头一群人，拥着那个头包红布的二老来了。原来二老因失足落水，已从水中爬起来了。路太窄了一些，翠翠虽闪过一旁，与迎面来的人仍然得肘子触着肘子。二老一见翠翠就说：

"翠翠，你来了，爷爷也来了吗？"

翠翠脸还发着烧不便作声，心想："黄狗跑到什么地方去了呢？"

二老又说：

"怎不到我家楼上去看呢？我已要人替你弄了个好位子。"

翠翠心想："碾坊陪嫁，希奇事情咧。"

二老不能逼迫翠翠回去，到后便各自走开了。翠翠到河下时，小小心腔中充满了一种说不分明的东西。是烦恼吧，不是！是忧愁吧，不是！是快乐吧，不，有什么事情使这个女孩子快乐呢？是生气了吧，——是的，她当真仿佛觉得自己是在生一个人的气，又像是在生自己的气。河边人太多了，码头边浅水中，船桅船篷上，以至于吊脚楼的柱子上，也不挤满了人。翠翠自言自语说："人那么多，有什么三脚猫好看？"先还以为可以在什么船上发现她的祖父，但各处搜寻了一阵，却无祖父的影子。她挤到水边去，一眼便看到了自己家中那条黄狗，同顺顺家一个长年，正在去岸数丈一只空船上看热闹。翠翠锐声叫喊了两声，黄狗张着耳叶昂头四面一望，便猛的扑下水中，向翠翠方面泅来了。到了身边时狗身上已全是水，把水抖着且跳跃不已，翠翠便说："得了，装什么疯。你又不翻船，谁要你落水呢？"

翠翠同黄狗各处找祖父去，在河街上一个木行前恰好遇着了祖父。

老船夫说："翠翠，我看了个好碾坊，碾盘是新的，水车是新的，屋上稻草也是新的！水坝管着一缕水，急溜溜的，抽水闸时水车转得如陀螺。"

翠翠带着点做作问："是什么人的？"

"是什么人的？住在山上的员外王团总的。我听人说是那中寨人为女儿做嫁妆的东西，好不阔气，包工就是七百吊大钱，还不管风车，不管家私！"

"谁讨那个人家的女儿？"

祖父望着翠翠干笑着："翠翠，大鱼咬你，大鱼咬你。"

翠翠因为对于这件事心中有了个数目，便仍然装着全不明白，只询问祖父："爷爷，谁个人得到那个碾坊？"

"岳云二老！"祖父说了又自言自语的说，"有人羡慕二老得到碾坊，也有人羡慕碾坊得到二老！"

"谁羡慕呢，爷爷？"

"我羡慕。"祖父说着便又笑了。

翠翠说:"爷爷,你喝醉了。"

"可是二老还称赞你长得美呢。"

翠翠说:"爷爷,你疯了。"

祖父说:"爷爷不醉不疯……去,我们到河边看他们放鸭子去。可惜我老了,不能下水里去捉只鸭子回家焖姜吃。"他还想说:"二老捉得鸭子,一定又会送给我们的。"话不及说,二老来了,站在翠翠面前微笑着。翠翠也笑着。

于是三个人回到吊脚楼上去。

十一

有人带了礼物到碧溪岨,掌水码头的顺顺,当真请了媒人为儿子向渡船的攀亲戚来了。老船夫慌慌张张把这个人渡过溪口,一同到家里去。翠翠正在屋门前剥豌豆,来了客并不如何注意。但一听到客人进门说"贺喜贺喜",心中有事,不敢再呆在屋门边,就装作追赶菜园地的鸡,拿了竹响篙唰唰的摇着,一面口中轻轻喝着,向屋后白塔跑去了。

来人说了些闲话,言归正传转述到顺顺的意见时,老船夫不知如何回答,只是很惊惶的搓着两只茧结的大手,好像这不会真有其事，而且神气中只像在说"那好，那好"，其实这老头子却不曾说过一句话。

来人把话说完后，就问做祖父的意见怎么样。老船夫笑着把头点着说："大老想走车路，这个很好。可是我得问问翠翠，看她自己主意怎么样。"来人走后，祖父在船头叫翠翠下河边来说话。

翠翠拿了一簸箕豌豆下到溪边，上了船，娇娇的问他的祖父："爷爷，你有什么事？"祖父笑着不说什么，只偏着个白发盈颠的头看着翠翠，看了许久。翠翠坐到船头，有点不好意思，低下头去剥豌豆，耳中听着远处竹篁里的黄鸟叫。翠翠想："日子长咧，爷爷话也长了。"翠翠心轻轻的跳着。

过了一会祖父说："翠翠，翠翠，先前那个人来做什么，你知道不知道？"

翠翠说："我不知道。"说后脸同颈脖全红了。

祖父看看那种情景，明白翠翠的心事了，便把眼睛向远处望去，在空雾里望见了十六年前翠翠的母亲，老船夫心中异常柔和了。轻轻的自言自语说："每一只船总要有个码头，每一只雀儿得有个窠。"他同时想起那个可怜的母亲过去的事情，心中有了一点隐痛，却勉强笑着。

翠翠呢，正从山中黄鸟杜鹃叫声里，以及山谷中伐竹人咿咿一下一下的砍伐竹子声音里，想到许多事情。老虎咬人的故事，与人对骂时四句头的山歌，造纸作坊中的方坑，铁工场熔铁炉里泄出的铁汁，耳朵听来的，眼睛看到的，她似乎都要去温习温习。她所以这样做，又似乎全只为了希望忘掉眼前的一桩事而已。但她实在有点误会了。

祖父说："翠翠，船总顺顺家里请人来做媒，想讨你做媳妇，问我愿不愿。我呢，人老了，再过三年两载会过去的，我没有不愿的事情。这是你自己的事，你自己想想，自己来说。愿意，就成了；不愿意，也好。"

翠翠不知如何处理这个问题，装作从容，怯怯的望着老祖父。又不便问什么，当然也不好回答。

祖父又说："大老是个有出息的人，为人又正直，又慷慨，你嫁了他，算是命好！"

翠翠明白了，人来做媒的是大老！不曾把头抬起，心忡忡的跳着，脸烧得厉害，仍然剥她的豌豆，且随手把空豆荚抛到水中去，望着它们在流水中从从容容的流去，自己也俨然从容了许多。

见翠翠总不作声，祖父于是笑了，且说："翠翠，想几天不碍事。洛阳桥并不是一个晚上造得好的，要日子咧。前次那人来的就向我说到这件事，我已经就告过他：车是车路，马是马路，各有规矩。想爸爸做主，请媒人正正经经来说是车路；要自己做主，站到对溪高崖竹林里为你唱三年六个月的歌是马路，——你若欢喜走马路，我相信人家会为你在日头下唱热情的歌，在月光下唱温柔的歌，像只洋鹊一样一直唱到吐血喉咙烂！"

　　翠翠不作声，心中只想哭，可是也无理由可哭。祖父还是再说下去，便引到死去了的母亲来了。老人话说了一阵，沉默了。翠翠悄悄把头撇过　些，祖父眼中业已酿了一注眼泪。翠翠又惊又怕，怯生生的说："爷爷，你怎么的？"祖父不作声，用大手掌擦着眼睛，小孩子似的咕咕笑着，跳上岸跑回家中去了。

　　翠翠心中乱乱的，想赶去却不赶去。

　　雨后放晴的天气，日头炙到人肩上背上已有了点儿力量。溪边芦苇水杨柳，菜园中菜蔬，莫不繁荣滋茂，带着一分有野性的生气。草丛里绿色蚱蜢各处飞着，翅膀搏动空气时簌簌作声。枝头新蝉声音已渐渐宏大。两山深翠逼人竹篁中，有黄鸟与竹雀杜鹃交递鸣叫。翠翠感觉着，望着，听着，同时也思索着：

　　"爷爷今年七十岁……三年六个月的歌——谁送那只白鸭子呢？……得碾子的好运气，碾子得谁更是好运气？……"

　　痴着，忽的站起，半簸箕豌豆便倾倒到水中去了。伸手把那簸箕从水中捞起时，隔溪有人喊过渡。

十二

　　翠翠第二天在白塔下菜园地里，第二次被祖父询问到自己主张时，仍然心儿忡忡的跳着，把头低下不作理会，只顾用手去掐葱。祖父笑着，心想："还是等等看，再说下去这一坪葱会全掐掉了。"同时似乎又觉得这其间有点古怪处，不好再说下去，便自己按捺住言语，用一个做作的笑话，把问题引到另外一件事情上去了。

　　天气渐渐的越来越热了。近六月时，天气热了些，老船夫把一个满是灰尘的黑陶缸子从屋角隅里搬出，自己还匀出闲工夫，拼了几方木板做成一个圆盖。又锯木头做成一个三脚架子，且削刮了个大竹筒，用葛藤系定，放在缸边作为舀茶的家具。自从这茶缸移到屋门溪边后，每早上翠翠就烧一大锅开水，倒进那缸子里去。有时缸里加些茶叶，有时却只放下一些用火烧焦的锅巴，乘那东西还燃着时便抛进缸里去。老船夫且照例准备了些发痧肚痛治疮疖疡子的草根木皮，把这些药搁在家中当眼处，一见过渡人神气不对，就忙匆匆的把药取来，善意的勒迫这过路人使用他的药方，且告人这许多救急丹方的来源（这些丹方自然全是他从城中军医同巫师学来的）。他终日裸着两只膀子，在方头船上站定，头上还常常是光光的，一头短短白发，在日光下如银子。翠翠依然是个快乐人，屋前屋后跑着唱着，不走动时就坐在门前高崖树荫下吹小竹管儿玩。爷爷仿佛把大老提婚的事早已忘掉，翠翠自然也早忘掉这件事情了。

可是那做媒的不久又来探口气了，依然是同从前一样，祖父把事情成否全推到翠翠身上去，打发了媒人上路。回头又同翠翠谈了一次，也依然不得结果。

老船夫猜不透这事情在这什么方面有个疙瘩，解除不去，夜里躺在床上便常常陷入一种沉思里去，隐隐约约体会到一件事情——翠翠爱二老不爱大老，想到了这里时，他笑了，为了害怕而勉强笑了。其实他有点忧愁，因为他忽然觉得翠翠一切全像那个母亲，而且隐隐约约便感觉到这母女二人共同的命运。一堆过去的事情蜂拥而来，不能再睡下去了，一个人便跑出门外，到那临溪高崖上去，望天上的星辰，听河边纺织娘以及一切虫类如雨的声音，许久许久还不睡觉。

这件事翠翠是毫不注意的，这小女孩子日里尽管玩着，工作着，也同时为一些很神秘的东西驰骋她那颗小小的心，但一到夜里，却甜甜的睡眠了。

不过一切皆得在一份时间中变化。这一家安静平凡的生活，也因了一堆接连而来的日子，在人事上把那安静空气完全打破了。

船总顺顺家中一方面，则天保大老的事已被二老知道了，傩送二老同时也让他哥哥知道了弟弟的心事。这一对难兄难弟原来同时爱上了那个撑渡船的外孙女。这事情在本地人说来并不希奇，边地俗话说："火是各处可烧的，水是各处可流的，日月是各处可照的，爱情是各处可到的。"有钱船总儿子，爱上一个弄渡船的穷人家女儿，不能成为希罕的新闻，有一点困难处，只是这两兄弟到了谁应娶得这个女人做媳妇时，是不是也还得照茶峒人规矩，来一次流血的挣扎？

兄弟两人在这方面是不至于动刀的，但也不作兴有"情人奉让"如大都市懦怯男子爱与仇对面时做出的可笑行为。

那哥哥同弟弟在河上游一个造船的地方，看他家中那一只新船，在新船旁把一切心事全告给了弟弟，且附带说明，这点爱还是两年前植下根基的。弟弟微笑着，把话听下去。两人从造船处沿了河岸又走到王乡绅新碾坊去，那大哥就说：

"二老，你倒好，做了团总女婿，有座碾坊；我呢，若把事情弄好了，我应当接那个老的手来划渡船了。我欢喜这个事情，我还想把碧溪岨两个山头买过来，在界线上种大南竹，围着这一条小溪作为我的砦子！"

那二老仍然听着，把手中拿的一把弯月形镰刀随意斫削路旁的草木，到了碾坊时，却站住了向他哥哥说：

"大老，你信不信这女子心上早已有了个人？"

"我不信。"

"大老，你信不信这碾坊将来归我？"

"我不信。"

两人于是进了碾坊。

二老说："你不必——大老，我再问你，假若我不想得这座碾坊，却打量要那只渡船，而且这念头也是两年前的事，你信不信呢？"

那大哥听来真着了一惊，望了一下坐在碾盘横轴上的傩送二老，知道二老不是开玩笑，于是站近了一点，伸手在二老肩上拍打了一下，且想把二老拉下来。他明白了这件事，他笑了。他说："我相信的，你说的是真话！"

二老把眼睛望着他的哥哥，很诚实的说：

"大老，相信我，这是真事。我早就那么打算到了。家中不答应，那边若答应了，我当真预备去弄渡船的！——你告我，你呢？"

"爸爸已听了我的话，为我要城里的杨马兵做保山，向划渡船说亲去了！"大老说到这个求亲手续时，好像知道二老要笑他，又解释要保山去的用意，只是因为老的说车有车路，马有马路，我就走了车路。

"结果呢？"

"得不到什么结果。老的口上含李子，说不明白。"

"马路呢？"

"马路呢，那老的说若走马路，得在碧溪岨对溪高崖上唱三年六个月的歌。把翠翠心唱软，翠翠就归我了。"

"这并不是个坏主张！"

"是呀，一个结巴人话说不出还唱得出。可是这件事轮不到我了。我不是竹雀，不会唱歌。鬼知道那老的存心是要把孙女儿嫁个会唱歌的水车，还是预备规规矩矩嫁个人！"

"那你怎么样？"

"我想告那老的，要他说句实在话。只一句话。不成，我跟船下桃源去了；成呢，便是要我撑渡船，我也答应了他。"

"唱歌呢？"

"这是你的拿手好戏，你要去做竹雀你就去吧，我不会捡马粪塞你嘴巴的。"

二老看到哥哥那种样子，便知道为这件事哥哥感到的是一种如何烦恼了。他明白他哥哥的性情，代表了茶峒人粗鲁爽直一面，弄得好，掏出心子来给人也很慷慨做去，弄不好，亲舅舅也必一是一二是二。大老何尝不想在车路上失败时走马路；但他一听到二老的坦白陈述后，他就知道马路只二老有分，自己的事不能提了。因此他有点气恼，有点愤慨，自然是无从掩饰的。

二老想出了个主意，就是两兄弟月夜里同到碧溪岨去唱歌，莫让人知道是弟兄两个，两人轮流唱下去，谁得到回答，谁便继续用那张唱歌胜利的嘴唇，服侍那划渡船的外孙女。大老不善于唱歌，轮到大老时也仍然由二老代替。两人运气命运来决定自己的幸福，这么办可说是极公平了。提议时，那大老还以为他自己不会唱，也不想请二老替他做竹雀。但二老那种诗人性格，却使他很固执的要哥哥实行这个办法。二老说必需这样做，一切才公平一点。

大老把弟弟提议想想，做了一个苦笑。"× 娘的，自己不是竹雀，还请老弟做竹雀！好，就是这样子，我们各人轮流唱，我也不要你帮忙，一切我自己来吧。树林子里的猫头鹰，声音不动听，要老婆时，也仍然是自己叫下去，不请人帮忙的！"

两人把事情说妥当后，算算日子，今天十四，明天十五，后天十六，接连而来的三个日子，正是有大月亮天气。气候既到了中夏，半夜里不冷不热，穿了白家机布汗褂，到那些月光照及的高崖上去，遵照当地的习惯，很诚实与坦白去为一个"初生之犊"的黄花女唱歌。露水降了，歌声涩了，到应当回家了时，就趁残月赶回家去。或过那些熟识的整夜工作不息的碾坊里去，躺到温暖的谷仓里小睡，等候天明。一切安排皆极其自然，结果是什么，两人虽不明白，但也看得极其自然。两人便决定了从当夜起始，来做这种为当地习惯所认可的竞争。

十三

　　黄昏来时翠翠坐在家中屋后白塔下，看天空为夕阳烘成桃花色的薄云。十四中寨逢场，城中生意人过中寨收买山货的很多，过渡人也特别多，祖父在溪中渡船上忙个不息。天快夜了，别的雀子似乎都在休息了，只杜鹃叫个不息。石头泥土为白日晒了一整天，草木为白日晒了一整天，到这时节皆放散一种热气。空气中有泥土气味，有草木气味，且有甲虫类气味。翠翠看着天上的红云，听着渡口飘乡生意人的杂乱声音，心中有些儿薄薄的凄凉。

　　黄昏照样的温柔，美丽和平静。但一个人若体念到这个当前一切时，也就照样的在这黄昏中会有点儿薄薄的凄凉。于是，这日子成为痛苦的东西了。翠翠觉得好像缺少了什么。好像眼见到这个日子过去了，想要在一件新的人事上攀住它，但不成。好像生活太平凡了，忍受不住。

　　"我要坐船下桃源县过洞庭湖，让爷爷满城打锣去叫我，点了灯笼火把去找我。"

　　她便同祖父故意生气似的，很放肆的去想到这样一件不可能的事，她且想象她出走后，祖父用各种方法寻觅全无结果，到后如何无可奈何躺在渡船上。

人家喊"过渡，过渡，老伯伯，你怎么的！不管事！""怎么的！翠翠走了，下桃源县了！""那你怎么办？""怎么办吗？拿了把刀，放在包袱里，搭下水船去杀了她！"……

翠翠仿佛当真听着这种对话，吓怕起来了，一面锐声喊着她的祖父，一面从坎上跑向溪边渡口去。见到了祖父正把船拉在溪中心，船上人喁喁说着话，小小心子还依然跳跃不已。

"爷爷，爷爷，你把船拉回来呀！"

那老船夫不明白她的意思，还以为是翠翠要为他代劳了，就说：

"翠翠，等一等，我就回来！"

"你不拉回来了吗？"

"我就回来！"

翠翠坐在溪边，望着溪面为暮色所笼罩的一切，且望到那只渡船上一群过渡人，其中有个吸旱烟的打着火镰吸烟，且把烟杆在船边剥剥的敲着烟灰，就忽然哭起来了。

祖父把船拉回来时，见翠翠痴痴的坐在岸边，问她是什么事，翠翠不作声。祖父要她去烧火煮饭，想了一会儿，觉得自己哭得可笑，一个人便回到屋中去，坐在黑黝黝的灶边把火烧燃后，她又走到门外高崖上去，喊叫她的祖父，要他回家里来。在职务上毫不儿戏的老船夫，因为明白过渡人皆是赶回城中吃晚饭的人，来一个就渡一个，不便要人站在那岸边呆等，故不上岸来。只站在船头告翠翠，不要叫他，且让他做点事，把人渡完事后，就回家里来吃饭。

翠翠第二次请求祖父，祖父不理会，她坐在悬崖上，很觉得悲伤。

天夜了，有一匹大萤火虫尾上闪着蓝光，很迅速的从翠翠身旁飞过去，翠翠想："看你飞得多远！"便把眼睛随着那萤火虫的明光追去。杜鹃又叫了。

"爷爷，为什么不上来？我要你！"

在船上的祖父听到这种带着娇有点儿埋怨的声音，一面粗声粗气的答道："翠翠，我就来，我就来！"一面心中却自言自语："翠翠，爷爷不在了，你将怎么样？"

老船夫回到家中时，见家中还黑黝黝的，只灶间有火光，见翠翠坐在灶边矮条凳上，用手蒙着眼睛。

走过去才晓得翠翠已哭了许久。祖父一个下半天来，皆弯着个腰在船上拉来拉去，歇歇时手也酸了，腰也酸了，照规矩，一到家里就会嗅到锅中所焖瓜菜的味道，且可见到翠翠安排晚饭在灯光下跑来跑去的影子。今天情形竟不同了一点。

祖父说："翠翠，我来慢了，你就哭，这还成吗？我死了呢？"

翠翠不作声。

祖父又说："不许哭，做一个大人，不管有什么事都不许哭。要硬扎一点，结实一点，才配活到这块土地上！"

翠翠把手从眼睛边移开，靠近了祖父身边去。"我不哭了。"

两人做饭时，祖父为翠翠述说起一些有趣味的故事。因此提到了死去了的翠翠的母亲。两人在豆油灯下把饭吃过后，老船夫因为工作疲倦，喝了半碗白酒，因此饭后兴致极好，又同翠翠到门外高崖上月光下去说故事。说了些那个可怜母亲的乖巧处，同时且说到那可怜母亲性格强硬处，使翠翠听来神往倾心。

　　翠翠抱膝坐在月光下，傍着祖父身边，问了许多关于那个可怜母亲的故事。间或吁一口气，似乎心中压上了些分量沉重的东西，想挪移得远一点，才吁着这种气，可是却无从把那东西挪开。

　　月光如银子，无处不可照及，山上篁竹在月光下皆成为黑色。身边草丛中虫声繁密如落雨。间或不知道从什么地方，忽然会有一只草莺"嗻嗻嗻嗻嘘"啭着它的喉咙，不久之间，这小鸟儿又好像明白这是半夜，不应当那么吵闹，便仍然闭着那小小眼儿安睡了。

　　祖父夜来兴致很好，为翠翠把故事说下去，就提到了本城人二十年前唱歌的风气，如何驰名于川黔边地。翠翠的父亲，便是当地唱歌的第一手，能用各种比喻解释爱与憎的结子，这些事也说到了。翠翠母亲如何爱唱歌，且如何同父亲在未认识以前在白日里对歌，一个在半山上竹篁里砍竹子，一个在溪面渡船上拉船，这些事也说到了。

　　翠翠问："后来怎么样？"

　　祖父说："后来的事长得很，最重要的事情，就是这种歌唱出了你。"

祖父于是沉默了，不曾说："唱出了你后，也就死去了你的父亲和母亲。"

十四

老船夫做事累了睡了，翠翠哭倦了也睡了。翠翠不能忘记祖父所说的事情，梦中灵魂为一种美妙歌声浮起来了，仿佛轻轻的各处飘着，上了白塔，下了菜园，到了船上，又复飞窜过悬崖半腰——去做什么呢？摘虎耳草！白日里拉船时，她仰头望着崖上那些肥大虎耳草已极熟习。崖壁三五丈高，平时攀折不到手，这时节却可以选顶大的叶子作伞。

一切皆像是祖父说的故事，翠翠只迷迷糊糊的躺在粗麻布帐子里草荐上，以为这梦做得顶美顶甜。祖父却在床上醒着，张起个耳朵听对溪高崖上的人唱了半夜的歌。他知道那是谁唱的，他知道是河街上天保大老走马路的第一着，因此又忧愁又快乐的听下去。翠翠因为日里哭倦了，睡得正好，他就不去惊动她。

第二天天一亮，翠翠就同祖父起身了，用溪水洗了脸，把早上说梦的忌讳去掉了，翠翠赶忙同祖父去说昨晚上所梦的事情。

"爷爷，你说唱歌，我昨天就在梦里听到一种顶好听的歌声，又软又缠绵，我像跟了这声音各处飞，飞到对溪悬崖半腰，摘了一大把虎耳草，得到了虎耳草，我可不知道把这个东西交给谁去了。我睡得真好，梦的真有趣！"

祖父温和悲悯的笑着，并不告给翠翠昨晚上的事实。

祖父心里想："做梦一辈子更好，还有人在梦里做宰相中状元咧。"

昨晚上唱歌的，老船夫还以为是天保大老，日来便要翠翠守船，借故到城里去送药，探听情况。在河街见到了大老，就一把拉住那小伙子，很快乐的说：

"大老，你这个人，又走车路又走马路，是怎样一个狡猾东西！"

但老船夫却做错了一件事情，把昨晚唱歌人"张冠李戴"了。这两弟兄昨晚上同时到碧溪岨去，为了做哥哥的走车路占了先，无论如何也不肯先开腔唱歌，一定得让那弟弟先唱。弟弟一开口，哥哥却因为明知不是敌手，更不能开口了。翠翠同她祖父晚上听到的歌声，便全是那个傩送二老所唱的。大老伴弟弟回家时，就决定了同茶峒地方离开，驾家中那只新油船下驶，好忘却了上面的一切。这时正想下河去看新油船装货。老船夫见他神情冷冷的，不明白他的意思，就用眉眼做了一个可笑的记号，表示他明白大老的冷淡是装成的，表示他有消息可以奉告。

他拍了大老一下，翘起一个大拇指轻轻的说：

"你唱得很好，别人在梦里听着你那个歌，为那个歌带得很远，走了不少的路！你是第一号，是我们地方唱歌第一号。"

大老望着弄渡船的老船夫涎皮的老脸，轻轻的说：

"算了吧，你把宝贝孙女儿送给了会唱歌的竹雀吧。"

这句话使老船夫完全弄不明白它的意思。大老从一个吊脚楼甬道走下河去了，老船夫也跟着下去。到了河边，见那只新船正在装货，许多油篓子搁到河岸边。一个水手正用茅草扎成长束，备作船舷上挡浪用的茅把，还有人坐在河边石头上，用脂油擦桨板。老船夫问那个水手，这船什么日子下行，谁押船。那水手把手指着大老。老船夫搓着手说：

"大老，听我说句正经话，你那件事走车路，不对；走马路，你有分的！"

那大老把手指着窗口说："伯伯，你看那边，你要竹雀做孙女婿，竹雀在那里啊！"

老船夫抬头望见二老，正在窗口整理一个鱼网。

回碧溪岨到渡船上时，翠翠问：

"爷爷，你同谁吵了架，脸色那样难看！"

祖父莞尔而笑，他到城里的事情，不告给翠翠一个字。

十五

　　大老坐了那只新油船向下河走去了，留下傩送二老在家。老船夫方面还以为上次歌声既归二老唱的，在此后几个日子里，自然还会听到那种歌声。一到了晚间就故意从别样事情上，促翠翠注意夜晚的歌声。两人吃完饭坐在屋里，因屋前滨水，长脚蚊子一到黄昏就嗡嗡的叫着，翠翠便把蒿艾束成的烟包点燃，向屋中角隅各处晃着驱逐蚊子。晃了一阵，估计全屋子里已为蒿艾烟气熏透了，方把烟包搁到床前地上去，再坐在小板凳上来听祖父说话。从一些故事上慢慢的谈到了唱歌，祖父话说得很妙。祖父到后发问道：

　　"翠翠，梦里的歌可以使你爬上高崖去摘那虎耳草，若当真有谁来在对溪高崖上为你唱歌，你怎么样？"祖父把话当笑话说着的。

　　翠翠便也当笑话答道："有人唱歌我就听下去，他唱多久我也听多久！"

　　"唱三年六个月呢？"

　　"唱得好听，我听三年六个月。"

　　"这不大公平吧。"

　　"怎么不公平？为我唱歌的人，不是极愿意我长远听他的歌吗？"

"照理说：炒菜要人吃，唱歌要人听。可是人家为你唱，是要你懂他歌里的意思！"

"爷爷，懂歌里什么意思？"

"自然是他那颗想同你要好的真心！不懂那点心事，不是同听竹雀唱歌一样吗？"

"我懂了他的心又怎么样？"

祖父用拳头把自己腿重重的捶着，且笑着，"翠翠，你人乖，爷爷笨得很，话也不说得温柔，莫生气。我信口开河，说个笑话给你听。你应当当笑话听。河街天保大老走车路，请保山来提亲，我告给过你这件事了，你那神气不愿意，是不是？可是，假若那个人还有个兄弟，走马路，为你来唱歌，向你求婚，你将怎么说？"

翠翠吃了一惊，低下头去。因为她不明白这笑话有几分真，又不清楚这笑话是谁诌的。

祖父说："你告诉我，愿意那一个？"

翠翠便微笑着轻轻的带点儿恳求的神气说：

"爷爷莫说这个笑话吧。"翠翠站起身了。

"我说的若是真话呢？"

"爷爷你真是个……"翠翠说着走出去了。

祖父说："我说的是笑话，你生我的气吗？"

翠翠不敢生祖父的气，走近门限边时，就把话引到另外一件事情上去，"爷爷看天上的月亮，那么大！"说着，出了屋外，便在那一派清光的露天中站定。站了一忽儿，祖父也从屋中出到外边来了。翠翠于是坐到那白日里为强烈阳光晒热的岩石上去，石头正散发日间所储的余热。祖父就说：

"翠翠，莫坐热石头，免得生坐板疮。"

但自己用手摸摸后，自己也坐到那岩石上了。

月光极其柔和，溪面浮着一层薄薄白雾，这时节对溪若有人唱歌，隔溪应和，实在太美丽了。翠翠还记着先前祖父说的笑话。耳朵又不聋，祖父的话说得极分明，一个兄弟走马路，唱歌来打发这样的晚上，算是怎么一回事？她似乎为了等着这样的歌声，沉默了许久。

她在月光下坐了一阵，心里却当真愿意听一个人来唱歌。久之，对溪除了一片草虫的清音复奏以外别无所有。翠翠走回家里去，在房门边摸着了那个芦管，拿出来在月光下自己吹着。觉吹得不好，又递给祖父要祖父吹。老船夫把那个芦管竖在嘴边，吹了个长长的曲子，翠翠的心被吹柔软了。

翠翠依傍祖父坐着，问祖父：

"爷爷，谁是第一个做这个小管子的人？"

"一定是个最快乐的人做的，因为他分给人的也是许多快乐；可又像是个最不快乐的人做的，因为他同时也可以引起人不快乐！"

"爷爷，你不快乐了吗？生我的气了吗？"

"我不生你的气。你在我身边，我很快乐。"

"我万一跑了呢？"

"你不会离开爷爷的。"

"万一有这种事，爷爷你怎么样？"

"万一有这种事，我就驾了这只渡船去找你。"

翠翠嗤的笑了。"凤滩茨滩不为凶，下面还有绕鸡笼；绕鸡笼也容易下，青浪滩浪如屋大。爷爷，你渡船也能下凤滩茨滩青浪滩吗？那些地方的水，你不说过全是像疯子，毫不讲道理？"

祖父说："翠翠，我到那时可真像疯子，还怕大水大浪？"

翠翠俨然极认真的想了一下，就说："爷爷，我一定不走。可是，你会不会走？你会不会被一个人抓到别处去？"

祖父不作声了，他想到不犯王法不怕官，只有被死亡抓走那一类事情。

老船夫打量着自己被死亡抓走以后的情形，痴痴的看望天南角上一颗星子，心想："七月八月天上方有流星，人也会在七月八月死去吧？"又想起白日在河街上同大老谈话的经过，想起中寨人陪嫁的那座碾坊，想起二老，想起一大堆事情，心中有点儿乱。

翠翠忽然说："爷爷，你唱个歌给我听听，好不好？"

祖父唱了十个歌，翠翠傍在祖父身边，闭着眼睛听下去，等到祖父不作声时，翠翠自言自语说："我又摘了一把虎耳草了。"

祖父所唱的歌便是那晚上听来的歌。

十六

二老有机会唱歌却从此不再到碧溪岨唱歌。十五过去了，十六也过去了，到了十七，老船夫忍不住了，进城往河街去找寻那个年青小伙子，到城门边正预备入河街时，就遇着上次为大老做保山的杨马兵，正牵了一匹骒马预备出城，一见老船夫，就拉住了他：

"伯伯，我正有事情告你，碰巧你就来城里！"

"什么事？"

"天保大老坐下水船到茨滩出了事，闪不知这个人掉到滩下漩水里就淹坏了。早上顺顺家里得到这个信，听说二老一早就赶去了。"

这个不吉消息同有力巴掌一样重重的捆了他那么一下，他不相信这是当真的消息。他故作从容的说：

"天保大老淹坏了吗？从不闻有水鸭子被水淹坏的！"

"可是那只水鸭子仍然有那么一次被淹坏了……我赞成你的卓见，不让那小子走车路十分顺手。"

从马兵言语上，老船夫还十分怀疑这个新闻，但从马兵神气上注意，老船夫却看清楚这是个真的消息了。他惨惨的说：

"我有什么卓见可言？这是天意！一切都有天意。……"老船夫说时心中充满了感情。

特为证明那马兵所说的话有多少可靠处，老船夫同马兵分手后，于是匆匆赶到河街上去。到了顺顺家门前，正有人烧纸钱，许多人围在一处说话。走近去听听，所说的便是杨马兵提到的那件事。但一到有人发现了身后的老船夫时，大家便把话语转了方向，故意来谈下河油价涨落情形了。老船夫心中很不安，正想找一个比较要好的水手谈谈。

一会船总顺顺从外面回来了，样子沉沉的，这豪爽正直的中年人，正似乎为不幸打倒，努力想挣扎爬起的神气，一见到老船夫就说：

"老伯伯，我们谈的那件事情吹了吧。天保大老已经坏了，你知道了吧？"

老船夫两只眼睛红红的，把手搓着。"怎么的，这不会是真事！是昨天，是前天？"

另一个像是赶路，回来报信的，插嘴说道："十六中上，船搁到石包子上，船头进了水，大老想把篙撑着，人就弹到水中去了。"

老船夫说："你眼见他下水吗？"

"我还和他同时下水！"

"他说什么？"

"什么都来不及说！这几天来他都不说话！"

老船夫把头摇摇，向顺顺那么怯怯的溜了一眼。船总顺顺像知道他心中不安处，就说："伯伯，一切是天，算了吧。我这里有大兴场人送来的好烧酒，你拿一点去喝吧。"一个伙计用竹筒上了一筒酒，用新桐木叶蒙着筒口，交给了老船夫。

老船夫把酒拿走，到了河街后，低头向河码头走去，到河边天保大前天上船处去看看。杨马兵还在那里放马到沙地上打滚，自己坐在柳树荫下乘凉。老船夫就走过去请马兵试试那大兴场的烧酒，两人喝了点酒后，兴致似乎皆好些了，老船夫就告给杨马兵，十四夜里二老两兄弟过碧溪岨唱歌那件事情。

那马兵听到后便说：

"伯伯，你是不是以为翠翠愿意二老，应该派归二老……"

话不说完，傩送二老却从河街下来了。这年青人正像要远行的样子，一见了老船夫就回头走去。杨马兵就喊他说：

"二老，二老，你来，有话同你说呀！"

二老站定了，很不高兴神气，问马兵："有什么话说。"马兵望望老船夫，就向二老说："你来，有话说！"

"什么话？"

"我听人说你已经走了——你过来我同你说，我不会吃掉你！你什么时候走？"

那黑脸宽肩膊，样子虎虎有生气的傩送二老，勉强似的笑着，到了柳荫下时，老船夫想把空气缓和下来，指着河上游远处那座新碾坊说："二老，听人说那碾坊将来是归你的！归了你，派我来守碾子，行不行？"

二老仿佛听不惯这个询问的用意，便不作声。杨马兵看风头有点儿僵，便说："二老，你怎么的，预备下去吗？"那年青人把头点点，不再说什么，就走开了。

老船夫讨了个没趣，很懊恼的赶回碧溪岨去，到了渡船上时，就装作把事情看得极随便似的，告给翠翠：

"翠翠，今天城里出了件新鲜事情，天保大老驾油船下辰州，运气不好，掉到茨滩淹坏了。"

翠翠因为听不懂，对于这个报告最先好像全不在意。祖父又说：

"翠翠，这是真事。上次来到这里做保山的杨马兵，还说我早不答应亲事，极有见识！"

翠翠瞥了祖父一眼，见他眼睛红红的，知道他喝了酒，且有了点事情不高兴，心中想："谁撩你生气？"船到家边时，祖父不自然的笑着向家中走去。翠翠守船，半天不闻祖父声息，赶回家去看看，见祖父正坐在门槛上编草鞋耳子。

翠翠见祖父神气极不对，就蹲到他身前去。

“爷爷，你怎么的？”

“天保当真死了！二老生了我们的气，以为他家中出这件事情，是我们分派的！”

有人在溪边大声喊渡船过渡，祖父匆匆出去了。翠翠坐在那屋角隅稻草上，心中极乱，等等还不见祖父回来，就哭起来了。

十七

祖父似乎生谁的气，脸上笑容减少了，对于翠翠方面也不大注意了。翠翠像知道祖父已不很疼她，但又像不明白它的真正原因。但这并不是很久的事，日子一过去，也就好了。两人仍然划船过日子，一切依旧，惟对于生活，却仿佛什么地方有了个看不见的缺口，始终无法填补起来。祖父过河街去仍然可以得到船总顺顺的款待，但很明显的是，那船总却并不忘掉死去者死亡的原因。二老出白河下辰州走了六百里，沿河找寻那个可怜哥哥的尸骸，毫无结果，在各处税关上贴下招字，返回茶峒来了。过不久，他又过川东去办货，过渡时见到老船夫。老船夫看看那小伙子，好像已完全忘掉了从前的事情，就同他说话。

“二老，大六月日头毒人，你又上川东去，不怕辛苦？”

"要饭吃，头上是火也得上路！"

"要吃饭！二老家还少饭吃！"

"有饭吃，爹爹说年青人也不应该在家中白吃不做事！"

"你爹爹好吗？"

"吃得做得，有什么不好。"

"你哥哥坏了，我看你爹爹为这件事情也好像萎悴多了！"

二老听到这句话，不作声了，眼睛望着老船夫屋后那个白塔。他似乎想起了过去那个晚上、那件旧事，心中十分惆怅。

老船夫怯怯的望了年青人一眼，一个微笑在脸上漾开。

"二老，我家翠翠说，五月里有天晚上，做了个梦……"说时他又望望二老，见二老并不惊讶，也不厌烦，于是又接着说，"她梦的古怪，说在梦中被一个人的歌声浮起来，上悬岩摘了一把虎耳草！"

二老把头偏过一旁去做了一个苦笑，心中想到"老头子倒会做作"。这点意思在那个苦笑上，仿佛同样泄露出来，仍然被老船夫看到了，老船夫显得有点慌张，说："二老，你不信吗？"

那年青人说："我怎么不相信？因为我做傻子在那边岩上唱过一晚的歌！"

老船夫被一句料想不到的老实话窘住了，口中结结巴巴的说："这是真的……这是假的……"

"怎么不是真的？天保大老的死，难道不是真的！"

"可是，可是……"

老船夫的做作处，原意只是想把事情弄明白一点，但一起始自己叙述这段事情时，方法上就有了错处，故反被二老误会了。他这时正想把那夜的情形好好说出来，船已到了岸边。二老一跃上了岸，就想走去。老船夫在船上显得更加忙乱的样子说：

"二老，二老，你等等，我有话同你说，你先前不是说到那个——你做傻子的事情吗？你并不傻，别人方当真为你那歌弄成傻相！"

那年青人虽站定了，口中却轻轻的说："得了，够了，不要说了。"

老船夫说："二老，我听说你不要碾子要渡船，这是杨马兵说的，不是真的打算吧？"

那年青人说："要渡船又怎样？"

老船夫看看二老的神气，心中忽然高兴起来了，就情不自禁的高声叫着翠翠，要她下溪边来。可是事不凑巧，不知翠翠是故意不从屋里出来，还是到别处去了，许久还不见到翠翠的影子，也不闻这个女孩子的声音。二老等了一会，看看老船夫那副神气，一句话不说，便微笑着，大踏步同一个挑担粉条白糖货物的脚夫走去了。

过了碧溪岨小山，两人应沿着一条曲曲折折的竹林走去，那个脚夫这时节开了口：

"傩送二老，我看那弄渡船的神气，很欢喜你！"

二老不作声，那人就又说道：

"二老，他问你要碾坊还是要渡船，你当真预备做他的孙女婿，接替他那只渡船吗？"

二老笑了，那人又说：

"二老，若这件事派给我，我要那座碾坊。一座碾坊的出息，每天可收七升米，三斗糠。"

二老说："我回来时向我爹爹去说，为你向中寨人做媒，让你得到那座碾坊吧。至于我呢，我想弄渡船是很好的。只是老的为人弯弯曲曲，不利索，大老是他弄死的。"

老船夫见二老那么走去了，翠翠还不出来，心中很不快乐。走回家去看看，原来翠翠并不在家。过一会，翠翠提了个篮子从小山后回来了，方知道大清早翠翠已出门掘竹鞭笋去了。

"翠翠，我喊了你好久，你不听到！"

"做什么喊我？"

"一个人过渡……一个熟人，我们谈起你……我喊你你可不答应！"

"是谁？"

"你猜，翠翠。不是陌生人……你认识他！"

翠翠想起适间从竹林里无意中听来的话，脸红了，半天不说话。

老船夫问:"翠翠,你得了多少鞭笋?"

翠翠把竹篮向地下一倒,除了十来根小小鞭笋外,只是一大把虎耳草。

老船夫望了翠翠一眼,翠翠两颊绯红跑了。

十八

日子平平的过了一个月,一切人心上的病痛,似乎皆在那份长长的白日下医治好了。天气特别热,各人皆只忙着流汗,用凉水淘江米酒吃,不用什么心事,心事在人生活中,也就留不住了。翠翠每天皆到白塔下背太阳的一面去午睡,高处既极凉快,两山竹篁里叫得使人发松的竹雀,与其他鸟类又如此之多,致使她在睡梦里尽为山鸟歌声所浮着,做的梦也便常是顶荒唐的梦。

这并不是人生罪过。诗人们会在一件小事上写出整本整部的诗,雕刻家在一块石头上雕得出骨血如生的人像,画家一撇儿绿,一撇儿红,一撇儿灰,画得出一幅一幅带有魔力的彩画,谁不是为了恬着一个微笑的影子,或是一个皱眉的记号,方弄出那么些古怪成绩?翠翠不能用文字,不能用石头,不能用颜色,把那点心头上的爱憎移到别一件东西上去,却只让她的心,在一切顶荒唐事情上驰骋。她从这分稳秘里，便常常得到又惊又喜的兴奋。一点儿不可知的未来，摇撼她的情感极厉害，她无从完全把那种痴处不让祖父知道。

祖父呢，可以说一切都知道了的。但事实上他又却是个一无所知的人。他明白翠翠不讨厌那个二老，却不明白那小伙子二老怎么样。他从船总处与二老处，皆碰过了钉子，但他并不灰心。

"要安排得对一点，方合道理，一切有个命！"他那么想着，就更显得好事多磨起来了。睁着眼睛时，他做的梦比那个外孙女翠翠便更荒唐更寥阔。

他向各个过渡本地人打听二老父子的生活，关切他们如同自己家中人一样。但也古怪，因此他却怕见到那个船总同二老了。一见他们他就不知说些什么，只是老脾气把两只手搓来搓去，从容处完全失去了。二老父子方面皆明白他的意思，但那个死去的人，却用一个凄凉的印象，镶嵌到父子心中，两人便对于老船夫的意思，俨然全不明白似的，一同把日子打发下去。

明明白白夜来并不做梦，早晨同翠翠说话时，那做祖父的会说：

"翠翠，翠翠，我昨晚上做了个好不怕人的梦！"

翠翠问："什么怕人的梦？"

就装作思索梦境似的，一面细看翠翠小脸长眉毛，一面说出他另一时张着眼睛所做的好梦。不消说，那些梦原来都并不是当真怎样使人吓怕的。

一切河流皆得归海，话起始说得纵极远，到头来总仍然是归到使翠翠红脸那件事情上去。待到翠翠显得不大高兴，神气上露出受了点小窘时，这老船夫又才像有了一点儿吓怕，忙着解释，用闲话来遮掩自己所说到那问题的原意。

"翠翠，我不是那么说，我不是那么说。爷爷老了，胡涂了，笑话多咧。"

但有时翠翠却静静的把祖父那些笑话胡涂话听下去，一直听到后来还抿着嘴儿微笑。

翠翠也会忽然说道：

"爷爷，你真是有一点儿胡涂！"

祖父听过了不再作声，他将说"我有一大堆心事"，但来不及说，恰好就被过渡人喊走了。

天气热了，过渡人从远处走来，肩上挑得是七十斤担子，到了溪边，贪凉快不即走路，必蹲在岩石下茶缸边喝凉茶，与同伴交换"吹吹棒"烟管，且一面与弄渡船的攀谈。许多子虚乌有的话皆从此说出口来，给老船夫听到了。过渡人有时还因溪水清洁，就溪边洗脚抹澡的，坐得更久话也就更多。祖父把些话转说给翠翠，翠翠也就学懂了许多事情。货物的价钱涨落呀，坐轿搭船的用费呀，放木筏的人把他那个木筏从滩上流下时，十来把大招子如何活动呀，在小烟船上吃荤烟，大脚婆娘如何烧烟呀……

无一不备。

傩送二老从川东押物回到了茶峒。时间已近黄昏了，溪面很寂静，祖父同翠翠在菜园地里看萝卜秧子。翠翠白日中觉睡久了些，觉得有点寂寞，好像听人嘶声喊过渡，就争先走下溪边去。下坎时，见两个人站在码头边，斜阳影里背身看得极分明，正是傩送二老同他家中的长年！翠翠大吃一惊，同小兽物见到猎人一样，回头便向山竹林里跑掉了。但那两个在溪边的人，听到脚步响时，一转身，也就看明白这件事情了。等了一下再也不见人来，那长年又嘶声音喊叫过渡。

老船夫听得清清楚楚，却仍然蹲在萝卜秧地上数菜，心里觉得好笑。他已见到翠翠走去，他知道必是翠翠看明白了过渡人是谁，故意蹲在那高岩上不理会。翠翠人小不管事，过渡人求她不干，奈何她不得，故只好嘶着个喉咙叫过渡了。那长年叫了几声，见没有人来，就停了，同二老说："这是什么玩意儿，难道老的害病弄翻了，只剩下翠翠一个人了吗？"二老说："等等看，不算什么！"就等了一阵。因为这边在静静的等着，园地上老船夫却在心里想："难道是二老吗？"他仿佛担心搅恼了翠翠似的，就仍然蹲着不动。

但再过一阵，溪边又喊起过渡来了，声音不同了一点，这才真是二老的声音。生气了吧？等久了吧？吵嘴了吧？老船夫一面胡乱估着，一面连奔带窜跑到溪边去。到了溪边，见两个人业已上了船，其中之一正是二老。老船夫惊讶的喊叫：

"呀，二老，你回来了！"

年青人很不高兴似的。"回来了。——你们这渡船是怎么的，等了半天也不来个人！"

"我以为——"老船夫四处一望，并不见翠翠的影子，只见黄狗从山上竹林里跑来，知道翠翠上山了，便改口说，"我以为你们过了渡。"

"过了渡！不得你上船，谁敢开船？"那长年说着，一只水鸟掠着水面飞去，"翠鸟儿归窠了，我们还得赶回家去吃夜饭！"

"早咧，到河街早咧。"说着，老船夫已跳上了船，且在心中一面说着："你不是想承继这只渡船吗！"一面把船索拉动，船便离岸了。

"二老，路上累得很！……"

老船夫说着，二老不置可否不动感情听下去。船拢了岸，那年青小伙子同家中长年话也不说挑担子翻山走了。那点淡漠印象留在老船夫心上，老船夫于是在两个人身后，捏紧拳头威吓了三下，轻轻的吼着，把船拉回去了。

十九

翠翠向竹林里跑去，老船夫半天还不下船，这件事从傩送二老看来，前途显然有点不利。虽老船夫言词之间，无一句话不在说明"这事有边"，但那畏畏缩缩的说明，极不得体，二老想起他的哥哥，便把这件事曲解了。他有一点愤愤不平，有一点气恼。回到家里第三天，中寨有人来探口风，在河街顺顺家中住下，把话问及顺顺，想明白二老是不是还有意接受那座新碾坊。顺顺就转问二老自己意见怎么样。

二老说："爸爸，你以为这事为你，家中多座碾坊多个人，你可以快活，你就答应了。若果为的是我，我要好好去想一下，过些日子再说它吧。我尚不知道我应当得座碾坊，还是应当得一只渡船。我命里或只许我撑个渡船！"

探口风的人把话记住，回中寨去报命。到碧溪岨过渡时，见到了老船夫，想起二老说的话，不由得不眯眯的笑着。老船夫问明白了他是中寨人，就又问他上城做什么事。

那心中有分寸的中寨人说：

"什么事也不做，只是过河街船总顺顺家里坐了一会儿。"

"无事不登三宝殿，坐了一定就有话说！"

"话倒说了几句。"

"说了些什么话？"那人不再说了，老船夫却问道，"听说你们中寨人想把河边一座碾坊连同家中闺女送给河街上顺顺，这事情有不有了点眉目？"

那中寨人笑了。"事情成了。我问过顺顺，顺顺很愿意同中寨人结亲家，又问过那小伙子，……"

"小伙子意思怎么样？"

"他说：我眼前有座碾坊，有条渡船，我本想要渡船，现在就决定要碾坊吧。渡船是活动的，不如碾坊固定。这小子会打算盘呢。"

中寨人是个米场经纪人，话说得极有斤两，他明知道"渡船"指的是什么，但他可并不说穿。他看到老船夫口唇蠕动，想要说话，中寨人便又抢着说道：

"一切皆是命，半点不由人。可怜顺顺家那个大老，相貌一表堂堂，会淹死在水里！"

老船夫被这句话在心上戳了一下，把想问的话咽住了。中寨人上岸走去后，老船夫闷闷的立在船头，痴了许久。又把二老日前过渡时落漠神气温习一番，心中大不快乐。

翠翠在塔下玩得极高兴，走到溪边高岩上想要祖父唱唱歌，见祖父不理会她，一路埋怨赶下溪边去，到了溪边方见到祖父神气十分沮丧，不明白为什么原因。翠翠来了，祖父看看翠翠的快活黑脸儿，粗鲁的笑笑。对溪有扛货物过渡的，便不说什么，沉默的把船拉过溪南，到了中心却大声唱起歌来了。把人渡了过溪，祖父跳上码头走近翠翠身边来，还是那么粗鲁的笑着，把手抚着头额。

翠翠说：

"爷爷怎么的，你发痧了？你躺到荫下去歇歇，我来管船！"

"你来管船，好，这只船归你管！"

老船夫似乎当真发了痧，心头发闷，虽当着翠翠还显出硬扎样子，独自走回屋里后，找寻得到一些碎瓷片，在自己臂上腿上扎了几下，放出了些乌血，就躺到床上睡了。

翠翠自己守船，心中却古怪的快乐高兴，心想："爷爷不为我唱歌，我自己会唱！"

她唱了许多歌，老船夫躺在床上闭着眼睛，一句一句听下去，心中极乱。但他知道这不是能够把他打倒的大病，到明天就仍然会爬起来的。他想明天进城，到河街去看看，又想起另外许多旁的事情。

但到了第二天，人虽起了床，头还沉沉的。祖父当真已病了。翠翠显得懂事了些，为祖父煎了一罐大发药，逼着祖父喝，又觅过屋后菜园地里摘取蒜苗泡在米汤里做酸蒜苗。一面照料船只，一面还时时刻刻抽空赶回家里来看祖父，问这样那样。祖父可不说什么，只是为一个秘密痛苦着。躺了三天，人居然好了。屋前屋后走动了一下，骨头还硬硬的，心中惦念到一件事情，便预备进城过河街去。翠翠看不出祖父有什么要紧事情必须当天入城，请求他莫去。

老船夫把手搓着，估量到是不是应说出那个理由。在面前，翠翠一张黑黑的瓜子脸，一双水汪汪的眼睛，使他吁了一口气。

他说："我有要紧事情，得今天去！"

翠翠苦笑着说："有多大要紧事情，还不是……"

老船夫知道翠翠脾气，听翠翠口气已有点不高兴，不再说要走了，把预备带走的竹筒，同扣花褡裢搁到长几上后，带点儿谄媚笑着说："不去吧，你担心我会摔死，我就不去吧。我以为早上天气不很热，到城里把事办完了就回来——不去也得，我明天去！"

翠翠轻声的温柔的说："你明天去也好，你腿还软，好好的躺一天再起来。"

老船夫似乎心中还不甘服，撒着两手走出去，在门限边一个打草鞋的棒槌，差点儿把他绊了一大跤。稳住了时，翠翠苦笑着说："爷爷，你瞧，还不服气！"老船夫拾起那棒槌，向屋角隅摔去，说道："爷爷老了！过几天打豹子给你看！"

到了午后，落了一阵行雨，老船夫却同翠翠好好商量，仍然进了城。翠翠不能陪祖父进城，就要黄狗跟去。老船夫在城里被一个熟人拉着谈了许久的盐价米价，又过守备衙门看了一会厘金局长新买的骡马，方到河街顺顺家里去。到了那里，见到顺顺正同三个人打纸牌，不便谈话，就站在身后看了一阵牌，后来顺顺请他喝酒，借口病刚好点不敢喝酒，推辞了。牌既不散场，老船夫又不想即走，顺顺似乎并不明白他等着有何话说，却只注意手中的牌。后来老船夫的神气倒为另外一个人看出了，就问他是不是有什么事情。老船夫方忸忸怩怩照老方子搓着他那两只大手，说别的事没有，只想同船总说两句话。

那船总方明白在看牌半天的理由，回头对老船夫笑将起来。

"怎不早说？你不说，我还以为你在看我牌学张子！"

"没有什么，只是三五句话，我不便扫兴，不敢说出。"

船总把牌向桌上一撒，笑着向后房走去了，老船夫跟在身后。

"什么事？"船总问着，神气似乎先就明白了他来此要说的话，显得略微有点儿怜悯的样子。

"我听一个中寨人说，你预备同中寨团总打亲家，是不是真事？"

船总见老船夫的眼睛盯着他的脸，想得一个满意的回答，就说："有这事情。"那么答应，意思却是：有了，你怎么样？

老船夫说："真的吗？"

那一个又很自然的说："真的。"意思却依旧包含了"真的又怎么样"一个疑问。

老船夫装得很从容的问："二老呢？"

船总说："二老坐船下桃源好些日子了！"

二老下桃源的事，原来还同他爸爸吵了一阵才走的。船总性情虽异常豪爽，可不愿意间接把第一个儿子弄死的女孩子，又来做第二个儿子的媳妇，这是很明白的事情。若照当地风气，这些事认为只是小孩子的事，大人管不着，二老当真欢喜翠翠，翠翠又爱二老，他也并不反对这种爱怨纠缠的婚姻。但不知怎么的，老船夫对于这件事的关心，使二老父子对于老船夫反而有了一点误会。船总想起家庭间的近事，以为全与这老而好事的船夫有关。虽不见诸形色，心中却有个疙瘩。

船总不让老船夫再开口了，就语气略粗的说道：

"伯伯，算了吧，我们的口只应当喝酒了，莫再只想替儿女唱歌！你的意思我全明白，你是好意。可是我也求你明白我的意思，我以为我们只应当谈点自己分上的事情，不适宜于想那些年青人的门路了。"

老船夫被一个闷拳打倒后，还想说两句话，但船总却不让他再有说话机会，把他拉出到牌桌边去。

老船夫无话可说，看看船总时，船总虽还笑着谈到许多笑话，心中却似乎很沉郁，把牌用力掷到桌上去。老船夫不说什么，戴起他那个斗笠，自己走了。

天气还早，老船夫心中很不高兴，又进城去找杨马兵。那马兵正在喝酒，老船夫虽推病，也免不了喝个三五杯。回到碧溪岨，走得热了一点，又用溪水去抹身子。觉得很疲倦，就要翠翠守船，自己回家睡去了。

黄昏时天气十分郁闷，溪面各处飞着红蜻蜓。天上已起了云，热风把两山竹篁吹得声音极大，看样子到晚上必落大雨。翠翠守在渡船上，看着那些溪面飞来飞去的蜻蜓，心也极乱。看祖父脸上颜色惨惨的，放心不下，便又赶回家中去。先以为祖父一定早睡了，谁知还坐在门限上打草鞋！

"爷爷，你要多少双草鞋，床头上不是还有十四双吗？怎么不好好的躺一躺？"

老船夫不作声，却站起身来昂头向天空望着，轻轻的说：

"翠翠，今晚上要落大雨响大雷的！回头把我们的船系到岩下去，这雨大哩。"

翠翠说："爷爷，我真吓怕！"翠翠怕的似乎并不是晚上要来的雷雨。

老船夫似乎也懂得那个意思，就说："怕什么？一切要来的都得来，不必怕！"

二十

夜间果然落了大雨，挟以吓人的雷声。电光从屋脊上掠过时，接着就是訇的一个炸雷。翠翠在暗中抖着。祖父也醒了，知道她害怕，且担心她招凉，还起身来把一条布单搭到她身上去。

祖父说：

"翠翠，不要怕！"

翠翠说："我不怕！"说了还想说："爷爷你在这里我不怕！"

訇的一个大雷，接着是一种超越雨声而上的宏大闷重倾圮声。两人皆以为一定是溪岸悬崖崩塌了，担心到那只渡船会压在崖石下面去了。

祖孙两人便默默的躺在床上听雨声雷声。

但无论如何大雨，过不久，翠翠却依然睡着了。醒来时天已亮了，雨不知在何时业已止息，只听到溪两岸山沟里注水入溪的声音。翠翠爬起身来，看看祖父还似乎睡得很好，开了门走出去。门前已成为一个水沟，一股水便从塔后哗哗的流来，从前面悬崖直堕而下。并且各处都是那么一种临时的水道。屋旁菜园地已为山水冲乱了，菜秧皆掩在粗砂泥里了。再走过前面去看看溪里一切，才知道溪中也涨了大水，已漫过了码头，水脚快到茶缸边了。下到码头去的那条路，正同一条小河一样，哗哗的泄着黄泥水。过渡的那一条横溪牵定的缆绳，也被水淹没了，泊在崖下的渡船，已不见了。

翠翠看看屋前悬崖并不崩坍，故当时还不注意渡船的失去。但再过一阵，她上下搜索不到这东西，无意中回头一看，屋后白塔已不见了。一惊非同小可，赶忙向屋后跑去，才知道白塔业已坍倒，大堆砖石极凌乱的摊在那儿。翠翠吓慌得不知所措，只锐声叫她的祖父。祖父不起身，也不答应，就赶回家里去，到得祖父床边摇了祖父许久，祖父还不作声。原来这个老年人在雷雨将息时已死去了。

翠翠于是大哭起来。

过一阵，有从茶峒过川东跑差事的人，到了溪边，隔溪喊过渡，翠翠正在灶边一面哭着一面烧水预备为死去的祖父抹澡。

那人以为老船夫一家还不醒，急于过河，喊叫不应，就抛掷小石头过溪，打到屋顶上。翠翠鼻涕眼泪成一片的走出来，跑到溪边高崖前站定。

"喂，不早了！把船划过来！"

"船跑了！"

"你爷爷做什么事情去了呢？他管船，有责任！"

"他管船，管五十年的船——他死了啊！"

翠翠一面向隔溪人说着一面大哭起来。那人知道老船夫死了，得进城去报信，就说：

"真死了吗？不要哭吧，我回城去告他们，要他们弄条船带东西来！"

那人回到茶峒城边时，一见熟人就报告这件事，不多久，全茶峒城里外都知道这个消息了。河街上船总顺顺，派人找了一只空船，带了副白木匣子，即刻向碧溪岨撑去。城中杨马兵却同一个老军人，赶到碧溪岨去，砍了几十根大毛竹，用葛藤编做筏子，作为来往过渡的临时渡船。筏子编好后，撑了那个东西，到翠翠家中那一边岸下，留老兵守竹筏来往渡人，自己跑到翠翠家去看那个死者，眼泪湿莹莹的，摸了一会躺在床上硬僵僵的老友，又赶忙着做些应做的事情。到后帮忙的人来了，从大河船上运来棺木也来了，住在城中的老道士，还带了许多法器，一件旧麻布道袍，并提了一只大公鸡，来尽义务办理念经起水诸事，也从筏上渡过来了。家中人出出进进，翠翠只坐在灶边矮凳上呜呜的哭着。

到了中午，船总顺顺也来了，还跟着一个人扛了一口袋米，一坛酒，大腿猪肉。见了翠翠就说：

"翠翠，爷爷死了我知道了，老年人是必需死的，不要发愁，一切有我！"各方面看看，就回去了。

到了下午入了殓，一些帮忙的回家去了，晚上便只剩下了那老道士、杨马兵同顺顺家派来的两个年青长年。黄昏以前老道士用红绿纸剪了一些花朵，用黄泥做了一些烛台。天断黑后，棺木前小桌上点起黄色九品蜡，燃了香，棺木周围也点了小蜡烛，老道士披上那件蓝麻布道服，开始了丧事中绕棺仪式。老道士在前拿着小小纸幡引路，孝子第二，马兵殿后，绕着那寂寞棺木慢慢转着圈子。两个长年则站在灶边空处，胡乱的打着锣钹。老道士一面闭了眼睛走去，一面且唱且哼，安慰亡灵。提到关于亡魂所到西方极乐世界花香四季时，老马兵就把木盘里的纸花，向棺木上高高撒去，象征西方极乐世界情形。

到了半夜，事情办完了，放过爆竹，蜡烛也快熄灭了，翠翠泪眼婆娑的，赶忙又到灶边去烧火，为帮忙的人办宵夜。吃了宵夜，老道士歪到死人床上睡着了。剩下几个人还得照规矩在棺木前守灵，老马兵为大家唱丧堂歌，用个空的量米木升子，当做小鼓，把手剥剥剥的一面敲着一面唱下去——唱"王祥卧冰"的事情，唱"黄香扇枕"的事情。

翠翠哭了一整天，同时也忙了一整天，到这时已倦极，把头靠在棺前眯着了。两个长年同马兵吃了宵夜，喝过两杯酒，精神还虎虎的，便轮流把丧堂歌唱下去。但只一会儿，翠翠又醒了，仿佛梦到什么，惊醒后明白祖父已死，于是又幽幽的哭起来。

"翠翠，翠翠，不要哭啦，人死了哭不回来的！"

老马兵接着就说了一个做新嫁娘的人哭泣的笑话，话语中夹杂了三五个粗野字眼儿，因此引起两个长年咕咕的笑了许久。黄狗在屋外吠着，翠翠开了大门，到外面去站了一下，耳听到各处是虫声，天上月色极好，大星子嵌进透蓝天空里，非常沉静温柔。翠翠想：

"这是真事吗？爷爷当真死了吗？"

老马兵原来跟在她的后边，因为他知道女孩子心门儿窄，说不定一炉火闷在灰里，痕迹不露，见祖父去了，自己一切无望，跳崖悬梁，想跟着祖父一块儿去，也说不定！故随时小心监视到翠翠。

老马兵见翠翠痴痴的站着，时间过了许久还不回头，就打着咳叫翠翠说：

"翠翠，露水落了，不冷么？"

"不冷。"

"天气好得很！"

"呀……"一颗大流星使翠翠轻轻的喊了一声。

接着南方又是一颗流星划空而下。对溪有猫头鹰叫。

"翠翠，"老马兵业已同翠翠并排一块儿站定了，很温和的说，"你进屋里睡去吧，不要胡思乱想！"

翠翠默默的回到祖父棺木前面，坐在地上又呜咽起来。守在屋中两个长年已睡着了。

杨马兵便幽幽的说道："不要哭了！不要哭了！你爷爷也难过咧，眼睛哭胀喉咙哭嘶有什么好处。听我说，爷爷的心事我全都知道，一切有我。我会把一切安排得好好的，对得起你爷爷。我会安排，什么事都会。我要一个爷爷欢喜你也欢喜的人来接收这渡船！不能如我们的意，我老虽老，还能拿镰刀同他们拼命。翠翠，你放心，一切有我！……"

远处不知什么地方鸡叫了，老道士在那边床上胡胡涂涂的自言自语："天亮了吗？早咧！"

二十一

大清早，帮忙的人从城里拿了绳索杠子赶来了。

老船夫的白木小棺材，为六个人抬着到那个倾圮了的塔后山岨上去埋葬时，船总顺顺，马兵，翠翠，老道士，黄狗，皆跟在后面。到了预先掘就的方阱边，老道士照规矩先跳下去，把一点朱砂颗粒同白米，安置到阱中四隅及中央，又烧了一点纸钱，爬出阱时就要抬棺木的人动手下殡。翠翠哑着喉咙干号，伏在棺木上不起身。经马兵用力把她拉开，方能移动棺木。一会儿，那棺木便下了阱，拉去绳子，调整了方向，被新土掩盖了，翠翠还坐在地上呜咽。老道士要赶早回城，去替人做斋，过渡走了。船总事多，把这方面一切事托给老马兵，也赶回城去了。帮忙的皆到溪边去洗手，家中各人还有各人的事，且知道这家人的情形，不便再叨扰，也不再惊动主人，过渡回家去了。于是碧溪岨便只剩下三个人，一个是翠翠，一个是老马兵，一个是由船总家派来暂时帮忙照料渡船的秃头陈四四。黄狗因被那秃头打了一石头，对于那秃头仿佛很不高兴，尽是轻轻的吠着。

到了下午，翠翠同老马兵商量，要老马兵回城去把马托给营里人照料，再回碧溪岨来陪她。老马兵回转碧溪岨时，秃头陈四四被打发回城去了。

翠翠仍然自己同黄狗来弄渡船，让老马兵坐在溪岸高崖上玩，或嘶着个老喉咙唱歌给她听。

过三天后船总来商量接翠翠过家里去住，翠翠却想看守祖父的坟山，不愿即刻进城。只请船总过城里衙门去为说句话，许杨马兵暂时同她住住，船总顺顺答应了这件事，就走了。

杨马兵既是个上五十岁了的人，说故事的本领比翠翠祖父高一筹，加之凡事特别关心，做事又勤快又干净，因此同翠翠住下来，使翠翠仿佛去了一个祖父，却新得了一个伯父。过渡时有人问及可怜的祖父，黄昏时想起祖父，皆使翠翠心酸，觉得十分凄凉。但这分凄凉日子过久一点，也就渐渐淡薄些了。两人每日在黄昏中同晚上，坐在门前溪边高崖上，谈点那个躺在湿土里可怜祖父的旧事，有许多是翠翠先前所不知道的，说来便更使翠翠心中柔和。又说到翠翠的父亲，那个又要爱情又惜名誉的军人，在当时按照绿营军勇的装束，如何使女孩子动心。又说到翠翠的母亲，如何善于唱歌，而且所唱的那些歌在当时如何流行。

时候变了，一切也自然不同了，皇帝已不再坐江山，平常人还消说！杨马兵想起自己年青做马夫时，牵了马匹到碧溪岨来对翠翠母亲唱歌，翠翠母亲不理会，到如今自己却成为这孤雏的唯一靠山唯一信托人，不由得不苦笑。

因为两人每个黄昏必谈祖父以及这一家有关系的事情，后来便说到了老船夫死前的一切，翠翠因此明白了祖父活时所不提到的许多事。二老的唱歌，顺顺大儿子的死，顺顺父子对于祖父的冷淡，中寨人用碾坊做陪嫁妆奁诱惑傩送二老，二老既记忆着哥哥的死亡，且因得不到翠翠理会，又被家中逼着接受那座碾坊，意思还在渡船，因此赌气下行，祖父的死因，又如何与翠翠有关……凡是翠翠不明白的事，如今可全明白了。翠翠把事弄明白后，哭了一个夜晚。

过了四七，船总顺顺派人来请马兵进城去，商量把翠翠接到他家中去，作为二老的媳妇。但二老人既在辰州，先就莫提这件事，且搬过河街去住，等二老回来时再看二老意思。马兵以为这件事得问翠翠。回来时，把顺顺的意思向翠翠说过后，又为翠翠出主张，以为名分既不定妥，到一个生人家里去不好，还是不如在碧溪岨等，等到二老驾船回来时，再看二老意思。

这办法决定后，老马兵以为二老不久必可回来的，就依然把马匹托营上人照料，在碧溪岨为翠翠做伴，把一个一个日子过下去。

碧溪岨的白塔，与茶峒风水有关系，塔圮坍了，不重新做一个自然不成。除了城中营管、税局以及各商号各平民捐了些钱以外，各大寨子也有人拿册子去捐钱。为了这塔成就并不是给谁一个人的好处，应尽每一个人来积德造福，尽每个人皆有捐钱的机会，因此在渡船上也放了个两头有节的大竹筒，中部锯了一口，尽过渡人自由把钱投进去，竹筒满了马兵就捎进城中首事人处去，另外又带了个竹筒回来。过渡人一看老船夫不见了，翠翠的辫子上扎了白线，就明白那老的已做完了自己分上的工作，安安静静躺到土坑里给小蛆吃掉了，必一面用同情的眼色瞧着翠翠，一面就摸出钱来塞到竹筒中去。"天保佑你，死了的到西方去，活下的永保平安。"翠翠明白那些捐钱人的怜悯与同情意思，心里酸酸的，忙把身子背过去拉船。

到了冬天，那个圮坍了的白塔，又重新修好了。可是那个在月下唱歌，使翠翠在睡梦里为歌声把灵魂轻轻浮起的年青人，还不曾回到茶峒来。

……

这个人也许永远不回来了，也许"明天"回来！

全文分 11 次发表于 1934 年 1 月、3 月《国闻周报》。署名沈从文。

第二章

美丽，总令人忧愁

不要难受，
美丽总使人忧愁，
然而还受用。

1935 年，沈从文、张兆和与长子沈龙朱，最右为沈从文的九妹岳萌。

雨 后

"我明白你会来，所以我等。"

"当真等我？"

"可不是。我看看天，雨是要落了。谁知道这雨要落多大多久。天又是黑的，我喊了五声，或者七声。我说四狗，四狗，你是怎么啦！雨快要落了，不怕么？全不曾回声。我以为你回了家。我又算，……雨可真来了。这里树叶子响得多怕人。我不怕，可担心你。我知道你是不会拿斗篷的。雨水可真大。我是躲那株大楠木下。就是那株楠木，我们俩……忘记了么？你装。我要问你到底打那儿来。身上也不湿多少，头又是光的。我问你，躲到什么洞里。"

四狗笑。四狗不答。他不说从家中来，她便明白的。

他坐到那人身边去，挤拢去坐，坐的是桐木叶。

这时雨已过前山，太阳复出了。还可以看前山成块成片的云，像追赶野猪，只飞奔。四狗坐处，四围是虫声，是树木枝叶上积雨下滴的声音。上有个棚，雨后太阳蒸得山头出热气，四狗头上却阴凉。头上虽凉心却热，四狗的腰被两只手围着了。

"四狗，——"想说什么，不及说，便打了一声唿哨。

因为对山有同伴，同伴这时正吹着口哨找人。

同伴是雨止以后又散在山头摘蕨，这时陪四狗坐的也是摘蕨人。

在两人背后有一背笼，是她的。四狗便回头扳那背笼看。

"今天怎么只得这一点？……喔，花倒得了不少。还有莓咧。我正渴，让我吃莓吧。下了一阵雨，莓是洗淡了，这个可是雨前摘的。我喂你一颗。算我今天赔礼，不成吗？"

"要你赔礼？我才……"

她把围着四狗的腰的两只手放松了，去采取地上的枯草。

"我告你，我也总有一天要枯的——一切全要枯，到八月九月。我总比你们枯得更早。"

四狗莫名其妙。他说道：

"我的天，我听不懂你的话。"

"我也不一定要你懂，你总有一天懂的。"

"让我在这儿便懂，成不成？"

"你要懂，就懂了，待不得我说。"她又想"聋子耳朵响大雷"，就哧的笑了。

四狗不再吃莓了，用手扳定并排坐的人头。黑色的皮肤，红红的嘴，大大的眼睛与长长的眉毛，四狗这时重新来估价。鼻子小，耳朵大，下巴是尖的，这些地方四狗却放过了。他捏她辫子，辫子是在先盘在头上，像一盘乌梢蛇，这时这条蛇已挂在背后了，四狗不怕蛇咬人，从头捏至尾。

"你少野点。"女的说了却并不回头。

因为蛇尾在尾脊骨下，四狗的手不得到警告以前，已随便便到……

四狗渐渐明白自己的过错了。通常便如此，非使人稍稍生气，不会明白的。于是他亲她的嘴——把脸扭着不让这么办，所亲的只是耳下的颈子。四狗为这个情形倒又笑了，他算计得出，这是经验过的，像看戏一样，每戏全有打加官。打加官以后是……末了杂戏热闹之至。

稍停停，不让四狗看见，背了脸，也笑了。四狗不必看见也完全清楚。

四狗说："莫发我的气好了。"

"怎么还说人发你的气，女人敢惹男子吗？……嘘，七妹子，你莫癫！"

后面说话的声音提得极高，为的是应付对山一个女人的唱歌。对山七妹子，知道这一边山草棚下有阿姐与四狗在，就唱歌弄人。

四狗是不常常唱歌的，除非是这时人隔一重山——然而如今是隔一层什么？他的手，那只拈吃过特意为他摘来的三月莓的手，已大胆无畏从她胁下伸过去，抓定一只奶了。

但仍然得唱，唱的是：

　　大姐走路笑笑底，

　　一对奶子翘翘底，

　　心想用手摸一摸，

　　心子只是跳跳底。

四狗的心跳，说大话而已。习惯事情不能心跳了，除非是把桐木叶子作她的褥，四狗的身作她的被，那时使得四狗只想学狗打滚。

对山的七妹，像看清四狗唱这歌情形下的一切，便大声的喊：

"四狗！四狗！你又撒野了，我要告！"

"七妹，你再发疯你，让我捶你！"

做妹的怕姐，经过一阵恐吓，便顾自规规矩矩扯蕨去了。这里的四狗不久两只手全没了空。

像捉鱼，这鱼是活的，却不挣，是四狗两手的感觉。

四狗不认字，所以当前一切全无诗意。然而听一切大小虫子的叫，听掠干了翅膀的蚱蜢各处飞，听树叶上雨点向地下的跳跃，听在身边一个人的心跳，全是诗。

"请你念一句诗给我听。"因为她读过书，而且如今还能看小说，四狗就这样请求。

明白她是读书人，也就容易明白先时同四狗说话的深意了。她从书上知道的事，全不是四狗从实际上所能了解的事。为是要枯了，女人只是一朵花。真要枯。知道枯得比其他快，便应当更深的爱。然而四狗不是深深的爱吗？虽然深深的爱，总还有什么不够，这是识字的过错。四狗幸好不认字，不然这一对，当更不知道在这样天气下找应当找的乐了。

说是请念一句诗，她就想。

念深了又不能懂，浅了又赶不上山歌好，她只念："落花人独立，微雨燕双飞。"景不恰，但情绪是这样情绪。总还有比这个更好的诗，她不能一一去从心中搜索了。

四狗说这诗好，——不是说诗好，他并不懂诗。是说念诗的人与此时情景好罢了。他说不出他的快乐，借诗泄气。

手是更其撒野了，从奶子滑下去，停到裤带边。

"这样天气是不准人放荡的天气，不知道吗？"

四狗听到说天气，才像去注意天气一样，望望天。天是蓝分分的，还有白的云，白的云若能说是羊，则这羊是在海中走的。四狗虽没见过海，但是那么大，那么深，那么一望无边，天也可以说是海了。

"我说天气太好了，又凉，又清，又……"

"你要成痨病才快活。"

"我成痨病时，你给我的要好多！"四狗意思是身体强壮，纵听过人说青年人不注意身体就会害痨病，然而痨病不是一时起的事。

"给你的，——给你的什么？呸！"

到底给什么，四狗也说不出口，于是就被呸了也不争这一口气。说出来，难道算聪明吗？

到后来他想起另外一个事情。要她把舌子让他咬。顽皮的章法，是四狗以外的别一个也想不出，不是四狗她也不会照办的。

"四狗你真坏，跟谁学到这个？"

四狗不答。仍然吮。那么馋嘴，那么粘糍，活像狗。

"四狗……你去好了。"

"我去，你一个人在这里呆着成？"

她却笑了。望四狗。身子只是那么找不到安置处，想同四狗变成一个人。她去捏四狗在平时不能轻易尽人损害的一样东西，像生气的是附属于四狗的那个它。

她把眼闭了，还是说："四狗，你去了吧。"

四狗要走，可也得呆一会儿。

他眼看她着急。这是有经验的。他仍然不松不紧的在她面前缠，则结果她将承认四狗在她面前放肆是必要的一件事。四狗坏，至少在这件事上是坏的，然而这是有纵容四狗坏的人在，不应当由四狗一人负责。

"我让你摆布，四狗可是你让我……"

一切照办，四狗到后被问到究竟给了他多少，可胡涂得红脸。头上是蓝分分海样的天，压下来，然而还有席棚挡驾不怕被天压死。女人说，四狗你把我压死了吧。也像有这样存心，到后可同天一样，作被盖的东西总不是压得人死的。

四狗得了些什么？不能说明。他得了她所给他的快活，然而快活是用升可以量还是用秤可以称的东西呢？他乂不知道了。她也得了些，她得的更不是通常四狗解释的快乐两字。四狗给她一些气力，一些强硬，一些温柔。她用这些东西把自己醉，醉到不知人事。

一个年青女人，得到男人的好处，不是言语或文字可以解说的，所以她不作声。仰天望，望得是四狗的大鼻子同一口白牙齿，然而这是放肆过后的事了。

"四狗，不许到井边吃。那个冷水！"

在草棚的她向下山的四狗遥喊时，四狗已走到竹子林中，被竹子拦了她的眼睛了。

天气还早，不到烧夜火时候。雨是不落了。她还是躺，也不去采蕨。

本篇发表于 1928 年 9 月 10 日《小说月报》。署名甲辰。

我的画成为怪东西了，因此只得搁笔，不再涂抹。不过表一个水鸟像这图看了。

（此信或当是十二月初的）

从文 十一月五日

沈从文在 1930 年 11 月 5 日
给友人王际真的信中所画

喽啰

"好，你做得真好！"说话的是个小伙子，脸儿白的，身个儿在他年龄上算起来是高了点，但这山竹笋子抽条样的发育却形成了他的美观。他是在夸奖我哩。

什么样东西做得真好？我不说，看大家猜。

有人会说这是在讨论文章。不是的。关于这人同我的一切，到此时，本身已成一段故事了。让我来说这个故事吧。

那时我正在用一把笨重方头凿子雕琢一个木人头。我不瞒你们，在过去我的某一时代中，我对于一个木匠的兴趣，是比拿笔真要感到好玩许多的。若果机会给了我另一条路，也许我这个时节，已在我们乡下做了多年专门雕佛像的大师傅了。我承认我的才能若果是向雕刻那条路走去，比之于做文章也还容易见好一点的。这不是自吹。但是，到如今，你就送我一把德国式的精致方头凿，一段削得四四方方材料合式的洋橡树，我可不能雕成木傀偏的样子了。时间隔久了，我把我的手艺全丢了。如今我是只能拿笔来雕这社会各样面孔形象的一个人，且总雕得不如意。我想起过去，真有点儿惨。

　　我是一匹肥羊，别的人是这样硬派下来的，其实并非征求了我同意。正经话，我成了"肥羊"了。这名词，像有点滑稽。每到冬天我们住在北京不拘那一块地方，不是都可以见到一群或一只毛长长的身体胖胖的绵羊么？有些人，无事闲着闷得慌，走到东四西四或别的有小馆子的门前，不是就有杀羊剥皮的热闹给瞧一个饱么？我就是那类羊。虽然我身体还比如今瘦小很多，但人家是把我当羊看待的。不一定剥皮，也不一定要杀，但只一种，吊上山来。家中不出钱，可不成。其实照我的意思，像近来常常因了馆子不赊账的缘故，终日要挨饿，到了节期又得躲到街上去，怕见寓中掌柜的脸孔，倒不如那时在山上做肥羊，受他们喽啰善意的款待，每日用白煮鸡汤泡大米饭吃，日子好过的多多了。我相信除了少数卖卤鸡铺子中的人或者比我多吃了些鸡以外，我敢说我那年吃的白鸡比任何人都多！每日吃；过早是，午饭是，晚饭是，消夜也是；一直吃五个多月。若是家中不即赎我，恐怕我还要吃一百两百鸡，那是无疑的。我不明白别一个被山上大王硬派为肥羊的人，关在山上时，是不是也有这样款待？实在说，结果家中只花五百串钱就放我下山转回家。照近来鸡的市价来作价，以每日一公一母两只鸡来算，我就已经扳本了。就是住公寓，半年来，也就不止此区区数目。还有一件事，我得在此说说的，下山返到家时家中人见到都说我胖了许多。被人当成羊看待，渐吃渐胖也是平常事，不过我的朋友住医院三个月，出来瘦得像猴子，使我想起另一世界又不禁神往。我是想找一句两句俏皮一点的话来批评这肥羊生活的，半天却觉得竟无一处能令人引起坏的印象的地方。山上大王气派似乎并不比如今的军官大人使人怕，喽啰也同北京洋车夫差不多，和气得要你一见了他就想同他拜把弟兄认亲家，这我有什么法子可想？我不是不明白我们做百姓的人，在过去，有被县太爷冤枉打了二十个板子，爬起身以后，还应叩一个头，说是"谢老爷恩"，直到如今，也有随时颂扬政府官吏的义务。讽刺了国家委任的官吏是有罪，夸奖了落草的英雄便有暗中宣传什么化的嫌疑。

但我没有法。当时我家中不敢请官家为我报仇，只是怕麻烦官家，并无别的用意。如今，我倒很愿意先筹这一笔款子，送到山上去，请他们收容我，伙食比先前开得稍差一点倒无妨，倘若是还有这样一个地方的话。五百串南钱，按最近北京洋价折合约在一百二十五块钱，这比我住五个月公寓用的房饭钱还要少好多。就是到西山卧佛寺一类地去避暑，也未见得有那山上的凉爽。我眼前一点儿咳嗽病一到那有大王住的山上去，也会自然而然告痊的。算起来，真是太划得来了。并且若是这种招待所在北京附近设得有，我还要劝我的几个朋友不妨也去住，因为这样一来不单我们便利，也省得警察厅许多的麻烦——做肥羊的人一多，公寓中住的人就会少，公寓中人一少，清查容易，就不怕再隐藏革命党了。……有了，我得说我的故事，笔一纵，就溜到别的事上去，类乎在同法律开玩笑，这是不对的。要我管理一枝笔，不如管理一把凿的容易，我才说过了。请你们看我雕的木傀儡吧。

这是一段柚子树。我在那上面刻了一个半体像。我暗中是仿照朱五哥（二大王的名称）脸孔下手的，不过脸部刻成时，我就觉得这全不像他，与田大哥（大大王的名称）反相近了。相近，也不过鼻子同眉毛部分略相近而已。然而一为三傩见到时，就大声的笑，说是"简直是大哥"。不久其他几人全知道了，围拢来看的结果，硬说是为大哥雕就的，体贴人情的本能我是存在的，我将计就计，便说是特意描着大哥刻就的，不很像，但改正一下或者就对了。

当大王让我在他吃饭的时节，在他面前取样时，我把大王鼻子耳朵口及下唇的线全给修正了。这一来，我想着我以后会成一个雕刻家，我高兴得很。我把家中母亲同大姐二姐忘记了，只一心一意雕那段木头。我相信，设或当到那时像还不完工，家中就已派了帮工老廖来赎我，我愿不愿走还无把握的。

眼看头是大体一定了，我就用力把那段木头按到膝上去，刻画肩部的衣襟。大哥头上原是挂有一条银链子，我又小心小心去雕浮起那颈链。看的喽啰比我还出神，尤其是三傩两兄弟，都不离开我，凿子一有毛病三傩就差派四傩去磨。一个外山喽啰来到这里时，三傩就从我手上攫过那段木头去，给人家欣赏，我从这中就得一些比喊我为少爷以上的亲热体己称呼。

"三哥，你莫闹他啰！"四傩每每这样为我抵抗他三哥。这四傩，就是我所说的那个白脸小伙子。我们是同村子人，先可不相识，到山以后他却介绍他自己给我，算是监视我，实际上是比家中看牛小子还顺善，凡事同我在一起。他生来说笑的天才，却不为在山上做了喽啰而失去，就是手，同脚，也一点不见得同一个普通乡下人两样。虽是破旧的却干净的衣裳，把袖子卷起到肘以上，配上那副苍白的常有笑容的脸，我想起一个表弟弟，简直全都像。这小子，我一见他心里就似不受用。若是要研究我生活的全体，我是怎样认识美同爱，我老实的说，就是他；由他身上我开了我自己生命的大门，放爱情进心中了。想来还使人怄怩，在我同他到一处，有一次，因为上树去摘林檎子，我抱了他上到树桠去，我觉得我是用抱一个妻的章法去抱他，才应如此的。我私下就红了脸。至于他，是不是也在爱我，可就不知道了。

有一天，我们在堡寨门前大桐子树下雕那木人头。

"好，你真做得好！"

四傩说了，对我笑。我是高兴那称赞我以外的笑容的。

三傩正从后坡下到庙里来，两肘平平的捧了大堆杂货东西，满头满脸全是汗。四傩从他哥手上抢了一只大乌梨，扔到我脚边。

"这是大哥叫拿来的，四傩！"

"那要什么紧？"

我见到这样，恐怕三傩发他弟的气，就想起身退他那只梨。四傩拥着他的哥的背，"快走吧，告大哥，二少爷吃了一只梨子算那样事？"

"四傩，我不渴，退他吧！"我跟上去。谁知这一来，三傩倒说要四傩再拿一只梨，且抓一些枣。

"……我这抱兜里有枣，你就为少爷抓点。"三傩是两手无空不能活动的。四傩听他哥的话，就又从三傩肚子前大皮抱兜里抓出一大捧枣来。

我把木头放下，我们一同来吃枣。天气热，太阳晒得狗发喘，我们一同坐在梧桐下让风吹，满地是枣核，吃了枣子又是梨，梨子酸得我们打牙战，谁说不是顶好消夏方法呢？

"少爷，你的手艺真是了不得，你是可以雕观音菩萨的。"

我就始终不明白，人这东西究竟为什么，一听到同他相好的声音就心中发痒！传说普通雕匠各样佛能雕，惟有观音菩萨的法相，那是选人的。不单是这人得虔心，就是雕匠的平素为人也就有关系。雕过观音的人死后升天不算数，就是生前这人不得好妻也得养出好看女儿的。这是观音菩萨的报酬。但我心想我即雕观音，能得一个好妻就会比四傩长得更好看么？是不敢信的。

我想到另外去了，便说错话，我说：

"四傩，我可以为你雕一个，你保佑我好吧。"

"我能保佑你么？"四傩微微的笑我已感觉到他保佑我能得到他的永久友谊了。

"你能的，四傩。你保佑我以后能得一个妻，像——"

"像陪到观音菩萨站立的龙女。"他见我不说下去，就为我补足。

但错了，我不是这个意思。"龙女配善才"，是有主儿的。我想要四傩保佑我将来能得一个同他一样好的妻，我怕说，不说了。

我们从雕像移到梨子上头去。四傩说了个故事。

他说梨，比这酸的也还有。过去不久大王同到他三哥到一个地方去请客（变一个说法是捉羊），到大路旁摘了一个梨，差点把牙齿酸掉。大王一发气，拔出刀来把那梨子砍剁得稀烂，还叫他三哥上树去摇落这一树梨子，免得后来又害人。

四傩说了四傩自己笑，我可不。

有什么可笑？四傩的话声音像唱歌。一个人，尤其是近来，我觉得一个年青的喽啰，会有这样天赋的良善的美的一切，我不笑，一点都不笑，当时就是这么的，我为这天工的巧妙分配与奇怪的装置，我真要哭了。

我说："四傩，喽啰这事业于你真不合，你怎不去学唱戏？"

"这比唱戏好多了。"

"将来你莫要做大王吧。"

"我哥一做头子我就变成二大王——但喊是应喊四大王。"

"我可不是那样想。我想读书去做官。"

"做官比做土匪找钱容易点，是不是？"

我答应他是。当真是做官比做山上大王容易找钱点么？这是一定的。因为山寨里，大王同喽啰，得来财物纵不是平均瓜分也得算清数目按功劳分派，大王独吞可是办不到的事。至于官，则从中国有官起，到如今，钱是手下人去找，享用归一人，是又不单止找钱有法律保障不怕人说了。但我当时说做官，可不想到找钱事上去。住在城中的孩子，他的人生观，做官比做大王方便一点是真的；若是我是个喽啰，一定也是只想升大王，做喽啰头子去。

麻衣相法我是从小就留心，运用到来观察四傩的将来，长的鼻子配上宽的额，是个翰林相。

"四傩，你若是读书，将来怕要点翰林，中状元哪。"

"靠不住。"

"靠得住。我会看相的。你是个翰苑相。"

他不懂"翰苑"，但知道是上京去做文官的。他说他要考武举，中武状元。只要是状元，武也好，文也好，又有什么分别呢？我就赞成他的喽啰生活了。（过了两年，我去做官家的喽啰了，危险是一样，长年随同城里大王到处跑，钱可还不及四雄一半多。这只好说是我的相就不如四雄。）

这我得补说两句话，是关于我的性格的。因了爱逃学，逃到城外大河钓鱼我才被人捉上山来当肥羊。这一来，初初自然是不惯，哭哭闹闹要回家。到后看到在山比起住到家中时的自由，完全是两样，我在拘束中的放肆简直同一匹小马。对于玩，感到比饮食还重要的我，就怪自然怪舒服的打住下来了。不是家中来赎我，纵让我逃走，我也不高兴去做的。地狱的名字，我看来，就是形容私塾那东西，倘若孩子们也有地狱在的话。我是被先生发气青起个脸嗾我自己搬凳子过去打屁股的刑罚吓够了的人，直到十五岁以后，遇到做梦还有时要哭，未必就是过去的威严刻在我心上的结果！到山后，书是不必读，坑，各样的野蛮粗糙的玩法，随意都可做，且有一个内行的又合式的伴，我是在我自己世界中也成了一个大王了。除了用心去找新奇一点的玩法以外一点事不做，又不怕谁个管教。人家完全把我当个客，对我很客气，按照我的生活分派算一个总账，那一时，真是一段好运气。直到如今我还是有些地方露着野马的性格，这便是那五个月自然教育的影响。只可惜是时间太短了，竟使我成一个有野性而缺少那更要紧一点的呆气力的人，不然这时真去落草也并不算迟！

三催的脸孔是个田字形，情形又像不曾耕过的山田，随意长了些头发同胡子，身体壮，田里长的东西也比别人格外粗，按时除草也像不中用啊。四催呢，简直是个可以在打大醮迎故事时装观音的模样。那样终日怯怯的略带病样的印象，或会永远没法把它从我的脑中消灭！

大王那木像，雕成后，送把大王我就不再过问了。只有四催的像，是雕在我的心上的，我将带它在身边，到老死。

本篇发表于 1927 年 9 月 5 ～ 8 日《晨报副刊》。署名璇若。

桃源上口
十里

三 三

　　杨家碾坊在堡子外一里路的山嘴路旁。堡子位置在山湾里，溪水沿了山脚流过去，平平的流，到山嘴折湾处忽然转急，因此很早就有人利用它，在急流处筑了一座石头碾坊，这碾坊，不知从什么时候起，就叫杨家碾坊了。

　　从碾坊往上看，看到堡子里比屋连墙，嘉树成荫，正是十分兴旺的样子。往下看，夹溪有无数山田，如堆积蒸糕，因此种田人借用水力，用大竹扎了无数水车，用椿木做成横轴同撑柱，圆圆的如一面锣，大小不等竖立在水边。这一群水车，就同一群游手好闲人一样，成日成夜不知疲倦的咿咿呀呀唱着意义含糊的歌。

　　一个堡子里只有这样一座碾坊，所以凡是堡子里碾米的事都归这碾坊包办，成天有人轮流挑了仓谷来，把谷子倒进石槽里去后，抽去水闸的板，枧槽里水冲动了下面的暗轮，石磨盘带着动情的声音，即刻就转动起来了。于是主人一面谈着一件事情，一面清理簸箩筛子，到后头上包了一块白布，拿着个长把的扫帚，追逐着磨盘，跟着打圈儿，扫除溢出槽外的谷米，再到后，谷子便成白米了。

到米碾好了，筛好了，把米糠挑走以后，主人全身是灰，常常如同一个滚到豆粉里的汤圆，然而这生活，是明明白白比堡子里许多人生活还从容，而为一堡子中人所羡慕的。

凡是到杨家碾坊碾过谷子的，都知道杨家三三。妈妈十年前嫁给守碾坊的杨，三三五岁，爸爸就丢下碾坊同母女，什么话也不说死去了。爸爸死去后，母亲做了碾坊的主人，三三还是活在碾坊里，吃米饭同青菜小鱼鸡蛋过日子，生活毫无什么不同处。三三先是眼见爸爸成天全身是糠灰，到后爸爸不见了，妈妈又成天全身是糠灰，……于是三三在哭里笑里慢慢的长大了。

妈妈随着碾槽转，提着小小油瓶，为碾盘的木轴铁心上油，或者很兴奋的坐在屋角拉动架上的筛子时，三三总很安静的自己坐在另一角玩。热天坐当有风凉处吹风，用包谷秆子做小笼，冬天则伴同猫儿蹲到火桶里，剥灰煨栗子吃。或者有时候从碾米人手上得到一个芦管做成的唢呐，就学着打大傩的法师神气，屋前屋后吹着，半天还玩不厌倦。

这磨坊外屋上墙上爬满了青藤，绕屋全是葵花同枣树，疏疏树林里，常常有三三葱绿衣裳的飘忽。因为一个人在屋里玩厌了，就出来坐在废石槽上撒米头子给鸡吃，在这时，什么鸡欺侮了另一只鸡，三三就得赶逐那横蛮无理的鸡，直等到妈妈在屋后听到鸡声，代为讨情时才止。

这磨坊上游有一潭，四面有大树覆荫，六月里阳光照不到水面。碾坊主人在这潭中养得有白鸭子，水里的鱼也比上下溪里特别多。照一切习惯，凡靠自己屋前的水，也算为自己财产的一份。水坝既然全为了碾坊而筑成的，一乡公约不许毒鱼下网，所以这小溪里鱼极多。遇不甚面熟的人来钓鱼，看潭边幽静，想蹲一会儿，三三见到了时，总向人说："不行，这鱼是我家潭里养的，你到下面去钓吧。"人若顽皮一点，听到这个话等于不听到，仍然拿着长长的竿子，搁到水面上去安闲的吸着烟管，望到这小姑娘发笑，使三三急了，三三便喊叫她的妈，高声的说："娘，娘，你瞧，有人不讲规矩，钓我们的鱼，你来折断他的竿子，你快来！"娘自然是不会来干涉别人钓鱼的。

母亲就从没有照到女儿意思折断过谁的竿子，照例将说："三三，鱼多咧，让别人钓吧。鱼是会走路的，上面总爷家塘里的鱼，因为欢喜我们这里的水，都跑来了。"三三照例应当还记得夜间做梦，梦到大鱼从水里跃起来吃鸭子，听完这个话，也就没有什么可说了，只静静的看着，看这不讲规矩的人，钓了多少鱼去。她心里记着数目，回头好告给妈妈。

有时因为鱼太大了一点，上了钓，拉得不合式，撇断了钓竿，三三可乐极了，仿佛娘不同自己一伙，鱼反而同自己是一伙了的神气，那时就应当轮到三三向钓鱼人咧着嘴发笑了。但三三却常常急忙跑回去，把这事告给母亲，母女两人同笑。

有时钓鱼的人是熟人，人家来钓鱼时，见到了三三，知道她的脾气，就照例不忘记问："三三，许我钓鱼吧。"三三便说："鱼是各处走动的，又不是我们养的，怎么不能钓。"

钓鱼的是熟人时，三三常常搬了小小木凳子，坐到旁边看鱼上钩，且告给这人，另一时谁个把钓竿撇断的故事。到后这熟人回到磨坊时，把所得的大鱼分一些给三三家。三三看着母亲用刀剖鱼，掏出白色的鱼脬来，就放到地下用脚去踹，发声如放一枚小爆仗，听来十分快乐。鱼洗好了，揉了些盐，三三就忙取麻线来把鱼穿好，挂到太阳下去晒。等待有客时，这些干鱼同辣子炒在一个碗里待客，母亲如想到折钓竿的话，将说："这是三三的鱼。"三三就笑，心想着："怎么不是三三的鱼？潭里的鱼若不是我照管，早被看牛小孩捉完了。"

三三如一般小孩，换几回新衣，过几回节，看几回狮子龙灯，就长大了。熟人都说看到三三是在糠灰里长大的。一个堡子里的人，都愿意得到这糠灰里长大的女孩子做媳妇，因为人人都知道这媳妇的妆奁是一座石头做成的碾坊。照规矩，十五岁的三三，要招郎上门也应当是时候了。但妈妈有了一点私心，记得一次签上的话语，不大相信媒人的话语，所以这磨坊还是只有母女二人，一时节不曾有谁添入。

三三大了，还是同小孩子一样，一切得傍着妈妈。母女两人把饭吃过后，在流水里洗了脸，眺望行将下沉的太阳，一个日子就打发走了。有时听到堡子里的锣鼓声音，或是什么人接亲，或是什么人做斋事，"娘，带我去看"，又像是命令又像是请求的说着，若无什么别的理由推辞时，娘总得答应同去。去一会儿，或停顿在什么人家喝一杯蜜茶，荷包里塞满了榛子胡桃，预备回家时，有月亮天什么也不用，就可以走回家。遇到夜色晦黑，燃了一把油柴：毕毕剥剥的响着爆着，什么也不必害怕。若到总爷家寨子里去玩时，总爷家还有长工打了灯笼火把送客，一直送到碾坊外边。只有这类事是顶有趣味的事。在雨里打灯笼走夜路，三三不能常常得到这机会，却常常梦到一人那么拿着小小红纸灯笼，在溪旁走着，好像只有鱼知道这回事。

当真说来，三三的事，鱼知道的比母亲应当还多一点，也是当然的。三三在母亲身旁，说的是母亲全听得懂的话，那些凡是母亲不明白的，差不多都在溪边说的。溪边除了鸭子就只有那些水里的鱼，鸭子成天自己哈哈哈的叫个不休，那里还有耳朵听别人说话！

这个夏天，母女两人一吃了晚饭，不到日黄昏，总常常过堡子里一个人家去，陪一个将远嫁的姑娘谈天，听一个从小寨来的人唱歌。有一天，照例又进堡子里去，却因为谈到绣花，使三三回碾坊来取样子，三三就一个人赶忙跑回碾坊来，快到屋边时，黄昏里望到溪边有两个人影子，有一个人到树下，拿着一枝竿子，好像要下钓的神气，三三心想这一定是来偷鱼的，照规矩喊着："不许钓鱼，这鱼是有主人的！"一面想走上前去看是什么人。

就听到一个人说："谁说溪里的鱼也有主人？难道溪里活水也可养鱼吗？"

另一人又说："这是碾坊里小姑娘说着玩的。"

那先一个人就笑了。

旋即又听到第二个人说："三三，三三，你来，你鱼都捉完了！"

三三听到人家取笑她，声音好像是熟人，心里十分不平！就冲过去，预备看是谁在此撒野，以便回头告给母亲。走过去时，才知道那第二回说话的人是总爷家管事先生，另外同一个从没见过面的年青男人，那男人手里拿的原来只是一个拐杖，不是什么钓竿。那管事先生是一个堡子里知名人物，他认得三三，三三也认识他，所以当三三走近身时，就取笑说：

"三三，怎么鱼是你家养的？你家养了多少鱼呀！"

三三见是总爷家管事先生，什么话也不说了，只低下头笑。头虽低低的，却望到那个好像从城里来的人白裤白鞋，且听到那个男子说："女孩很聪明，很美，长得不坏。"管事的又说："这是我堡里美人。"两人这样说着，那男子就笑了。

到这时，她猜到男子是对她望着发笑！三三心想："你笑我干吗？"又想："你城里人只怕狗，见了狗也害怕，还笑人，真亏你不羞。"她好像这句话已说出了口，为那人听到了，故打量跑去。管事先生知道她要害羞跑了，便说："三三，你别走，我们是来看你碾坊的。你娘呢。"

"娘不在。"

"到堡子里听小寨人唱歌去了，是不是？"

"是的。"

"你怎么不欢喜听那个？"

"你怎么知道我不欢喜？"

管事先生笑着说："因为看你一个人回来，还以为你是听厌了那歌，担心这潭里鱼被人偷尽，所以……"

三三同管事先生说着，慢慢的把头抬起，望到那生人的脸目了，白白的脸好像在什么地方看到过，就估计莫非这人是唱戏的小生，忘了搽去脸上的粉，所以那么白……那男子见到三三不再怕人了，就问三三：

"这是你的家里吗？"

三三说："怎么不是我家里？"

因为这答话很有趣味，那男子就说：

"你不怕水冲去吗？"

"嗨，"三三抿着小小的美丽嘴唇，狠狠的望了这陌生男子一眼，心里想："狗来了，狗来了，你这人吓倒落到水里，水就会冲去你。"想着当真冲去的情形，一定很是好笑，就不理会这两个人，笑着跑去了。

从碾坊取了花样子回向堡子走去的三三，在潭边再上游一点，望到那两个白色影子还在前面，不高兴又同这管事先生打麻烦，于是故意跟到这两个人身后，慢慢的走着。听到两个人说到城里什么人什么事情，听到说开河，听到说学务局要总爷办学校，因为这两人全都不知道有人在后面，所以自己觉得很有趣味。到后又听到管事先生提起碾坊，提起妈妈怎么人好，更极高兴。再到后，就听到那城里男人说：

"女孩子倒真俏皮，照你们乡下习惯，应当快放人了。"

那管事的先生笑着说："少爷欢喜，要总爷做红叶，可以去说说。不过这碾坊是应当由姑爷管业的。"

三三轻轻的呸了一口，停顿了一下，把两个指头紧紧的塞了耳朵。但仍然听到那两人的笑声，想知道那个由城里来好像唱小生的人还说些什么，故不久就仍然跟上前去了。

那小生说些什么可听不明白，就只听那个管事先生一人说话，那管事先生说："少爷做了磨坊主人，别的不说，成天可有新鲜鸡蛋吃，也是很值得的！"话一说完，两人又笑了。

三三这次可再不能跟上去了，就坐在溪边的石头上，脸上发着烧，十分生气。心里想："你要我嫁你，我偏不嫁你！我家里的鸡纵成天下二十个蛋，我也不会给你一个蛋吃。"坐了一会，凉凉的风吹脸上，水声淙淙使她记忆起先一时估计中那男子为狗吓倒跌在溪里的情形，可又快乐了，就望到溪里水深处，一人自言自语说："你怎么这样不中用，管事的救你，你可以喊他救你！"

到宋家时，正听宋家婶子说到一件已经说了一会儿的事情，只听宋家妇人说：

"……他们养病倒希奇，说是养病，日夜睡在廊下风里让风吹，……脸儿白得如闺女，见了人就笑，……谁说是总爷的亲戚，总爷见他那种恭敬样子，你还不见到。福音堂洋人还怕他，他要媳妇有多少！"

母亲就说："那么他养什么病？"

"谁知道是什么病？横顺成天吃那些甜甜的药，在床上躺着，到城里是享福，到乡里也是享福。老庚说，害第三等的病，又说是痨病，说也说不清楚。谁清楚城里人那些病名字。依我想，城里人欢喜害病，所以病的名字也特别多，我们不能因害病耽搁事情，所以除打摆子就只发烧肚泻，别的名字的病，也就从不到乡下来了。"

另外一个妇人因为生过瘰疬，不大悦服宋家妇人武断的话，就说："我不是城里人，可是也害城里人的病。"

"你舅妈是城里人！"

"舅妈管我什么事？"

"你文雅得像城里人，所以才生痧子！"

这样说着，大家全笑了起来。

母女两人回去时，在路上三三问母亲："谁是白白脸庞的人？"母亲就照先前一时听人说过的话，告给三三，堡子里总爷家中，如何来了一位城里的病人，样子如何美，性情如何怪。一个乡下人，对于城中人隔膜的程度，在那些描写里是分明易见的，自然说得十分好笑。在平常某个时节，三三对于母亲在叙述中所加的批评与稍稍过分的形容，总觉得母亲说得极其俨然，十分有味，这时不知如何却不大相信这话了。

走了一会，三三忽问：

"娘，娘，你见到那个城里白脸人没有呢？"

妈妈说："我怎么见到他？我这几天又不到总爷家里去。"

三三心想："你不见到怎么说了那么半天。"

三三知道妈妈不见到的，自己倒早见到了，把这件事秘密着，却十分高兴，以为只有自己明白这件事情，凡是说到城里人的都不甚可靠。

两人到潭边，三三又问：

"娘，你见到总爷家管事先生没有？"

若是娘说没有见过，反问她一句，那么，三三就预备把先前遇到总爷家那两个人的一切，都说给妈妈听了。但母亲这时正想起别一个问题，完全不关心到三三身上的事，所以三三把方才的事瞒着母亲，一个字不提。

第二天，三三的母亲到堡子里去，在总爷家门前，碰到那个从城里来的白脸客人，同总爷的管事先生。那管事先生告她，说他们昨天曾到碾坊前散步，见到三三，又告给三三母亲说，这客人是从城里来养病的客人。到后就又告给那客人，说这个人就是碾坊的主人杨伯妈。那人说，真很同三小姐相像。那人又说三三长得很好，很聪敏，做母亲的真福气。说了一阵话，把这老妇人说快乐了，在心中展开了一个幻景，想起自己觉得有些近于胡涂的事情，忙匆匆的回到碾坊去，望到三三痴笑。

三三不知母亲为什么今天特别乐，就问母亲到了什么地方，遇到了谁。

母亲想，应当怎么说才好，想了许久才说：

"三三，昨天你见到谁？"

三三说："我见到谁？"

娘就笑了，"三三你记记，晚上天黑时，你不见到两个人吗？"

三三以为是娘知道一切了，就忙说："人是有两个人的，一个是总爷家管事的先生，一个是生人……怎么……"

"不怎么。我告你，那个生人就是城里来的先生，今天我见到他们，他们说已经同你认识了，所以我们说了许多话。那少爷像个姑娘样子。"母亲说到这里时，想起一件事情好笑。

三三以为妈妈是在笑她，偏过头去看土地上灶马，不理母亲。

母亲说："他们问我要鸡蛋，你下半天送二十个去，好不好？"

三三听到说鸡蛋，打量昨天两个男人说的笑话都为母亲知道了，心里很不高兴，说道："谁去送他们鸡蛋，娘，娘，我说……他们是坏人！"

母亲奇怪极了，问："怎么是坏人？"

三三红了脸不愿答应，母亲说：

"三三，你说什么事？"

迟了许久，三三才说："他们背地里要找总爷做媒，把我嫁给那个白脸人。"

母亲听到这话什么也不说，笑了好一阵。到后看到三三要跑了，才拉着三三说："小报应，管事先生他们说笑话，这也生气吗？谁敢欺侮你？总爷是一堡子的主人，他会为你骂他们！……"说到后来三三也被说笑了。

她到后来就告给娘城里人如何怕狗的话，母亲听到不作声，好久以后，才说："三三，你真是还像小丫头，什么也不懂。"

第二天，妈妈要三三送鸡子到总爷家去，三三不说什么，只摇头。妈妈既然答应了人家，就只好亲自送去。母亲走后，三三一个人在碾坊里玩，玩厌了又到潭边去看白鸭，看了一会鸭子，等候母亲还不回来，心想莫非管事先生同妈妈吵了架，或者天热到路上发了痧？……心里老不自在，回到碾坊里去。

但母亲可仍然回来了，回到碾坊一脸的笑，跨着脚如一个男子神气，坐到小凳上，告给三三如何见到那少年，那少年如何要她坐到那个用粗布做成的软椅子上去，摇着荡着像一个摇篮。又说到城里人说的三三如何不念书，城里女人是全念书。又说到……

三三正因为等了母亲大半天，十分不高兴，如今听到母亲说到的话，莫名其妙，不愿意再听，所以不让母亲说完就走了。走到外边站在溪岸旁，望着清清的溪水，记起从前有人告诉她的话，说这水流下去，一直从山里流一百里，就流到城里了。她这时忖想……什么时候我一定也不让谁知道，就要流到城里去，一到城里就不回来了。但若果当真要流去时，她愿意那碾坊，那些鱼，那些鸭子，以及那一匹花猫，同她在一处流去。同时还有，她很想母亲永远和她在一处，她才能够安安静静的睡觉。

母亲不见到三三了，站在碾坊门前喊着：

"三三，三三，天气热，你脸上晒出油了，不要远走，快回来！"

三三一面走回来，一面就自己轻轻的说："三三不回来了！"

下午天气较热，倦人极了，躺到屋角竹凉床上的三三，耳中听着远处水车陆续的懒懒的声音，眯着眼睛觑母亲头上的髻子，仿佛一个瘦人的脸，越看越活，朦朦胧胧便睡着了。

她还似乎看到母亲包了白帕子，拿着扫帚追赶碾盘，绕屋打着圈儿，就听到有人在外面说话，提到她的名字。

只听到说："三三到什么地方去了，怎么不出来？"

她奇怪这声音很熟，又想不起是谁的声音，赶忙走出去，站在门边打望，才望到原来又是那个白脸的人，规规矩矩坐在那儿钓鱼。过细看了一下，却看到那个钓竿，是总爷家管事先生的烟杆。

拿一根烟杆钓鱼，倒是极新鲜的事情，但身旁似乎又已经得到了许多鱼，所以三三非常奇怪。正想去告母亲，忽然管事先生也从那边来了。

好像又是那一天的那种情景，天上全是红霞，妈妈不在家，自己回来原是忘了把鸡关到笼子里，故跑回来捉鸡的。如今碰到这两个人，管事先生同那白脸城里人，都站在那石墩子上，轻轻的商量一件事情。这两人声音很轻，三三却听得出是一件关于不利于己的行为。因为听到说这些话，又不能嗾人走开，又不能自己走开，三三就非常着急，觉得自己的脸上也像天上的霞一样。

那个管事先生装作正经人样子说："我们是来买鸡蛋的，要多少钱把多少钱。"

那个城里人，也像唱戏小生那么把手一扬，就说："你说错了，要多少金子把多少金子。"

三三因为人家用金子恐吓她，所以说："可是我不卖给你，不想你的钱，你搬你家大块金子到场上去买吧。"

管事先生于是又说："你不卖行吗，你舍不得鸡蛋为我做人情，你想想，妈妈以后写庚帖，还少得了管事先生没有？"

那城里人于是又说："向小气的人要什么鸡蛋，不如算了吧。"

三三生气似的大声说："就算我小气也行，我把鸡蛋喂虾米，也不卖给人，因为我们不羡慕别人的金子宝贝。你同别人去说金子，恐吓别人吧。"

可是两个人还不走，三三心里就有点着急，很愿意来一只狗向两个人扑去。正那么打量着，忽然从家里就扑出来一条大狗，全身是白色，大声汪汪的吠着，从自己身边冲过去，即刻这两个恶人就落到水里去了。

于是溪里的水起了许多水花，起了许多大泡，管事先生露出一个光光的头在水面，那城里人则长长的头发，缠在贴近水面的柳树根上，情景十分有趣。

可是·会儿水面什么也没有了，原来那两个人在水里摸了许多鱼，全拿走了。

三三想去告给妈妈，一滑就跌下了。

刚才的事原来是做一个梦。母亲似乎是在灶房煮午饭，因为听到三三梦里说话，才赶出来的。见三三醒了，摇着她问："三三，三三，你同谁吵闹。"

三三定了一会儿神，望妈妈笑着，什么也不说。

妈妈说："起来看看，我今天为你焖芋头吃。你去照照镜子，脸睡得一片红！"虽然照到母亲说的，去照了镜子，还是一句话不说。人虽醒了，还记得梦里一切的情景，到后来又想起母亲说的同谁吵闹的话，才反去问母亲，听到吵闹些什么话。妈妈自然是不注意这些的，所以说听不分明，三三也就不再问什么了。

直到吃饭时，妈妈还说到脸上睡得发红，所以三三就告给老人家先前做了些什么梦，母亲听来笑了半天。

第二次送鸡蛋去时，三三也去了。那时是下午。吃过饭后，两人进了总爷家的大院子。在东边偏院里，看到城里来的那个客，正躺在廊下藤椅上，望到天上飞的鸽子。管事的不在家，三三认得那个男子，不大好意思上前去，就逗母亲过去，自己站在月门边等候。母亲上前去时节，三三又为出主意，要妈妈站在门边大声说"送鸡蛋来的了"，好让他知道。母亲自然什么都照到三三主意做去，三三听到母亲说这句话，说到第三次，才引起那个白白脸庞的城里人注意，自己就又急又笑。

三三这时是站在月门外边的，从门罅里向里面窥看，只见到那白脸人站起身来，又坐下去，正像梦里那种样子。同时就听到这个人同母亲说话，说到天气同别的事情，妈妈一面说话一面尽掉过头来望到三三所在的一边。白脸人以为她就要走去了，便说：

"老太太，你坐坐，我同你说话很好。"

妈妈于是坐下了，可是同时那白脸城里人也注意到那一面门边有一个人等候了，"谁在那里，是不是你的小姑娘？"

看到情形不好，三三就想跑。可是一回头，却望到管事先生站在身后，不知已站了多久。打量逃走自然是难办到的，到后就被管事先生拉着袖子，牵进小院子来了。

听到那个人请自己坐下，听到那个人同母亲说那天在溪边见到自己的情形，三三眼望到另一边，傍到母亲身旁，一句话不说。

坐了一会儿，出来了一个穿白袍戴白帽装扮古怪的女人。三三先还以为是男子，不敢细细的望。到后听到这女人说话，且看她站到城里人身旁，用一根小小管子塞到那白脸男子口里去，又抓了男子的手捏着，捏了好一会，拿一枝好像笔的东西，在一张纸上写了些什么记号。那先生问"多少豆"，就听到回答说："同昨天一样。"且因为另外一句话听到这个人笑，才晓得那是一个女人。这时似乎妈妈那一方面，也刚刚才明白这是一个女人，且听到说"多少豆"，以为奇怪，所以两人互相望到都笑了。

看到这母女生疏疏的情形，那白袍子女人也觉得好笑，就不即走开。

那白脸城里人说："周小姐，你到这地方来一个朋友也没有，就同这个小姑娘做个朋友吧。她家有个好碾坊，在那边溪头，有一个动人的水车，前面一点还有一个好堰坝，你同她做朋友，就可到那儿去玩，还可以钓些鱼回来。你同她去那边林子里玩玩吧，要这小姑娘告你那些花名草名。"

这周小姐就笑着过来，拖了三三的手，想带她走去。三三想不走，望到母亲，母亲却做样子努嘴要她去，不能不走。

可是到了那一边，两人即刻就熟了。那看护把关于乡下的一切，这样那样问了她许多，她一面答着，一面想问那女人一些事情，却找不出一句可问的话，只很希奇的望到那一顶白帽子发笑。

过后听到母亲在那边喊自己的名字，三三也不知道还应当同看护告别，还应当说些什么话，只说妈妈喊我回去，我要走了，就一个人忙忙的跑回母亲身边，同母亲走了。

母女两人回到路上走过了一个竹林，竹林里恰正当到晚霞的返照，满竹林是金色的光。三三把一个空篮子戴在头上，扮作钓鱼翁的样子，同时想起总爷家养病服侍病人那个戴白帽子的女人，就同妈妈说：

"娘，你看那个女人好不好？"

母亲说："那一个女人？"

三三好像以为这答复是母亲故意装作不明白的样子，故稍稍有点不高兴，向前走去。

妈妈在后面说："三三，你说谁？"

三三就说："我说谁，我问你先前那个女子，你还问我！"

"我怎么知道你是说谁？你说那姑娘，脸庞红红白白的，是说她吗？"

三三才停着了脚，等着她的妈。且想起自己无道理处，悄悄的笑了。母亲赶上了三三，推着她的背，"三三，那姑娘长得好体面，你说是不是？"

三三本来就觉得这人长得体面，听到妈妈先说，所以就故意说："体面什么？人高得像一条菜瓜，也算体面！"

"人家是读过书来的，你不看她会写字吗？"

"娘，那你明天要她拜你做干娘吧。她读过书，娘近来只欢喜读书的。"

"嗨，你瞧你！我说读书好，你就生气。可是……你难道不欢喜读书的吗？"

"男人读书还好，女人读书讨厌咧。"

"你以为她讨厌，那我们以后讨厌她得了。"

"不，干嘛说'讨厌她得了'？你并不讨厌她！"

"那你一人讨厌她好了。"

"我也不讨厌她！"

"那是谁该讨厌她？三三，你说。"

"我说，谁也不该讨厌她。"

母亲想着这个话就笑，三三想着也笑了。

三三于是又匆匆的向前走去，因为黄昏太美了，三三不久又停顿在前面枫树下了，还要母亲也陪她坐一会，送那片云过去再走。母亲自然不会不答应的。两人坐在那石条上了，三三把头上的篮儿取下后，用手整理头发，就又想起那个男人一样短短头发的女人。母亲说："三三，你用围裙揩揩脸，脸上出汗了。"三三好像不听到妈妈的话，眺望到另一方，她心中出奇，为什么有许多人的脸，白得像茶花。她不知不觉又把这个话同母亲说了，母亲就说，这就是他们称呼为城里人的理由，不必搽粉脸也总是很白的。

三三说："那不好看。"母亲也说："那自然不好看。"三三又说："宋家的黑子姑娘才真不好看。"母亲因为到底不明白三三意思所在，所以再不敢挼言，就只貌作留神的听着，让三三自己去作结论。

三三的结论就只是故意不同母亲意见一致，可是母亲若不说话时，自己就不须结论，也闭了口，不再作声了。

另外某一天，有人从大寨里挑谷子来碾坊的，挑谷子的男人走后，留下一个女人在旁边照料到一切。这女人具一种欢喜说话的性格，且不久才从六十里外一个寨上吃喜酒回来，有一肚子的故事，同许多消息，得同一个人说说才舒服，所以就拿来与碾坊母女两人说。母亲因为自己有一个女儿，有些好奇的理由，专欢喜问人家到什么地方吃喜酒，看到些什么体面姑娘，看到些什么好嫁妆。她还明白，照例三三也愿意听这些故事。所以就向那个人，问了这样又问那样，要那人一五一十说出来。

三三听到这些话，却静静的坐在一旁，用耳朵听着，一句话不说。有时说的话那女人以为不是女孩子应当听的，声音较低时，三三就装作毫不注意的神气，用绳子结连环玩，实际上仍然听得清清楚楚。因为，听到些怪话，三三忍不住要笑了，却别过头去悄悄的笑，不让那个长舌妇人注意到。

到后那两个老太太，自然而然就说到总爷家中的来客，且说及那个白袍白帽的女人了。那妇人说：她听说这白帽白袍女人，是用钱雇来的，雇来照料那个少爷，好几两银子一天。但她却又以为这话不十分可靠，她以为这人一定就是城里人的少奶奶，或者小姨太太。

三三的妈妈意见却同那人的恰恰相反，她以为那白袍女人，决不是少奶奶。

那妇人就说："你怎么知道不是少奶奶？"

三三的妈说："怎么会是少奶奶。"

那人说："你告我些道理。"

三三的妈说："自然有道理，可是我说不出。"

那人说："你又不看到，你怎么会知道。"

三三的妈说："我怎么不看到……"

两人争着不能解决，又都不能把理由说得完全一点，尤其是三三的母亲，又忘记说是听到过那一位喊叫过周小姐的话，来用作证据。三三却记到许多话，只是不高兴同那个妇人去说，所以三三就用别种的方法打乱了两人不能说清楚的问题。三三说：

"娘，莫争这些事情，帮我洗头吧，我去热水。"

到后那妇人把米碾完挑走了。把水热好了的三三，坐在小凳上一面解散头发，一面带着抱怨神气向她娘说：

"娘，你真奇怪，欢喜同老婆子说空话。"

"我说了些什么空话？"

"人家媳妇不媳妇，管你什么事！"

……

母亲想起什么事来了，抿着口痴了半天，轻轻的叹了一口气。

过几天，那个白帽白袍的女人，却同总爷家一个小女孩子到碾坊来玩了，玩了大半天，说了许多话。妈妈因为第一次有这么一个稀客，所以走出走进，只想杀一只肥母鸡留客吃饭，但又不敢开口，所以十分为难。

三三则把客人带到溪下游一点有水车的地方去，玩了好一阵，在水边摘了许多金针花，回来时又取了钓竿，搬了凳子，到溪边去陪白帽子女人钓鱼。

溪里的鱼好像也知道凑趣。那女人一根钓竿，一会儿就得了四条大鲫鱼，使她十分欢喜。到后应当回去了，女人不肯拿鱼回去，母亲可不答应，一定要她拿去。并且听白帽子女人说南瓜子好吃，就又另外取了一口袋的生瓜子，要同来的那个小女孩代为拿着。

再过几天，那白脸人同总爷家管事先生，也来钓了一次鱼，又拿了许多礼物回去。

再过几天，那病人却同女人在一块儿来了，来时送了一些用瓶子装的糖，还送了些别的东西，使主人不知如何措置手脚。因为不敢留这两个尊贵人吃饭，所以到两人临走时，三三母亲还捉了两只活鸡，一定要他们带回去。两人都说留到这里生蛋，用不着捉去，还不行，到后说等下一次来再杀鸡，那两只鸡才被开释放下了。

自从这两个客人到碾坊这次以后，碾房里有点不同过去的样子，母女两人说话，提到"城里"的事情就渐渐多了。城里是什么样子，城里有些什么好处，两人本来全不知道。两人用总爷家的派头，同那个白脸男子白袍女人的神气，以及平常从乡下人听来的种种，作为想象的根据，摹拟到城里的一切景况，都以为城里是那么一种样子：一座极大的用石头垒就的城，这城里就有许多好房子。每一栋好房子里面住了一个老爷同一群少爷；每一个人家都有许多成天穿了花绸衣服的女人，装扮得同新娘了一样，坐在家中房里，什么事也不必做。每一个人家，屋子里一定还有许多跟班同丫头，跟班的坐在大门前接客人的名片，丫头便为老爷剥莲心去燕窝毛。城里一定有很多条大街，街上全是车马。城里有洋人，脚干直直的，就在这类大街上走来走去。城里还有大衙门，许多官如包龙图一样，威风凛凛，一天审案到夜，夜了还得点了灯审案。城里还有好些铺子，卖的是各样希奇古怪的东西。城里一定还有许多庙，庙里成天有人唱戏，成天也有人看戏；看戏的全是坐在一条板凳上，一面看戏一面剥黑瓜子。

自然这些情形都是实在的。这想象中的都市，像一个故事一样动人，保留在母女两人心上，却永远不使两人痛苦。她们在自己习惯生活中得到幸福，却又从幻想中得到快乐，所以若说过去的生活是很好的，那到后来可说是更好了。

但是，从另外一些记忆上，三三的妈妈却另外还想起了一些事情，因此有好几回同三三说话到城里时，却忽然又住了口不说下去。三三问到这是什么意思，母亲就笑着，仿佛意思就只是想笑一会儿，什么别的意思也没有。

三三可看得出母亲笑中有原因，但总没有方法知道这另外原因究竟是什么事情，或者是妈妈预备要搬到城里，或者是做梦到过城里，或者是因为三三长大了，背影子已像一个新娘子了，妈妈惊讶着，这些躲在老人家心上一角儿的事可多着呐。三三自己也常常发笑，且不让母亲知道那个理由。每次到溪边玩，听母亲喊"三三你回来吧"，三三一面走一面总轻轻的说："三三不回来了，三三永不回来了。"为什么说不回来，不回来又到些什么地方来落脚，三三不曾认真打量过。

有时候两人都说到前一晚上梦中到过的城里，看到大衙门大庙的情形，三三总以为母亲到的是一个城里，她自己所到又是一个城里。城里自然有许多，同寨子差不多一样，这个三三早就想到了的。三三所到的城里一定比母亲那个还远一点，因为母亲凡是梦到城里时，总以为同总爷家那堡子差不多，只不过大了一点，却并不很大。三三因为听到那白帽子女人说过，一个城里看护至少就有两百，所以她梦到的就是两百个白帽子女人的城里！

妈妈每次进寨子送鸡蛋去，总说他们问三三，要三三去玩，三三却怪母亲不为她梳头。但有时头上辫子很好，却又说应当换干净衣服才去。一切都好了，三三却常常临时又忽然不愿意去了。母亲自然是不强着三三的。但有几次母亲有点不高兴了，三三先说不去，到后又去，去到那里，两人是都很快乐的。

人虽不去大寨，等待妈妈回来时，三三总很愿意听听说到那一面的事情。母亲一面说，一面望到三三的眼睛，这老人家懂得到三三心事。她自己以为十分懂得三三，所以有时话说得也稍多了一点，譬如关于白帽子的女人，如何照料白脸的男子那一类事，母亲说时总十分温柔，同时看三三的眼睛，也照样十分温柔，于是，这母亲，忽然又想到了远远的什么一件事，不再说下去；三三也想到了另外一件事，不必妈妈说话了，这母女二人就沉默了。

总爷家管事，有次过碾坊来了。来时三三已出到外边往下溪水车边采金针花去了。三三回碾坊时，望到母亲同那个管事先生商量什么似的在那里谈话，管事一见到三三，就笑着什么也不说。三三望望母亲的脸，从母亲脸上颜色，她看出像有些什么事，很有点凑巧。

那管事先生见到三三就说："三三，我问你，怎么不到堡子里去玩，有人等你！"

三三望到自己手上那一把黄花，头也不抬说："谁也不等我。"

管事先生说："你的朋友等你。"

"没有人是我的朋友。"

"一定有人！"

"你说有就有吧。"

"你今年几岁，是不是属龙的？"

三三对这个谈话觉得有点古怪，就对妈妈看着，不即作答。

管事先生却说："你不说我也知道，你妈妈还刚刚告我，四月十七，你看对不对？"

三三心想，四月十七五月十八你都管不着，我又不希罕你为我拜寿。但因为听说是妈妈告的，三三就奇怪，为什么母亲同别人谈这些话。她就对母亲把小小嘴唇扁了一下，怪着她不该同人说到这些，本来折的花应送给母亲，也不高兴了，就把花放在休息着的碾盘旁，跑出到溪边，拾石子打飘飘梭去了。

不到一会儿，听到母亲送那管事先生出来了，三三赶忙用背对到大路，装着眺望到溪对岸那一边牛打架的样子，好让管事先生走去。管事先生见三三在水边，却停顿到路上，喊三姑娘，喊了好几声，三三还故意不理会，又才听到那管事先生笑着走了。

管事先生走后，母亲说："三三，进屋里来，我同你说话。"三三还是装作不听到，并不回头，也不作答。因为她似乎听到那个管事先生，临走时还说"三三你还得请我喝酒"。这喝酒意思，她是懂得到的，所以不知为什么，今天却十分不高兴这个人。同时因为这个人同母亲一定还说了许多话，所以这时对母亲也似乎不高兴了。

到了晚上，母亲因为见到三三不说话，与平时完全不同了，母亲说："三三，怎么，是不是生谁的气？"

三三口上轻轻的说："没有。"心里却想哭一会儿。

过两天，三三又似乎仍然同母亲讲和了，把一切事都忘掉了，可是再也不提到大寨里去玩，再也不提醒母亲送鸡蛋给人了。同时母亲那一面，似乎也因为了一件事情，不大同三三提到城里的什么，不说是应当送鸡蛋到大寨去了。

日子慢慢的过着，许多人家田堤的新稻，为了好的日头同恰当的雨水，长出的禾穗全垂了头。有些人家的新谷已上了仓，有些人家摘着早熟的禾线，舂出新米各处送人尝新了。

因为寨子里那家嫁女的好日子快到了，搭了信来接母女两人过去陪新娘子。母亲正新给三三缝了一件葱绿布围裙，故要三三去住两天。三三没有什么理由可以说不去，所以母女二人就带了些礼物到寨子里来了。到了那个嫁女的家里，因为一乡的风气，在女人未出阁以前，有展览妆奁的习惯，一寨子的女人都可来看，所以就见到了那个白帽子的女人。她因为在乡下除了照料病人就无什么事情可做，所以一个月来在乡下就成天同乡下女人玩玩，如今随了别的女人来看嫁妆，所以就碰到了这母女两人。

一见面，这白帽子女人就用城里人的规矩，怪三三母亲，问为什么多久不到总爷家里来看他们，又问三三为什么忘了她。这母女两人自然什么也不好说，只按照到一个乡下人的方法，望到略显得黄瘦了的白帽子女人笑着。后来这白帽子的女人，就告给三三妈妈，说病人的病还不什么好，城里医生来了一次，以为秋天还要换换地方，预备八月里就回城去，再要到一个顶远的有海的地方养息。因为不久就要走了，所以她自己同病人，都很想母女两人，同那个小小碾坊。

这白帽子女人又说，曾托过人带信要她们来玩的，不知为什么她们不来。又说她很想再来碾坊那小潭边钓鱼，可是因为天气热了一点。

这白帽子女人，望到三三的新围裙，就说：

"三三，你这个围腰真美，妈妈自己做的是不是？"

三三却因为这女人一个月以来脸晒红多了，就望到这个人的红脸好笑。

母亲说："我们乡下人，要什么讲究东西，只要穿得上身就好了。"因为母亲的话不大实在，三三就轻轻的接下去说："可是改了三次。”

那白帽子女人听到这个话，向母女笑着，“老太太你真有福气，做你女儿的也真有福气。”

“这算福气吗？我们乡下人那里比得城里人好。”

因为有两个人正抬了一盒礼过去，三三追了过去想看看是什么时。白帽子女人望着三三的背影，“老太太，你三姑娘陪嫁的，一定比这家还多。”

母亲也望那一方说：“我们是穷人，姑娘嫁不出去的。”

这些话三三都听到，所以看完了那一抬礼，还不即过来。

说了一阵话，白帽子女人想邀母女两人到总爷家去看看病人，母亲看到三三有点不高兴，同时且想起是空手，乡下人照例又不好意思空手进人家大门，所以就答应过两天再去。

又过了几天，母女二人在碾坊，因为谈到新娘子敷水粉的事情，想到白帽子女人的脸，一到乡下后就晒红了许多的情形，且想起那天曾答应人家的话了，所以妈妈问三三，什么时候高兴去寨子里看“城里人”。三三先是说不高兴，到后又想了一下，去也不什么要紧，就答应母亲不拘那一天去都行。既然不拘什么时候，那么，自然第二天就可以去了。

因为记起那白帽子女人说的话，很想来碾坊玩，所以三三要母亲早上同去，好就便邀客来，到了晚上再由三三送客回去。母亲却因为想到前次送那两只鸡，客人答应了下次来吃，所以还预备早早的回来，好杀鸡款客。

一早上，母女两人就提了一篮鸡蛋，向大寨子走去。过桥，过竹林，过小小山坡，道旁露水还湿湿的，金铃子像敲钟一样，叮叮的从草里发出声音来，喜鹊喳喳的叫着从头上飞过去。母亲走在三三的后面，看到三三苗条如一根笋子，拿着棍儿一面走一面打道旁的草，记起从前总爷家管事先生问过她的话，不知道究竟是些什么意思。又想到几天以前，白帽子女人说及的话，就觉得这些从三三日益长大快要发生的事，不知还有许多。

她零零碎碎就记起一些属于别人的印象来了……一顶凤冠，用珠子穿好的，搁到谁的头上？二十抬贺礼，金锁金鱼，这是谁？……床上撒满了花，同百果莲子枣子，这是谁？……四个奶妈还说不合式，这是谁？……那三三是不是城里人？……

若不是滑了一下，向前一窜，这梦还不知如何放肆做下去。

因为听到妈妈口上连作呸呸，三三才回过头来，"娘，你怎么，想些什么，差点儿把鸡蛋篮子也摔了。你想些什么？"

"我想我老了，不能进城去看世界了。"

"你难道欢喜城里吗？"

"你将来一定是要到城里去的！"

"怎么一定？我偏不上城里去！"

"那自然好极了。"

两人又走着，三三忽然又说："娘，娘，为什么你说我要到城里去？"

母亲忙说："你不去城里，我也不去城里。城里天生是为城里人预备的，我们有我们的碾坊，自然不会离开。"

不到一会儿，就望到大寨那门楼了，总爷家在大寨南方，门前有许多大榆树和梧桐树。两人进了寨门向南走，快要走到时，就望见榆树下面，有许多人站立，好像在看热闹似的，其中还有一些人，忙手忙脚的搬移一些东西，看情形好像是总爷家发生了什么事情，或者来了远客，或者还是别的原因。所以母女两人也不什么出奇，仍然慢慢的走过去。三三一面走一面说："莫非是衙门的官来了，娘，我在这里等你，你先过去看看吧。"妈妈随随便便答应着，心里觉得有点蹊跷，就把篮子放下要三三等着，自己赶上前去了。

这时恰巧有个妇人抱了自己孩子向北走，预备回家去，看到三三了，就问："三三，怎么你这样早，有些什么事？"但同时却看到了三三篮里的鸡蛋了，"三三，你送谁的礼呢？"

三三说："随便带来的。"因为不想同这人说别的话，故低下头去，用手攀弄那个盘云的葱绿围腰扣子。

那妇人又说："你妈呢？"

三三还是低着头用手向南方指着，"过那边去了。"

那女人说："那边死了人。"

"是谁死了？"

"就是上个月从城中搬来在总爷家养病的少爷，只说是病，前一些日子还常常出外面玩，谁知就死了。"

三三听到这个，心里一跳，心想，难道是真话吗？

这时，母亲从那边也知道消息了，匆匆忙忙的跑回来，脸儿白白的，到了三三跟前，什么话也不说，拉着三三就走，好像是告三三，又像是自言自语的说："就死了，就死了，真不像会死！"

但三三却立定了，问："娘，那白脸先生死了吗？"

"都说是死了的。"

"我们难道就回去吗？"

母亲想想，真的，难道就回去？

因此母女两人又商量了一下，还是到总爷家去看看，知道究竟是些什么原因。三三且想见见那白帽子女人，找到白帽子女人，一切就明白了。但一走进总爷家大门边，望到许多人站在那里，大门却敞敞的开着，两人又像怕人家知道他们是来送礼的，不敢进去。在那里就听到许多人说到这个白脸人的一切，说到那个白帽子女人，称呼她为病人的媳妇，又说到别的，都显然证明这些人并不同这两个城里人有什么熟识。

三三脸白白的拉着妈妈的衣角，低声的说"走"。两人就走了。

……

到了磨坊，因为有人挑了谷子来在等着碾米，母亲提着蛋篮子进去了，三三站立溪边，望到一泓碧流，心里好像掉了什么东西，极力去记忆这失去的东西的名称，却数不出。

母亲想起三三了，在里面喊着三三的名字，三三说：

"娘，我在看虾米呢。"

"来把鸡蛋放到坛子里去，虾米在溪里可以成天看！"因为母亲那么说着，三三只好进去了。磨盘正开始在转动，母亲各处找寻油瓶，三三知道那个油瓶挂在门背后，却不作声，尽母亲各处去找。三三望着那篮子，就蹲到地下去数着那篮里的鸡蛋，数了半天，到后碾米的人，问为什么那么早拿鸡蛋到别处去，送谁。三三好像不曾听到这个话，站起身来又跑出去了。

本篇发表于 1931 年 9 月 15 日《文艺月刊》。署名沈从文。

第三章

生活上那一分应有的哀乐

生命都是太脆薄的一种东西，
并不比一株花更经得住年月风雨，
用对自然倾心的眼，反观人生，
使我不能不觉得热情的可珍，
而看重人与人凑巧的藤葛。

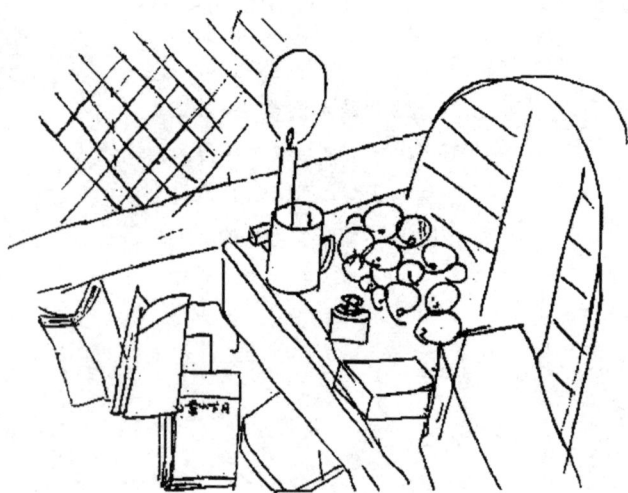

主　妇

　　碧碧睡在新换过的净白被单上，一条琥珀黄绸面薄棉被裹着个温暖的身子。长发披拂的头埋在大而白的枕头中，翻过身时，现出一片被枕头印红的小脸，睡态显得安静和平。眼睛闭成一条微微弯曲的线。眼睫毛长而且黑，嘴角边还酿了一小涡微笑。

　　家中女佣人打扫完了外院，轻脚轻手走到里窗前来，放下那个布帘子，一点声音把她弄醒了。睁开眼看看，天已大亮，并排小床上绸被堆起像个小山，床上人已不见（她知道他起身后到外边院落用井水洗脸去了）。伸手把床前小台几上的四方表拿起，刚六点整。时间还早，但比预定时间已迟醒了二十分。昨晚上多谈了些闲话，一觉睡去直到同房起身也不惊醒。天气似乎极好，人闭着眼睛，从晴空中时远时近的鸽子唔哨可以推测得出。

　　她当真重新闭了眼睛，让那点声音像个摇床，把她情感轻轻摇荡着。

一朵眩目的金色葵花在眼边直是晃，花蕊紫油油的，老在变动，无从捕捉。她想起她的生活，也正仿佛是一个不可把握的幻影，时刻在那里变化。什么是真实的，什么是最可信的，说不清楚。她很快乐。想起今天是个希奇古怪的日子，她笑了。

今天八月初五。三年前同样一个日子里，她和一个生活全不相同性格也似乎有点古怪的男子结了婚。为安排那个家，两人坐车从东城跑到西城，从天桥跑到后门，选择新家里一切应用东西，从卧房床铺到厨房碗柜，一切都在笑着、吵着、商量埋怨着，把它弄到屋里。从上海来的姊姊，从更远南方来的表亲，以及两个在学校里念书的小妹妹，和三五朋友，全都像是在身上钉了一根看不见的发条，忙得轮子似的团团转。纱窗，红灯笼，赏下人用的红纸包封，收礼物用的洒金笺谢帖，全部齐备后，好日子终于到了。正同姊姊用剪子铰着小小红双喜字，预备放到糕饼上去，成衣人送来了一袭新衣。"是谁的？""小姐的。"拿起新衣跑进新房后小套间去，对镜子试换新衣。一面换衣一面胡胡乱乱的想着：

……一切都是偶然的，彼一时或此一时。想碰头大不容易，要逃避也枉费心力。一年前还老打量穿件灰色学生制服，扮个男子过北平去读书，好个浪漫的想象！谁知道今天到这里却准备扮新娘子，心甘情愿给一个男子做小主妇！

电铃响了一阵，外面有人说话，"东城陈公馆送礼，四个小碟子。"新郎忙匆匆的拿了那个礼物向新房里跑，"来瞧，宝贝，多好看的四个小碟子！你在换衣吗？赶快来看看，送力钱一块吧。美极了。"院中又有人说话，来了客人。一个表姊；一个史湘云二世。人在院中大喉咙嚷："贺喜贺喜，新娘子隐藏到那里去了？不让人看看新房子，是什么意思？有什么机关布景，不让人看？""大表姐，请客厅坐坐，姊姊在剪花，等你帮帮忙！""新人进房，媒人跳墙；不是媒人，无忙可帮。我还有事得走路，等等到礼堂去贺喜，看王大娘跳墙！"花匠又来了。接着是王宅送礼，周宅送礼；一个送的是瓷瓶，一个送的是陶俑。新郎又忙匆匆的抱了那礼物到新房中来，"好个花瓶，好个美人。碧碧，你来看！怎么还不把新衣穿好？不合身吗？我不能进来看看吗？""嗨，嗨，请不要来，不要来！"另一个成衣人又送衣来了。"新衣又来了。让我进来看看好。"

于是两人同在那小套间里试换新衣，相互笑着，埋怨着。新郎对于当前正在进行的一件事情，虽然心神气间却俨然以为不是一件真正事情，为了必需从一种具体行为上证实它，便想拥抱她一下，吻她一下。"不能胡闹！""宝贝，你今天真好看！""唉，唉，我的先生，你别碰我，别把我新衣揉皱，让我好好的穿衣。你出去，不许在这里捣乱！""你完全不像在学校里的样子了。""得了得了。不成不成。快出去，有人找你！得了得了。"外面一片人声，果然又是有人来了。新郎把她两只手吻吻，笑着跑了。

当她把那件浅红绸子长袍着好，轻轻的开了那扇小门走出去时，新郎正在窗前安放一个花瓶。一回头见到了她，笑眯眯的上下望着，"多美丽的宝贝！简直是……""唉，唉，我的大王，你两只手全是灰，别碰我，别碰我。谁送那个瓶子？""周三兄的贺礼。""你这是什么意思？顶喜欢弄这些容易破碎的东西，自己买来不够，还希望朋友也买来送礼。真是古怪脾气！""一点不古怪！这是我的业余兴趣。你不欢喜这个青花瓶子？""唉，唉，别这样。快洗手去再来。你还是玩你的业余宝贝，让我到客厅里去看看。大表姐又嚷起来了。"

一场热闹过后，到了晚上。几人坐了汽车回到家里，从××跟踪来的客人陆续都散尽了。大姊姊表演了一出昆剧《游园》，哄着几个小妹妹到厢房客厅里睡觉去了。两人忙了一整天，都似乎十分疲累，需要休息。她一面整理衣物，一面默默的注意到那个朋友。朋友正把五斗橱上一对羊脂玉盒子挪开，把一个青花盘子移到上面去。

像是赞美盘子，又像是赞美她，"宝贝，你真好！你累了吗？一定累极了。"

她笑着，话在心里，"你一定比我更累，因为我看你把那个盘子搬了五次六次。"

“宝贝，今天我们算是结婚了。”

她依然微笑着，意思像在说：“我看你今天简直是同瓷器结婚，一时叫我做宝贝，一时又叫那盘子罐子做宝贝。”

“一个人都得有点嗜好，一有嗜好，总就容易积久成癖，欲罢不能。收藏铜玉，我无财力，搜集字画，我无眼力，只有这些小东小西，不大费钱，也不是很无意思的事情。并且人家不要的我来要……”

她依然微笑着，意思像在说：“你说什么？人家不要的你要……”

停停，他想想，说错了话，赶忙补充说道：“我玩盘子瓶子，是人家不要的我要。至于人呢，恰好是人家想要而得不到的，我要终于得到。宝贝，你真想不到几年来你折磨我成什么样子？”

她依然笑着，意思像在说：“我以为你真正爱的，能给你幸福的，还是那些容易破碎的东西。”

他不再说什么了，只是莞尔而笑。话也许对。她可不知道他的嗜好原来别有深意。他似乎追想一件遗忘在记忆后的东西，过了一会，自言自语说：“碧碧，你今年二十三岁，就做了新嫁娘！当你二十岁时想不想到这一天？甜甜的眉眼，甜甜的脸儿，让一个远到不可想象的男子傍近身边来同过日子。他简直是飞来的。多希奇古怪的事情！你说，这是个人的选择，还是机运的偶然？若说是命定的，倘若我不在去年过南方去，会不会有现在？若说是人为的，我们难道真是完全由自己安排的？"

她轻轻的呼了一口气。一切都不宜向深处走，路太远了。昨天或明天与今天，在她思想中无从联络。一切若不是命定的，至少好像是非人为的。此后料不到的事还多着哪。她见他还想继续讨论一个不能有结论的问题，于是说："我倦了。时间不早了。"

日子过去了。

接续来到两人生活里的，自然不外乎欢喜同负气，风和雨，小小的伤风感冒，短期的离别，米和煤价的记录，搬家，换厨子，请客或赴宴，红白喜事庆吊送礼。本身呢，怀了孕又生产，为小孩子一再进出医院，从北方过南方，从南方又过北方。一堆日子一堆人事倏然而来且悠然而逝。过了三年，寄住在外祖母身边的小孩子，不知不觉间已将近满足两周岁。这个从本身份裂出来的幼芽，不特已经会大喊大笑，且居然能够坐在小凳子上充汽车夫，知道嘟嘟嘟学汽车叫吼。有两条肥硕脆弱的小腿，一双向上飞扬的眉毛，一种大模大样无可无不可的随和性情。一切身边的都证明在不断的变化，尤其是小孩子，一个单独生命的长成，暗示每个新的日子对人赋予一种特殊意义。她是不是也随着这川流不息的日子，变成了另外一个人呢？想起时就如同站在一条广泛无涯的湖边一样，有点茫然自失。她赶忙低下头去用湖水洗洗手。她爱她的孩子，为孩子笑哭迷住了。因为孩子，她忘了昨天，也不甚思索明天。母性情绪的扩张，使她显得更实际了一点。

当她从中学毕业，转入一个私立大学里做一年级学生时，接近她的同学都说她"美"。她觉得有点惊奇，不大相信。心想：什么美？少所见，多所怪罢了。有作用的阿谀不准数，她不需要。她于是谨慎又小心的回避同那些阿谀她的男子接近。到后她认识了他。他觉得她温柔甜蜜，聪明而朴素。到可以多说点话时，他告她他好像爱了她。话还是和其余的人差不多，不过说得稍稍不同罢了。当初她还以为不过是"照样"的事，也自然照样搁下去。人事间阻，使她觉得对他应特别疏远些，特别不温柔甜蜜些，不理会他。她在一种谦退逃遁情形中过了两年。在这些时间中自然有许多同学不得体的殷勤来点缀她的学生生活。她一面在沉默里享用这分不大得体的殷勤，一面也就渐成习惯，用着一种期待，去接受那个陌生人的来信。信中充满了谦卑的爱慕，混和了无望无助的忧郁。她把每个来信从头看到末尾，随后便轻轻的叹 口气，把那些信加上一个记号，收藏到个小小箱子里去了。毫无可疑，那些冗长的信是能给她一点秘密快乐，帮助她推进某种幻想的。间或一时也想回个信，却不知应当如何措词。生活呢，相去太远；性情呢，不易明白。说真话，印象中的他瘦小而羞怯，似乎就并不怎么出色。两者之间，好像有一种东西间隔，也许时间有这种能力，可以把那种间隔挪开，那谁知道。然而她已慢慢的从他那长信习惯于看到许多微嫌卤莽的字眼。她已不怕他。一点爱在沉默里生长了。她依然不理睬他，不曾试用沉默以外任何方法鼓励过他，很谨慎的保持那个距离。她其所以这样做，与其说是为他，不如说是为另外一些不相干的人。她怕人知道，怕人嘲笑，连自己姊姊也不露一丝儿风。然而这是可能的吗？

自然是不可能的。她毕了业，出学校后便住在自己家里，他知道了，计算她对待他应当不同了一点，便冒昧乘了横贯南北的火车，从北方一个海边到她的家乡来看她。一种十分勉强充满了羞怯情绪的晤面，一种不知从何说起的晤面。到临走时，他问她此后作何计划。她告他说得过北京念几年书，看看那个地方大城大房子。到了北京半年后，他又从海边来北京看她。依然是那种用微笑或沉默代替语言的晤面。临走时，他又向她说，生活是有各种各样的，各有好处也各有是处的，此后是不是还值得考虑一下？看她自己。一个新问题来到了她的脑子里，此后是到一个学校里去还是到一个家庭里去？她感觉徘徊。末了她想：一切是机会，幸福若照例是孪生的，昨天碰头的事，今天还会碰头。三年都忍受了，过一年也就不会飞，不会跑；——且搁下吧。如此一来当真又搁了半年。另外一个新的机会使她和他成为一个学校的同事。

同在一处时，他向她很蕴藉的说，那些信已快写完了，所以天就让他和她来在一处做事。倘若她不十分讨厌他，似乎应当想一想，用什么方法使他那点痴处保留下来，成为她生命中一种装饰。一个女人在青春时是需要这个装饰的。

为了更谨慎起见，她笑着说，她实在不大懂这个问题，因为问题太艰深。倘若当真把信写完了，那么就不必再写，岂不省事？他神气间有点不高兴，被她看出了。她随即问他，为什么许多很好看的女人他不麻烦，却老缠住她。她又并不是什么美人。事实上她很平凡，老实而不调皮。说真话，不用阿谀，好好的把道理告给她。

他的答复很有趣，美是不固定无界限的名词，凡事凡物对一个人能够激起情绪引起惊讶感到舒服就是美。她由于聪明和谨慎，显得多情而贞洁，容易使人关心或倾心。他觉得她温和的眼光能驯服他的野心，澄清他的杂念。他认识了很多女子，征服他，统一他，惟她有这种魔力或能力。她觉得这解释有意思。不十分诚实，然而美丽，近于阿谀，至少与一般阿谀不同。她还不大了解一个人对于一个人狂热的意义，却乐于得人信任，得人承认。虽一面也打算到两人再要好一点，接近一点，那点"惊讶"也许就会消失，依然同他订婚而且结婚了。

结婚后她记着他说的一番话，很快乐的在一分新的生活中过日子。两人生活习惯全不相同，她便尽力去适应。她一面希望在家庭中成一个模范主妇，一面还想在社会中成一个模范主妇。为人爱好而负责，谦退而克己。她的努力，并不白费，在戚友方面获得普遍的赞颂和同情，在家庭方面无事不井井有条。然而恰如事所必至，那贴身的一个人，因相互之间太密切，她发现了他对她那点"惊讶"，好像被日常生活在腐蚀，越来越少，而另外一种因过去生活已成习惯的任性处，粗疏处，却日益显明。她已明白什么是狂热，且知道他对她依然保有那种近于童稚的狂热，但这东西对日常生活却毫无意义，不大需要。这狂热在另一方面的滥用或误用，更增加她的戒惧。她想照他先前所说的征服他，统一他，实办不到。于是间或不免感到一点幻灭，以及对主妇职务的厌倦。也照例如一般女子，以为结婚是一种错误，一种自己应负一小半责任的错误。她爱他又稍稍恨他。他看出两人之间有一种变迁，他冷了点。

这变迁自然是不可免的。她需要对于这个有更多的了解，更深的认识。明白"惊讶"的消失，事极自然，惊讶的重造，如果她善于调整或控制，也未尝不可能。由于年龄或性分的限制，这事她做不到。既昧于两性间在情绪上自然的变迁，当然就在欢乐生活里搀入一点眼泪，因此每月随同周期而来短期的悒郁，无聊，以及小小负气，几乎成为固定的一分。她才二十六岁，还不到能够静静的分析自己的年龄。她为了爱他，退而从容忍中求妥协，对他行为不图了解但求容忍。这容忍正是她厚重品德的另一面。然而这有个限度，她常担心他的行为有一时会溢出她容忍的限度。

他呢，是一个血液里铁质成分太多，精神里幻想成分太多，生活里任性习惯太多的男子。是个用社会作学校，用社会作家庭的男子。也机智，也天真。为人热情而不温柔，好事功，却缺少耐性。虽长于观察人事，然拙于适应人事。爱她，可不善于媚悦她。忠于感觉而忽略责任。特别容易损害她处，是那个热爱人生富于幻想忽略实际的性格，那分性格在他个人事业上能够略有成就，在家庭方面就形成一个不可救药的弱点。他早看出自己那毛病，在预备结婚时，为了适应另外一人的情感起见，必需改造自己。改造自己最具体方法，是搁下个人主要工作，转移嗜好，制止个人幻想的发展。他明白玩物丧志，却想望收集点小东小西，因此增加一点家庭幸福。婚后他对于她认识得更多了一点，明白她对他的希望是"长处保留，弱点去掉"。她的年龄，还不到了解"一个人的性格在某一方面是长处，于另一方面恰好就是短处"。他希望她对他多有一分了解，与她那容忍美德更需要。到后他明白这不可能。他想：人事常常得此则失彼，有所成必有所毁，服从命定未必是幸福，但也未必是不幸。如今既不能超凡入圣，成一以自己为中心的人，就得克制自己，尊重一个事实。既无意高飞，就必需剪除翅翼。三年来他精神方面显得有点懒惰，有点自弃，有点衰老，有点俗气，然而也就因此，在家庭生活中显得多有一点幸福。

　　她注意到这些时，听他解释到这些时，自然觉得有点矛盾。一种属于独占情绪与纯理性相互冲突的矛盾。她相信他解释的一部分。对这问题思索向深处走，便感到爱怨的纠缠，痛苦与幸福平分，十分惶恐，不知所向。所以明知人生复杂，但图化零为整，力求简单。善忘而不追究既往，对当前人事力图尽责。删除个人理想，或转移理想成为对小孩关心。易言之，就是尽人力而听天命，当两人在熟人面前被人称谓"佳偶"时，就用微笑表示"也像冤家"的意思；又或从人神气间被目为"冤家"时，仍用微笑表示"实是佳偶"的意思。在一般人看来她很快乐，她自己也就不发掘任何愁闷。她承认现实，现实不至于过分委屈她时，她照例是愉快而活泼，充满了生气过日子的。

　　过了三年。他从梦中摔碎了一个瓶子，醒来时数数所收集的小碟小碗，已将近三百件。那是压他性灵的沙袋，铰他幻想的剪子。他接着记起了今天是什么日子，面对着尚在沉睡中的她，回想起三年来两人的种种过去。因性格方面不一致处，相互调整的努力，因力所不及，和那意料以外的情形，在两人生活间发生的变化。且检校个人在人我间所有的关系，某方面如何种下了快乐种子，某方面又如何收获了些痛苦果实。更无怜悯的分析自己，解剖自己，爱憎取予之际，如何近于笨拙，如何仿佛聪明。末后便想到那种用物质嗜好自己剪除翅翼的行为，看看三年来一些自由人的生活，以及如昔人所说"跛者不忘履"，情感上经常与意外的斗争，脑子渐渐有点胡涂起来了。觉得应当离开这个房间，到有风和阳光的院子里走走，就穿上衣，轻轻的出了卧房。到她醒来时，他已在院中水井边站立一点钟了。

他在井边静静的无意识的觑着院落中那株银杏树，看树叶间微风吹动的方向。辨明风向那方吹，应向那方吹，俨然就可以借此悟出人生的秘密。他想，一个人心头上的微风，吹到另外一个人生活里去时，是偶然还是必然？在某种人常受气候年龄环境所控制，在某种人又似乎永远纵横四溢，不可范围。谁是最合理的？人生的理想，是情感的节制恰到好处，还是情感的放肆无边无涯？生命的取与，是昨天的好，当前的好，还是明天的好？

注目一片蓝天，情绪作无边岸的游泳，仿佛过去未来，以及那个虚无，他无往不可以自由前去。他本身就是一个抽象。直到自觉有点茫然时，他才知道自己原来还是站在一个葡萄园的井水边。他摘了一片叶子在手上，想起一个贴身的她，正同葡萄一样，紧紧的植根泥土里，那么生活贴于实际。他不知为什么对自己忽然发生了一点怜悯，一点混和怜悯的爱。"太阳的光和热给地上万物以生命悦乐，我也能够这样做去，必需这样做去。高空不是生物所能住的，我因此还得贴近地面。"

躺在床上的她稍稍不同。

她首先追究三年来属于物质环境的变迁，因这变迁而引起的轻微惆怅与轻微惊讶。旋即从变动中的物质的环境，看出有一种好像毫不改变的东西。她觉得希奇（似乎希奇）。原来一切在寒暑交替中都不同了，可是个人却依然和数年前在大学校里读书时差不多。这种差不多的地方，从一些生人熟人眼色语言里可以证明，从一面镜子中也可以证明。

她记起一个朋友提起关于她的几句话，说那话时朋友带着一种可笑的惊讶神气。"你们都说碧碧比那新娘子表妹年纪大，已经二十六岁，有了个孩子。二十六岁了，谁相信？面貌和神气，都不像个大人，小孩子已两岁，她自己还像个孩子！"

一个老姑母说的笑话更有意思："碧碧，前年我见你，年纪像比大弟弟小些；今年我看你，好像比五弟弟也小些了。你做新娘子时比姊姊好看，生了孩子，比妹妹也好看了。你今年二十六岁，我看只是二十二岁。"

想起这些话，她觉得好笑。人已二十六岁，再过四个足年就是三十，一个女子青春的峰顶，接着就是那一段峻急下坡路；一个妇人，一个管家婆，一个体质日趋肥硕性情日变随和的中年太太，再下去不远就是儿孙绕膝的老祖母。一种命定的谁也不可避免的变化。虽然这事在某些人日子过得似乎特别快，某些人又稍慢一些，然而总得变化！可是如今看来，她却至少还有十个年头才到三十岁关口。在许多人眼睛里因为那双眼睛同一张甜甜的脸儿，都把她估计作二十二到二十四岁。都以为她还是在大学里念书。都不大相信她会做了三年主妇，还有了个两岁大孩子。算起来，这是一个如何可笑的错误！这点错误却俨然当真把她年龄缩小了。从老姑母戏谑里，从近身一个人的狂热里，都证明这错误是很自然的，且将继续下去。仿佛虽然岁月在这个广大人间不息的成毁一切，在任何人事上都有新和旧的交替，但间或也有例外，就是属于个人的青春美丽的常驻。这美丽本身并无多大意义，尤其是若把人为的修饰也称为美丽的今日。好处却在过去一时，它若曾经激动过一些人的神经，缠缚着一些人的感情，当前还好好保存，毫无损失。那些陌生的熟习的远远近近的男子因她那青春而来的一点痴处，一点卤莽处，一点从淡淡的友谊而引起的忧郁或沉默，一点从微笑或一瞥里新生的爱，都好好保存，毫无损失。她觉得快乐。她很满意自己那双干净而秀气浅褐颜色的小手。她以为她那眉眼耳鼻，上帝造作时并不十分马虎。她本能的感觉到她对于某种性情的熟人，能够煽起他一种特别亲切好感，若她自愿，还可给予那些陌生人一点烦恼或幸福（她那对于一个女子各种德性的敏感，也就因为从那各种德性履行中，可以得到旁人对她的赞颂，增加旁人对她的爱慕）。她觉得青春的美丽能征服人，品德又足相副，不是为骄傲，不是为虚荣，只为的是快乐；美貌和美德，同样能给她以快乐。

其时她正想起一个诗人所说的："日子如长流水逝去，带走了这世界一切，却不曾带走爱情的幻影，童年的梦，和可爱的人的笑和颦"。有点害羞，似乎因自己想象的荒唐处而害羞。他回到房中来了。

她看他那神色似乎有点不大好。她问他说：

"怎么的？不记得今天是什么日子了吗？为什么一个人起来得那么早，悄悄跑出去？"

他说："为了爱你，我想起了许多我们过去的事情。"

"我呢，也想起许多过去事情。吻我。你瞧我多好！我今天很快乐，因为今天是我们两个人最可纪念的一天！"

他勉强微笑着说："宝贝，你是个好主妇。你真好，许多人都觉得你好。"

"许多人，许多什么人？人家觉得我好，可是你却不大关心我，不大注意我。你不爱我！至少是你并不整个属于我。"她说的话虽挺真，却毫无生气意思。故意装作不大高兴的神气，把脸用被头蒙住，暗地里咕咕笑着。

一会儿猛然把绸被掀去，伸出两条圆圆的臂膊搂着他的脖子，很快乐的说道："宝贝，你不知道我如何爱你！"

一缕新生忧愁侵入他的情绪里。他不知道自己应当如何来努力，就可以使她高兴一点，对生活满意一点，对他多了解一点，对她自己也认识清楚一点。他觉得她太年青了，精神方面比年龄尤其年青。因此她当前不大懂他，此后也不大会懂他。虽然她爱他，异常爱他。他呢，愿意如她所希望的"完全属于她"，可是不知道如何一来，就能够完全属于她。

　　本篇发表于1937年3月15日《月报》。署名沈从文。

月 下 小 景

初八的月亮圆了一半，很早就悬到天空中。傍了××省边境由南而来的横断山脉长岭脚下，有一些为人类所疏忽历史所遗忘的残余种族聚集的山砦。他们用另一种言语，用另一种习惯，用另一种梦，生活到这个世界一隅，已经有了许多年。当这松杉挺茂嘉树四合的山砦，以及砦前大地平原，整个为黄昏占领了以后，从山头那个青石碉堡向下望去，月光淡淡的洒满了各处，如一首富于光色和谐雅丽的诗歌。山砦中，树林角上，平田的一隅，各处有新收的稻草积，以及白木做成的谷仓。各处有火光，飘扬着快乐的火焰，且隐隐的听得着人语声，望得着火光附近有人影走动。官道上有马项铃清亮细碎的声音，有牛项下铜铎沉静庄严的声音。从田中回去的种田人，从乡场上回家的小商人，家中莫不有一个温和的脸儿，等候在大门外，厨房中莫不预备得有热腾腾的饭菜与用瓦罐炖热的家酿烧酒。

薄暮的空气极其温柔，微风摇荡，大气中有稻草香味，有烂熟了山果香味，有甲虫类气味，有泥土气味。一切在成熟，在开始结束一个夏天阳光雨露所及长养生成的一切。一切光景具有一种节日的欢乐情调。

柔软的白白月光，给位置在山岨上石头碉堡，画出一个明明朗朗的轮廓，碉堡影子横卧在斜坡间，如同一个巨人的影子。碉堡缺口处，迎月光的一面，倚着本乡砦主的独生儿子傩佑；傩神所保佑的儿子，身体靠定石墙，眺望那半规新月，微笑着思索人生苦乐。

"……人实在值得活下去，因为一切那么有意思，人与人的战争，心与心的战争，到结果皆那么有意思，无怪乎本族人有英雄追赶日月的故事。因为日月若可以请求，要它停顿在那儿时，它便停顿，那就更有意思了。"

这故事是这样的：第一个××人，用了他武力同智慧得到人世一切幸福时，他还觉得不足，贪婪的心同天赋的力，使他勇往直前去追赶日头，找寻月亮，想征服主管这些东西的神，勒迫它们在有爱情和幸福的人方面，把日子去得慢一点，在失去了爱心子为忧愁失望所啮蚀的人方面，把日子又去得快一点。结果这贪婪的人虽追上了日头，却被日头的热所烤炙，在西方大泽中就渴死了。至于日月呢，虽知道了这是人类的欲望，却只是万物中之一的欲望，故不理会。因为神是正直的，不阿其所私的，人在世界上并不是唯一的主人，日月不单为人类而有。日头为了给一切生物的热和力，月亮却为了给一切虫类唱歌，用这种歌声与银白光色安息劳碌的大地。日月虽仍然若无其事的照耀着整个世界，看着人类的忧乐，看着美丽的变成丑恶，又看着丑恶的称为美丽，但人类太进步了一点，比一切生物智慧较高，也比一切生物更不道德。既不能用严寒酷热来困苦人类，又不能不将日月照及人类，故同另一主宰人类心之创造的神，想出了一个方法，就是使此后快乐的人越觉得日子太短，使此后忧愁的人越觉得日子过长。人类既然凭感觉来生活，就在感觉上加给人类一种处罚。

这故事有作为月神与恶魔商量结果的传说，就因为恶魔是在夜间出世的。人皆相信这是月亮做成的事，与日头毫无关系。凡一切人讨论光阴去得太快，或太慢时，却常常那么诅咒："日子，滚你的去吧。"痛恨日头而不憎恶月亮。土人的解释，则为人类性格中，慢慢的已经神性渐少，恶性渐多。另外就是月光较温柔，和平，给人以智慧的冷静的光，却不给人以坦白直率的热，因此普遍生物都欢喜月光，人类中却常常诅咒日头。约会恋人的，走夜路的，做夜工的，皆觉得月光比日光较好。在人类中讨厌月光的只是盗贼，本地土人中却无盗贼，也缺少这个名词。

这时节，这一个年纪还刚满二十一岁的砦主独生子，由于本身的健康，以及从另一方面所获得的幸福，对头上的月光正满意的会心微笑，似乎月光也正对了他微笑。傍近他身边，有一堆白色东西。这是一个女孩子，把她那长发散乱的美丽头颅，靠在这年青人的大腿上，把它当做枕头安静无声的睡着。女孩子一张小小的尖尖的白脸，似乎被月光漂过的大理石，又似乎月光本身。一头黑发，如同用冬天的黑夜作为材料，由盘踞在山洞中的女妖亲手纺成的细纱。眼睛，鼻子，耳朵，同那一张产生幸福的泉源的小口，以及颊边微妙圆形的小涡，如本地人所说的接吻之巢窝，无一处不见得是神所着意成就的工作。一微笑，一睐①眼，一转侧，都有一种神性存乎其间。神同魔鬼合作创造了这样一个女人，也得用侍候神同对付魔鬼的两种方法来侍候她，才不委屈这个生物。

女人正安安静静的躺在他的身边，一堆白色衣裙遮盖到那个修长丰满柔软溢香的身体，这身体在年青人记忆中，仿佛是用白玉、奶酥、果子同香花调和削筑成就的东西。两人白日里来到此，女孩子在日光下唱歌，在黄昏里和落日一同休息，现在又快要同新月一样苏醒了。

一派清光洒在两人身上，温柔的抚摩着睡眠者全身，山坡下是一部草虫清音繁复的合奏。天上的那半规新月，似乎在空中停顿着，长久还不移动。

幸福使这个孩子轻轻的叹息了。

———————————————
① 睐同眄。

他把头低下去，轻轻的吻了一下那用黑夜搓成的头发，接近那魔鬼手段所成就的东西。

远处有吹芦管的声音，有唱歌声音。身近旁有班背萤，带了小小火把，沿了碉堡巡行，如同引导得有小仙人来参观这古堡的神气。

当地年青人中唱歌高手的傩佑，唯恐惊了女人，惊了萤火，轻轻的轻轻的唱：

> 龙应当藏在云里，
> 你应当藏在心里。
> ……

女孩子在迷糊梦里，把头略略转动了一下，在梦里回答着：

> 我灵魂如一面旗帜，
> 你好听歌声如温柔的风。

他以为女孩子已醒了，但听下去，女人把头偏向月光又睡去了。于是又接着轻轻的唱道：

> 人人说我歌声有毒，

一首歌也不过如一升酒使人沉醉一天，

你那敷了蜂蜜的言语，

一个字也可以在我心上甜香一年。

女孩子仍然闭了眼睛在梦中答着：

不要冬天的风，不要海上的风，

这旗帜受不住狂暴大风。

请轻轻的吹，轻轻的吹；

（吹春天的风，温柔的风，）

把花吹开，不要把花吹落。

　　小砦主明白了自己的歌声可作为女孩子灵魂安宁的摇篮，故
又接着轻轻的唱道：

有翅膀鸟虽然可以飞上天空，

没有翅膀的我却可以飞入你的心里。

我不必问什么地方是天堂，

我业已坐在天堂门边。

女孩又唱：

> 身体要用极强健的臂膀搂抱，
> 灵魂要用极温柔的歌声搂抱。

砦主的独生子傩佑，想了一想，在脑中搜索话语，如同宝石商人在口袋中搜索宝石。口袋中充满了放光眩目的珠玉奇宝，却因为数量太多了一点，反而选不出那自以为极好的一粒，因此似乎受了一点儿窘。他觉得神只创造美和爱，却由人来创造赞誉这神工的言语。向美说一句话，为爱下一个注解，要适当合宜，不走失感觉所及的式样，不是一个平常人的能力所能企及。

"这女孩子值得用龙朱的爱情装饰她的身体，用龙朱的诗歌装饰她的人格。"他想到这里时，觉得有点惭愧了，口吃了，不敢再唱下去了。

歌声作了女孩子睡眠的摇篮，所以这女孩子才在半醒后重复入梦，歌声停止后，她也就惊醒了。

他见到女孩子醒来时，就装作自己还在睡眠，闭了眼睛。女孩从日头落下时睡到现在，精神已完全恢复过来，看男子还依靠石墙睡着，担心石头太冷，把白披肩搭到男子身上去后，傍了男子靠着。记起睡时满天的红霞，望到头上的新月，便轻轻的唱着，如母亲唱给小宝宝听催眠歌。

睡时用明霞作被，

醒来用月儿点灯。

砦主独生子咪的笑了。

……

……

四只放光的眼睛互相瞅定，各安置一个微笑在嘴角上，微笑里却写着白日两个人的一切行为。两人似乎皆略略为先前一时那点回忆所羞了，就各自向身旁那一个紧紧的挤了一下，重新交换了一个微笑。两人发现了对方脸上的月光那么苍白，于是齐向天上所悬的半规新月望去。

远远的有一派角声与锣鼓声，为田户巫师禳土酬神所在处，两人追寻这快乐声音的方向，于是向山下远处望去。远处有一条河。

"没有船舶不能过那条河，没有爱情如何过这一生？"

"我不会在那条小河里沉溺，我只会在你这小口上沉溺。"

两人意思仍然写在一种微笑里，用的是那么暧昧神秘的符号，却使对面一个从这微笑里明明白白，毫不含糊。远处那条长河，在月光下蜿蜒如一条带子，白白的水光，薄薄的雾，增加了两人心上的温暖。

女孩子说到她梦里所听的歌声，以及自己所唱的歌，还以为他们两人皆在梦里。经小砦主把刚才的情形说明白时，两人笑了许久。

女孩子天真如春风，快乐如小猫，长长的睡眠把白日的疲倦完全恢复过来，因此在月光下，显得如一尾鱼在急流清溪里。

只想说话，全是说那些远无边际的，与梦无异的，年青情人在狂热中所能说的胡涂话蠢话，完全说到了。

小砦主说：

"不要说话，让我好在所有的言语里，找寻赞美你眉毛头发美丽处的言语！"

"说话呢，是不是就妨碍了你的谄谀？一个有天分的人，就是谄谀也显得不缺少天分！"

"神是不说话的。你不说话时像……"

"还是做人好！你的歌中也提到做人的好处！我们来活活泼泼的做人，这才有意思！"

"我以为你不说话就像何仙姑的亲姊妹了。我希望你比你那两个姊姊还稍呆笨一点。因为得呆笨一点，我的言语字汇里，才有可以形容你高贵处的文字。"

"可是，你曾同我说过，你也希望你那只猎狗敏捷一点。"

"我希望它灵活敏捷一点，为的是在山上找寻你比较方便，为我带信给你时也比较妥当一点。"

"希望我笨一点，是不是也如同你希望羚羊稍笨一样，好让你嗾使那只猎狗追我时，不至于使我逃脱？"

"好的音乐常常是复音，你不妨再说一句。"

"我记得到你也希望羚羊稍笨过。"

"羚羊稍笨一点，我的猎狗才可以赶上它，把它捉回来送你。你稍笨一点，我才有相当的话颂扬你！"

"你口中体面话够多了。你说说你那些感觉给我听听。说谎若比真实更美丽，我愿意听你那些美丽的谎话。"

"你占领我心上的空间，如同黑夜占领地面一样。"

"月亮起来时，黑暗不是就只占领地面空间很小很小一部分了吗？"

"月亮照不到人心上的。"

"那我给你的应当也是黑暗了。"

"你给我的是光明，但是一种眩目的光明，如日头似的逼人熠耀。你使我胡涂。你使我卑陋。"

"其实你是透明的，从你选择谄谀时，证明你的心现在还是透明的。"

"清水里不能养鱼，透明的心也一定不能积存辞藻。"

"江中的水永远流不完，心中的话永远说不完：不要说了，一张口不完全是说话用的！"

两人为嘴唇找寻了另外一种用处，沉默了一会。两颗心同一的跳跃，望着做梦一般月下的长岭，大河，砦堡，田坪。芦管声音似乎为月光所湿，音调更低郁沉重了一点。砦中的角楼，第二次擂了转更鼓。女孩子听到时，忽然记起了一件事。把小砦主那颗年青聪慧的头颅捧到手上，眼眉口鼻吻了好些次数，向小砦主摇摇头，无可奈何低低的叹了一声气，把两只手举起，跪在小砦主面前，来梳理头上散乱了的发辫，意思想站起来，预备要走了。

小砦主明白那意思了，就抱了女孩子，不许她站起身来。

"多少萤火虫还知道打了小小火炬游玩，你忙些什么？走到什么地方去？"

"一颗流星自有它来去的方向，我有我的去处。"

"宝贝应当收藏在宝库里，你应当收藏在爱你的那个人家里。"

"美的都用不着家：流星，落花，萤火，最会鸣叫的蓝头红嘴绿翅膀的王母鸟，也都没有家的。谁见过人蓄养凤凰呢？谁能束缚着月光？"

"狮子应当有它的配偶，把你安顿到我家中去，神也十分同意！"

"神同意的人常常不同意。"

"我爸爸会答应我这件事，因为他爱我。"

"因为我爸爸也爱我，若知道了这件事，会把我照××族人规矩来处置。若我被绳子缚了沉到地眼里去时，那地方接连四十八根箩筐绳子还不能到底，死了做鬼也找不出路来看你，活着做梦也不能辨别方向。"

女孩子是不会说谎的，××族人的习气，女人同第一个男子恋爱，却只许同第二个男子结婚。若违反了这种规矩，常常把女子用石磨捆到背上，或者沉入潭里，或者抛到地窟窿里。习俗的来源极古，过去一个时节，应当同别的种族一样，有认处女为一种有邪气的东西，地方酋长既较开明，巫师又因为多在节欲生活中生活，故执行初夜权的义务，就转为第一个男子的恋爱。第一个男子可以得到女人的贞洁，就不能够永远得到她的爱情。若第一个男子娶了这女人，似乎对于男子也十分不幸。迷信在历史中渐次失去了它本来的意义，习俗保持了古代规矩下来。由于××守法的天性，故年青男女在第一个恋人身上，也从不做那长远的梦。"好花不能长在，明月不能长圆，星子也不能永远放光"，××人歌唱恋爱，因此也多忧郁感伤气氛。常常有人在分手时感到"芝兰不易再开，欢乐不易再来"，两人悄悄逃走的。也有两人携了手，沉默无语的一同跳到那些在地面张着大嘴，死去了万年的火山孔穴里去的。再不然，冒险的结了婚，到后被查出来时，就应当把女的向地狱里抛去那个办法了。

当地女孩子因为这方面的习俗无法除去，故一到成年，家庭即不大加以拘束，外乡人来到本地若喜悦了什么女子，使女子献身总十分容易。女孩子明理懂事一点的，一到了成年时，总把自己最初的贞操，稍加选择就付给了一个人，到后来再同自己钟情的男子结婚。男子中明理懂事的，业已爱上某个女子，若知道她还是处女，也将尽这女子先去找寻一个尽义务的爱人，再来同女子结婚。

但这些魔鬼习俗不是神所同意的。年青男女所做的事，常常与自然的神意合一，容易违反风俗习惯。女孩子总愿意把自己整个交付给一个所倾心的男孩子，男子到爱了某个女孩时，也总愿意把整个的自己换回整个的女子。风俗习惯下虽附加了一种严酷的法律，在这法律下牺牲的仍常常有人。

女孩子遇到了这砦主独生子，自从春天山坡上黄色棣棠花开放时，即被这男子温柔缠绵的歌声与超人壮丽华美的四肢所征服后，一直延长到秋天，还极纯洁的在一种节制的友谊中恋爱着。为了狂热的爱，且在这种有节制的爱情中，两人皆似乎不需要结婚，两人中谁也不想到照习惯先把贞操给一个人蹂躏后再来结婚。

但到了秋天，一切皆在成熟，悬在树上的果子落了地，谷米上了仓，秋鸡伏了卵，大自然为点缀了这大地一年来的忙碌，还在天空中涂抹华丽的色泽，使溪涧澄清，空气温暖而香甜，且装饰了遍地的黄花，以及在草木枝叶间傅上与云霞同样的眩目颜色。一切皆布置妥当以后，便应轮到人的事情了。

秋成熟了一切，也成熟了两个年青人的爱情。

两人同往常任何一天相似，在约定的中午以后，在这个古碉堡上见面了。两人共同采了无数野花铺到所坐的大青石板上，并肩的坐在那里。山坡上开遍了各样草花，各处是小小蝴蝶，似乎向每一朵花皆悄悄嘱咐了一句话。向山坡下望去，入目远近皆异常恬静美丽。长岭上有割草人的歌声，村砦中有为新生小犊做栅栏的斧斤声，平田中有拾穗打禾人快乐的吵骂声。天空中白云缓缓的移，从从容容的流动，透蓝的天底，一阵候鸟在高空排成一线飞过去了，接着又是一阵。

两个年青人用山果山泉充了口腹的饥渴，用言语微笑喂着灵魂的饥渴。对日光所及的一切唱了上千首的歌，说了上万句的话。

日头向西掷去，两人对于生命感觉到一点点说不分明的缺处。黄昏将近以前，山坡下小牛的鸣声，使两人的心皆发了抖。

神的意思不能同习惯相合，在这时节已不许可人再为任何魔鬼做成的习俗加以行为的限制。理智即或是聪明的，理智也毫无用处。两人皆在忘我行为中，失去了一切节制约束行为的能力，各在新的形式下，得到了对方的力，得到了对方的爱，得到了把另一个灵魂互相交换移入自己心中深处的满足。到后来，于是两个人皆在战栗中昏迷了，暗哑了，沉默了，终于两人皆睡去了。

男子醒来稍早一点，在回忆幸福里浮沉，却忘了打算未来。女孩子则因为自身是女子，本能的不会忘却当地人对于女子违反这习惯的赏罚，故醒来时，也并未打算到这砦主的独生子会要她同回家去。两人的年龄还皆只适宜于生活在夏娃亚当所住的乐园里，不应当到这"必需思索明天"的世界中安顿。

但两人业已到了向所生长的一个地方一个种族的习俗负责时节了。

"爱难道是同世界离开的事吗？"新的思索使小砦主在月下沉默如石头。

女孩子见男子不说话了，知道这件事正在苦恼到他，就装成快乐的声音，轻轻的喊他，恳切的求他，在应当快乐时放快乐一点。

　　　　××人唱歌的圣手，

　　　请你用歌声把天上那一片白云拨开。

　　　月亮到应落时就让它落去，

　　　现在还得悬在我们头上。

天上的确有一片薄云把月亮遮住了，一切皆朦胧了。两人的心皆比先前黯淡了一些。

砦主独生子说：

我不要日头，可不能没有你。

我不愿做帝称王，却愿为你做奴当差。

女孩子说：

"这世界只许结婚不许恋爱。"

"应当还有一个世界让我们去生存，我们远远的走，向日头出处远远的走。"

"你不要牛，不要马，不要果园，不要田土，不要狐皮褂子同虎皮坐褥吗？"

"有了你我什么也不要了。你是一切：是光，是热，是泉水，是果子，是宇宙的万有。为了同你接近，我应当同这个世界离开。"

两人就所知道的四方各处想了许久，想不出一个可以容纳两人的地方。南方有汉人的大国，汉人见了他们就当生番杀戮，他不敢向南方走。向西是通过长岭无尽的荒山，虎豹所据的地面，他不敢向西方走。向北是本族人的地面，每一个村落皆保持同一魔鬼所颁的法律，对逃亡人可以随意处置。只有东边是日月所出的地方，日头既那么公正无私，照理说来日头所在处也一定和平正直了。

但一个故事在小砦主的记忆中活起来了，日头曾炙死了第一个××人，自从有这故事以后，××人谁也不敢向东追求习惯以外的生活。××人有一首历史极久的歌，那首歌把求生的人所不可少的欲望，真的生命意义却结束在死亡里，都以为若贪婪这"生"只有"死"才能得到。战胜命运只有死亡，克服一切惟死亡可以办到。最公平的世界不在地面，却在空中与地底；天堂地位有限，地下宽阔无边。地下宽阔公平的理由，在××人看来是相当可靠的，就因为从不听说死人愿意重生，且从不闻死人充满了地下。××人永生的观念，在每一个人心中皆坚实的存在。孤单的死，或因为恐怖不容易找寻他的爱人，有所疑惑，同时去死皆是很平常的事情。

砦主的独生子想到另外一个世界，快乐的微笑了。

他问女孩子，是不是愿意向那个只能走去不再回来的地方旅行。

女孩子想了一下，把头仰望那个新从云里出现的月亮。

水是各处可流的，

火是各处可烧的，

月亮是各处可照的，

爱情是各处可到的。

　　说了，就躺到小砦主的怀里，闭了眼睛，等候男子决定了死的接吻。砦主的独生子，把身上所佩的小刀取出，在镶了宝石的空心刀把上，从那小穴里取出如梧桐子大小的毒药，含放到口里去，让药融化了，就度送了一半到女孩子嘴里去。两人快乐的咽下了那点同命的药，微笑着，睡在业已枯萎了的野花铺就的石床上，等候药力发作。

　　月儿隐在云里去了。

　　　　本篇发表于 1933 年 2 月 1 日《东方杂志》。署名沈从文。

1934 年，沈从文和张兆和合影。

逕啟者：同中華印行
之拙著召子船已出
版，從文現任教可取
書數冊，並能將此
書寄四馬路新月書
店沈從文收 十多筹
涤、李傅厳別）
著安
　　沈從文
　　四月十日

沈从文 信札

一个妇人的日记

题目是《一个妇人的日记》，接着写——

四月十三日，天晴。

周娘早上来，借去熨斗一个。母亲问她是儿子好了么？说是不呢。借熨斗去就是为傕傕缝新衣。因为亲家那边愿意送三妹儿过来冲喜，又，前次光兴师博为到天王庙许下的红衣，时间是到了，病虽不曾好，也得把愿心了下来，因此到蔡太太家借得六十吊钱，三分息，拿来缝衣。……那老妇人也怪可怜，傕傕倒在床上不起，什么事都得一个人去做。

半日后，得四弟来信，一个人还在南京。生活是很好，母亲听了很高兴，饭似乎是多吃了半碗儿。

四弟同时寄了一本妇女杂志，还有两份报。

　　大嫂在家中原是无多事，可以看点书。莫把往日所
能写的一笔字荒疏，要什么帖，这里都可得。万一将来
还寻得出升学机会，则大嫂再到学校去念书也不算很迟。
……

照四弟的话，把半年来都不曾动过的笔砚取出来学写日记；
还不知能继续到几时？

晚上看报，把时事念给母亲听了。母亲说是人老了，不知道
眼以外的事也省得许多麻烦。但听到北京做总统都无人时，又说
应该把住在什么天津租界内的宣统皇帝请去，也好乘到没有到土
内以前看看前清那种太平景象，享一点如今真无从享的清闲福。

四月十四日，雨。

早上在床还不知道外面落了雨，想把母亲那霉了的袄子晒
晒，谁知雨是约在天亮以前就落起，不大，所以瓦上不听到响，

视筒里也无檐溜，到起身时，雨是落得厌了。

母亲也不知，还拟请老向媳妇来家洗帐子。到后说及都好笑。

在吃早饭时雨是止了，天也像待要放晴的样子，很明。无事可做，为母亲念了一会报，把副刊上四弟做的文章也读给母亲听了。

"新诗我不知是说些什么，也亏他作呢。"母亲笑笑的说，极见了四弟会作诗，心里是高兴了。

四弟寄这些来大约也就是要母亲高兴。

四弟作诗不用韵，句子不整齐，但又不像词，读来是也还像好的，但好处我就说不出。

雨在十二点前一直落到上灯都不见休息，母亲比平时略早一点就睡了。

看了一会妇女杂志，又丢到一旁了，很倦却不能眠，想了些什么，听着极其低微的雨点打落的声音，到十一点以后。

四月十五日，上半日雨，晚晴。

不知在什么时雨是加大，在床上，就可以听到活活流着的枧水了。

早上用白菜煮稀饭吃，母亲说极好，要晚上又做。

大姨来，带了一篮子粑粑。昨天为七妹抓周打了禄，大姨怕母亲又送礼，所以不报母亲去吃饭，今日把粑粑送来。

"怎不引七妹来呢？"

"雨大，不然也是挣着要来！"

"大姨是怕我送不起礼，所以为七妹打禄也不告我么？"

"那里，"大姨把脸掉向我，"你看，你婆婆就只是那么一味冤枉人！"

"母亲说得是对，大姨恐我们费不起，就连为七妹满十岁打禄也瞒过了。"

"哎哟，哎哟，你两娘母是那样来冤我！你是不应当帮着婆婆来对付你大姨的！"

到后来是大家都笑了。

大姨去时，母亲执意要我把那一串五百制钱放在大姨篮里去，这样的制钱，在如今是见不着的东西了，母亲钱柜却还收藏有七八串，遇到逢年过节，就用红绳子穿好，每一百为一小串，来打发那些到家拜年的小孩。

"妹，你体谅一下老婆子吧，我还要到别处去看看，那么重的东西，会把你大姨骨头也压疼！"

大姨是把钱置放在琴凳上就走了，母亲说明日将打发向嫂送来。

快要到天黑时，天上的云忽然红起来了。母亲说这时天上必有虹。但除了一片花霞在镶了边的黑灰色云里，很快的为薄暮烟霭吞吃外，我什么都不见。

照母亲的意思，在灯下把给四弟的信写就，母亲去睡了，在信后我加了像下面的几句话。

——四弟：我信你的话，当真是作鼓振金的在每日写日记了。只是读书太少，从前的又荒疏太久了。几多字就写不出，且不知道记些什么为好。写日记就能帮助我做文章的进步么？我是用不到做文章的，但有时心烦，也想写得出时写一点什么感想之类在日记上，好留给他日自己看。你寄来的书收到了，希望以后再多寄一点，把你作的诗念与母亲听，她真高兴！你是知道许多事情，比我高明若干倍的，看是怎样好，就怎样指示我，我好也来努点力。……

四弟的像似乎比去年出门时胖了一点，到明年，又到他哥哥那么年龄了。母笑还不为他订婚。其实四弟在外面纵是得了一个什么女人，未必又比母亲眼睛下选择的好。他又并不反对在家中订婚，只说是在外事业不佳所以不提起这事。不知母亲意思何如。难道是因为侄子隔了一层就不必怎样注意么？四弟他是一个人，小小儿孤孤零零在家中养大的，小时候的教养，母亲都不辞烦琐去照料，这事何以反而任他？我不懂母亲的意思。

四月十六日，晴。

得了一个可伤的梦。像是在别一处，又像是在黄土坡的旧家，见到直卿从外面来，忘了他是已死。

直卿仍然是笑着嚷着，一见我就近身来……

"你有过好久都不刮脸，你看你胡子都刺人了！"

他只是笑。

"怎不说话？"

我这时忽然又记起他是死过一次，所以忽然害怕，往里就走，遇到家里的爹，告爹说适间见着直卿，瘦了一点，还是旧模样，爹就跑出去追他……

醒了，追想着很分明的梦境，就哭了。

听更声还只转五点。以后也没有再睡。就在床上味着那笑着嚷着的直卿的脸相。哭是今年第一回。

头只是昏沉，怕母亲知，还是先母亲起床。

母亲于早饭后到南门坪去看周娘家傩傩，拿了昨日大姨送来粑粑的一半。母亲刚出门，义成铺子里即送来十斤茶油，告他没有钱，老太太不在家呢，那伢仔说不要紧，连坛子放下就走了。晚上母亲回，才知道是母亲从铺前过身时订下的。母亲说拿五斤为四弟炸菌油，遇到好菌子时就办。

文鉴同他娘于下半日来，坐了一回，又谈了一阵近来四弟的情形。

"我可以为他做个媒，廖家桥张家亲戚那大妹乖极了！"

"你下次来试和我妈谈谈吧。"

"那大妹真好，样子脾气都配得上四弟。我文鉴是太小，不然我是将留到自己做媳妇用，谁还愿意帮别人做媒？"

我愚着她，要她等另一次试同母亲去谈谈，她答应了。走时把大姨送来那粑粑取十多个送文鉴，两娘儿就去了。文鉴小小的就非常懂事，也亏得他田嫂子生到这世界上才还有点趣儿，若我的碧碧莫有死，则七月初五是五岁了，不知又是如何的乖。母亲又是如何的惯恃。……这也是命。

听到外面吹小唢呐，要帮工张嫂把那四只小公鸡都捉去阉了，二十文一只，一共是八个铜元。母亲回时说是应得关到笼里去，不然它一吃了水，将来又会咯咯开叫了。告母亲粑粑又去了一半，母亲说我们又都不大欢喜吃糯米食，正好明天谁来都送去，免得发霉。

院子里那一盆慈菇，经了雨，叶子更其绿的可怜了，上旬数着是九匹叶子，如今是十四匹。月季忘了收拾，开着的热热闹闹的花都给雨打落了。人也是这样，一阵暴风雨吹到心上来，颜色也会于很快的时间中就摧残憔悴得不成样子的；慈菇般的心肠呢，因此会使叶子更其肥壮。

今天日记写下了许多，像这样记下去，到年底真会有颇厚的一本了，也是可喜的事。

四月十七日，晴。

要张嫂喊老向屋里人来下帐子去洗。

用鲫鱼川汤做早饭菜，母亲说这非常好。近来鲫鱼卖五百多一斤，比去年贵一半了。但比较鸡同鸭子算来，还是合宜。鲫鱼好是好，却多刺。母亲不爱那无刺的鳜鱼，喜欢鲫鱼，每见她老人家筷子一动，心就一跳。她又不要人帮她拣。阿弥陀佛的是从不闻鱼刺签了喉。

黄土坡家中教人来接，问了母亲，稍稍收拾下，就同来的那女人回家了。到家见了爹，像是胖点了。问八弟，才知近日桴子涨了价，爹拟不久就下常德，桴子一共是三千多斤，还有四十桶桐油。八弟是因了我回家，特得许可，逃了一天学，因此对我异常高兴。要我拿钱送他试去采买一点新上市的枇杷吃，不久就大大的提一篮枇杷回来了。

"爹是不准吃的，姊姊你来，我就叨光了！"把篮子顿到地板上的八弟，蹲下去把胖大的都拣给我，自己选那小而熟的。

"八弟你少吃点。为哥哥留一半，不然爹爹又会说你淘气。"

"是，我知道呢。"他也怕爹爹知道是他出的主意，吃了些就玩去了。

到家中看到爹、姨娘、朱嫂、松弟、柏弟、八弟，在一个桌子上吃了饭，恐怕天黑，就回这边家来了。母亲同宋婶子正吃着饭。宋婶子说："听说是回娘家做客去了，我怕你不会回来的，你婆婆还留我做伴！"

"有偏婶子了。早是不知婶子要来的，不然也不去了。"

母亲不知道还以为是有许多客，"请了些什么人？"

"一个都没有！是为爹不久拟下常德卖椅子，所以要我转去坐坐。"

宋婶子于断黑后挣着要回去。母来也不好怎样留了，只把那剩下来的粑粑为几个小老表用手巾包去。

晚上母亲说怕是吃饭太多了，腹略有点疼。煨了点糊米茶吃，母亲出了些汗，即时像就好了点。恐怕母亲半夜人不安，是夜灯只捻得很小很小，打了三更始上床。

四月十八日，晴。

母亲是像是忘了昨夜的腹痛，很早的就起床了。

"大妹你还莫醒么？"

在梦中为母亲惊醒，母亲是站在床边笑着。我想起身，又为母亲按倒下去。

"妹你莫忙，还蛮早咧。我醒了，想起今天是佛生日，还得到玉皇阁去找到师母，所以早早的就起来了。我洗一个脸就出去，顺便到大姨家去邀她。大概是晚上回吧。"

"妈是全好了？"

"早好了，昨夜睡得也很好。妹你昨夜太晚睡了，再睡睡吧。我报了张嫂，为你买了早饭菜，那坛子里盐蛋你欢喜吃正好用新辣子炒吃。"

母亲何时出的大门都不知，起床时已是十点了。

太阳甚好，把母亲皮袄都取出到院子中晾着晒，那件青宁绸面的脱了许多毛，我那件狐腿坎肩似乎也有了点毛病。看妇女杂志上说是用樟脑可以杀虫，用汾酒喷可以使毛不脱，因不知喷法，只令张嫂买了两百文樟脑，作小包分置杆箱子里。

收到四弟寄来报五份，有画报一张，印有北京清宫内里景物。听说是近来清宫里只要花一块钱即可入内去参观一切，黄瓦红墙，俊伟富厚，真不知是如何有趣！四弟在北京时总是常到过的吧，可惜我们是无从梦及。

母亲回时携了一包新鲜的枇杷，说，妹，这是特意为你拿来的：刘师母园里折来，我是只能吃一两颗尝尝新，应下节候就有了。不知我还比母亲早得吃。

在灯下为母亲念报，又把四弟为直卿做的一篇纪念文章读给母亲听。

"是这样咧，可怜他们两弟兄当年在当兵的那时。你四弟的确真小，听说做了书记后别人还为他取了个绰号叫'躬师爷'呢。"

念到后面，母亲是眼眶了全湿着在那里默听，我也无从念下，只说文章是就此完了。

不知这文章是不是四弟一旁脸颊上流着大的泉样眼泪时写成的。他大哥，除了在母亲，在我，在四弟，几个人心中似乎还生存外，如今是又生存在这文章里了。因此也就使我愈觉得可伤。若是两弟兄还是一同存在，一同做着事，不相分离，虽然是无从使母亲见面，母亲也会少了一点忧愁吧。家中有直卿在，也不至要四弟一人来撑持，四弟也可以去多求点学吧。看四弟的相，身体比他大哥似乎还要单，可怜一个人从小到如今还是那么无可奈何的到处飘，也都是为我们母媳两人……

恣意的伏在床上哭了多时，又恐母亲知时心中难过，只好用被蒙了头。

…… (间了十二天)

真像是书引出我许多的烦恼。在往常，像不至于那样。

近日只觉得一堆一堆苦恼，竟如同蜂子样飞拥上身来。我又像新发见缺少了许多东西。

本日晚得四弟信，说不日要归家，因卖文章得了七十块钱，所以路费就有了。母亲听到是极其高兴。

五月初五日

端阳，晨，三姨送粽子来，同时又送了一对鸡。母亲叫张嫂把那小一点的鸡婆杀了。到吃过早饭后，周家又送了粽子同糖点心来，因为太多，母亲叫来人拿回去，赏了他四百钱。

八弟来拜节，母亲嘱我送两百钱。

"送他一百就有了，这孩子，一得了钱就上买果子吃，又不怕伤食。"

"别人那么远远的来拜节的，有希望咧。"母亲说了就好笑。

"母亲对于这些小孩了都疼得太过分了。我若是一个小孩子，恐怕还要得老人家疼！"

母亲笑，说："小孩子是可爱的。"

人越老，对于小孩子越爱，是真事。

"八弟，你不能拿钱全买李子枇杷吃，明天我回去见娘是要告的。"

"是的是的，我买纸抄字。"

八弟去了不久文鉴来。仍然是二十枚铜子的打发。问母亲，怎不给小钱，说是小钱留到过年用。

母亲说："文鉴，要你妈晚上来吃饭，吃皮蛋，吃白片猪肉。"

"好，好！"就走了。

"记到要你娘来，我们等她哩。"我追出去告。

"好，好！"这小孩，跑得像一匹脱了笼头的小马，想必又拿钱到老端那里买蛐蛐笼去了。

文鉴妈来了，母亲想打牌，要向嫂去接几个客。

接大嫂，接刘干妈，接宋婶，接伍家婶子。我猜详，除了饿牌的刘干妈，其他的人都怕不能来。告母亲："怕不能来吧。"

母亲说："妹你为我想一想。"

"我想在过节还能出来打牌的，恐只有刘干妈一人。"

"那邀大姨的大妹来，说你要她来。"大妹是大姨的大女儿。

"好，要她来，周姊也要来，蓁你打一个，就够了。文鉴妈，是能打三天三夜不下桌子的，麻将到老鼠搬家，全都来，全都会。到家里时，同松弟柏弟打一铜子一墩也不辞，还是冷笑！"

人来了，就摆场。特意要大妹坐母亲上手，好放老人的张子。牌是打"一百二百叠叠翻"，我又坐大妹上手，当母亲做庄时，我"守醒"。就站到母亲同大妹身背后牵线，好让母亲尽得好牌吃。刘干妈知道只尽笑。

因为客多了，晚饭菜上加了腊肉同板鸭。大家吃雄黄酒，用雄黄末子放到酒里去，母亲很高兴，吃酒到四杯。文鉴娘扯文鉴的耳朵用雄黄在额上画了个王字，母亲笑，说是记到前几年还为大妹面十字，如今大妹就是大姑娘家了。大妹就笑请母亲再为画一次，我也要母亲为画一个小王字，大家笑得喘不过气来。母亲高兴得很，自己也在额上搽了三点子。刘干妈也搽，向嫂也搽。晚上因为留大妹在家里莫回去，又打牌，一直到二炮，文鉴母子同到刘干妈等才转家。打牌母亲赢我输，把母亲赢的全输去，还不够数的。今天是应当我输点钱，好让这些老人高兴点。

同到大妹一起睡。当睡时，母亲告我们明天可以晏起一点的，她已嘱咐向嫂买菜了。

大妹还是三月到过我们家中的。我们预备照料母亲上床以后才去睡，母亲不答应，说大妹是客。其实大妹到这里，比到自己家里还随便，客还要跑到厨房去自己炒菜，这客也真太不像客了。

五月初六日，晴。

天气特别好。老早我们就醒了，不即起，同在床上说话。

大妹说："蓉嫂子，我想把我头上的这些毛剪了，我真讨厌它！"

我是不赞成。听说别处是有好多人都剪了的，剪得是很短，同男人一样。但我想，剪得很短总不大好看。

"大妹，你这头发多长多好，剪掉也可惜。"

"我就嫌它长，一大梳，要一点两点钟，睡时也讨厌。"

"我看头发是很美的东西，你瞧我母亲，她的头发多好！我是愿意头发多点长点也办不到的。"

我又想起大姨头发也很好，三姨头发也很好，只四姨不成。

"我妈不愿意我剪，四姨说剪了很好看。"

"哈，四姨，四姨的头发不好，她就欢喜你剪头发呀！我还正想起这几个老人家为什么四姨头发就特别坏的缘故！"

"她是因为病。"

当真我是不愿大妹把一头青幽幽的好发剪去的。作兴剪去以后又来悔。不过剪了方便得多也是真。

早上母亲昨夜教向嫂预备好了的小羊角粽子，还未起床就为向嫂端到床边来。大妹是在家中床上过惯早了的，脸不洗，也就吃了四五个。

在吃早饭时，大妹向母亲征询对于头发的意见。

"二姨，你瞧我剪了头发好不好？"

"那样返俗尼姑的样子。"

"四姨说是见到别人剪得很好呢。"

"你四姨，她是想把她自己的头发剪去的。"

"我也想到四姨怎么她的头发特别坏！一个人顶小，头发却顶差。妈，你的发似乎比大姨三姨都要好。"

"不，近来少多了。往年我们做姑娘时节，梳头都是搁在椅子背后搭转来作两节梳。让它披散就到脚后跟。"

"那剪去真是可惜。大妹其实近来的头发，就快拖脚了。若是像我样，剪了倒或者好点，别人也看不出是黄癞毛了吧。"我不过是说而已，我是也不愿剪的。

"我都不赞成剪去。有头发是要好看点的。妹你看头发好的髻子又梳得好看，这人去吃酒，多注目！"

大妹就不说话了。大妹笑。

我知大妹总有一天仍然会剪去，为那一把头发着想真是很可惜的一件事。

吃饭的菜是川汤肉加口磨，和昨天未切完的腊肉。大妹是欢喜辣子的，故那一碗新辣子炒猪肝辣子就特多。又有茄子，是放在饭锅上蒸好后拌麻油醋葱姜冷吃的。

吃了饭，仍然接文鉴的娘同到刘干妈来打牌。因为是初六，知道宋婶同伍家婶子必定无事可做了，也接来。宋婶子先来，拿了一篮子自己用草灰包好的盐蛋。不一会，都到了，客多我就不上场，大家都不依，结果是与大妹同财输赢各一半，牌让大妹打，我去料理菜。

杀了一只大母鸡，又把昨天大妹来时送的那一对猪脚加卤汁煮好。午时用鸡汤下面，称了两斤切面，吃得一点也不剩。

打牌母亲又赢。今天是刘干妈坐在母亲的上手，更会灌张子了。母亲很不好意思，故意掉到伍婶下手去，又特意把赢来的钱同文鉴娘赌第一张大。

大妹说："看不出二姨，还会许多赌钱方法！"

"这是我跟文鉴学来的，文鉴这小子，会赌一二十种不同的方法，将来必定要成赌棍子。"

文鉴的妈笑，大妹也大笑。实在大妹就是能干人，打牌会二十种以上（掷六颗骰子，大妹也能喊出许多名字来）。文鉴的妈呢，则一到大姨家时同到小孩子们在一处，推牌九总是做庄家，且极会滚钱，母亲还不知道哪。

大妹故意装不懂，来同母亲照母亲同文鉴的妈方法赌大小，母亲可尽输，还说小孩子手兴好才赢。

下首刘干妈，可忍不住了，"二姊，你被大丫头骗了。她才是个赌棍子哪。她骗你，掉了牌的。"

大妹才把所赢的钱全退给母亲，母亲又推给大妹。母亲说："让大妹骗也不要紧的，因为大妹同媳妇合伙。"

我说："这是母亲故意要送我们小孩子几个节钱，又怕我们不好意思用手接，才作为不见到大妹换牌，让我们赢钱，不然怕不那么好容易吧。"

大家都笑说是的。

"既然这样说，就一五一十退我吧。"然而大妹却不再退了，明知退时母亲也不会当真就收回。

晚饭吃了大妹挣着要回去，大家就不打夜牌。客去后，母亲也很倦，很早就睡了。

在灯下来为四弟写信，就便把这几天的情形，写告给四弟。

五月初七，晴。

早八时起，告向嫂洗帐子，洗被，洗桌布。

为母亲念给四弟信。

母亲说:"加一笔, 问他, 说我的意思, 为他讲媳妇, 愿意不愿意, 回一个信。"

"妈, 是不是文鉴的妈同你老人家谈的那家? "

"不, 我心里还有一个人。"

"你老人家莫说让我猜一猜。"

我小载猜也知道是大妹。但是我先猜胡家的素小姊, 次猜伍婶的侄小姊, 又次猜杨三妹, 末尾我装作无意猜到大妹身上来。

"是大妹。我看是好的。"

"我也说好, 将来有帮手, 我们两人可以欺负老太了。"

母亲说, 等回信来再张扬, 这时倒不必提及。

本篇曾以《老魏的梦》为篇名发表于 1927 年 8 月 18 ~ 20 日, 22 ~ 23 日《晨报副刊》。署名疑琭。

第四章

沉静似海

一直向下沉。
不管它是带咸味的海水，
还是带苦味的人生，
我要沉到底为止。
这才像是生活，是生命。

逃的前一天

　　他们在草地上约好了，明天下午六点钟，在高坳聚齐，各人怀着略略反常的惶恐心情转到营中去，等候这一天过去。

　　他坐到那庙廊下望太阳，太阳还同样的，很悠遐的慢慢在天空移动。他心凝静在台阶日影上，再不能想其他的事了。

　　看到一群狗在戏台下打仗，几个兵在太阳下用绳索包了布片，通过来复枪的弹道，拖来拖去，他觉到人与狗同样的无聊。

　　他想：到后天，这时候，这里就少三个人了。他知道那时候将免不了一些人着忙，书记官要拟稿行文，副官处要发公事，卫舍处要记过，军需处要因他们饩饷有小小纠纷……一切一切全是好笑的事。因逃兵而起的骚扰，他是从其他人潜逃以后的情形看得出的。见过许多了，每一次都是这样子，不愿意干，就逃走。逃走，利益还似乎是营上这一边。不久大家也就忘了。军队中生活是有系统的，秩序不紊的，这整齐划一的现象，竟到了逃兵这种事上，奇怪得使他发笑了。

谁也不明白这人为什么而笑的。但人见到他在太阳下发笑也完全不奇怪。

一个兵，笑的理由也是划一了的。他们笑，不外乎多领了津贴发了财，凭好运气在赌博上赢了钱，在排长处喝了一杯酒，无意中拾了一点东西。此外，不同的非猜想不可的，至多是到街上看了热闹，觉得有趣。他们是在一种为国干城的名分下，教养得头脑简单如原始人类，悲喜的事也很少很少了。他们成天很早的起床点名，吃极粗粝的饮食，做近于折磨身体的工作，服从长官，一切照命令行事，凡是人不必做的都去做，凡是人应当明白的都不必明白，慢慢的，各人自然是不会在某一新意义上找出独自发笑的理由了。

他笑着，一面听那几个擦枪的兵谈话，谈话的人也正是各自做着笑脸谈那事情的。

一个手拿机柄包在布片里扭来扭去的小子，赤着脚，脚干上贴有红布大膏药一张，把脸似乎笑扁了，说：

"哥，你不要以为我人矮，我可以赌咒，——可以打赌，试验我的能耐。"

"你以为你是能骑马的人也能……"这是所谓"哥"的一个说的，他还有话继续，"宋二，我就同你打赌，今夜去试。"

"赌二十斤酒一只鸡。"

"我只有一个'巴'，你吃不吃？"

那擦机柄的被玩弄了，就在那哥的软腰上一拳。分量的沉重，使那正弯身拖动枪筒的兵士踉跄了。另一个脚干上也有一张膏药的脚色，放下工作，扑过来，就把矮小子扑倒了，两人立刻就缠作一团在地面滚。被打了一拳的大汉子，只笑着嚷着，要名字叫癞子的好好的捶宋二一顿。他倒很悠闲的仍然躬身擦枪，仿佛因为有职务在身，不便放弃。

他们打着，还互相无恶意的骂着丑话，横顺身上穿的是灰衣，在地上打滚也不会把衣弄脏，各人的气力用在这一件事上也算是顶有益的事了，热闹得很。

第四个兵士不搀入战事，就只骂那被擒在地上的一个，用着军人中习用的字言，"杂种""苗狗入的""牛"，还有比这更平民一点的也全采用了。似乎把这些话加到弱者的头上时，同时在别人身上的一个，就光辉满脸，有伟人奋斗之余的得意情形。

驻在此地的军队，既不打仗，他们当然就只有这样消磨日子。他也看惯了。虽看惯，仍然还很担心的，就是这种戏谑常常变成更热闹，先是玩笑，终于其一流血，其一不流血的也得伏到石地上挨二十板打屁股的处罚。人虽各是二三十岁的人，至于被惩罚以后，脸上挂着大的眼泪也是常有的事情。对着这样一般天真烂漫的同胞同志，他纵笑也还是苦笑的。

打架的还是胜负不分，骂娘者渐感疲倦，队长来了。

他望到队长来了，就站起。那几个人还不注意到，揪打的仍然揪打不休，助威的也仍然用着很好的口气援助。队长看着。他以为这几个兵士准得各在太阳下立正三十分钟了，谁知队长看了一会，见到另一个擒在地下的快要翻身爬起了，就大声喊：

"狗养的，你为什么不用腿压到那一只手？"

队长也这样着急，是他料不到的事。原来队长是新补，完全是同这些弟兄们在一堆滚过来的人，他见到那汉子对队长立定以后便说要队长晚上去棚里吃狗肉，他要笑不能，就走开了。

天气过早。

他走到庙后松树下去，几个同班的汉子正在那里打拳。还有火夫，一共是五个，各坐在大磐石上晒太阳，把衣全脱下，背上肩上充满了腻垢，脱下的衣随意堆到身旁。各人头发剃得精光，圆的多疱的各不相同的头，在日光下如菠萝。这几个火夫的脸上，都为一种平庸的然而乐观的光辉所照，大约日子已快到月底，不久就可以望支本月份的四块八角的薪饷，又可以赌博吃肉了。他们也是正在用着一种合乎身份的粗鄙字言，谈论着足资笑乐的一件故事的，他又站下来听。

原来他们讨论到的就正是头。他们大致因为各人正剃过头发，所以头是一种即景的材料了，只听到一个年极幼小的火夫说道：

"牛巴子，你那头砍下来总有十七斤半。"

所谓牛巴子其人者，是头特大疤子特多的一位，正坐在那石上搔胸上的黑毛，听到这话也无所谓生气，不反驳。无抵抗主义是因为人上了年纪，懂到让小子们嘴上占便宜，而预备在另一时譬如吃饭上面扳本的人的。那小子，于是又说道：

"牛巴子，你到底挑过多少人头，我猜你不会挑得起十个。"

牛巴子扁扁嘴，不作声，像他那口是特为吃红薯生长的。

因为问题无大前提，牛巴子照例是无回答义务的。

另一个（这时正搂起裤子，脚干上有两张膏药）就说："牛伯，死人头真重，我挑过一次，一头是两个，一头是三个，挑二十里肩就疼了。"

牛巴子打了一个嚏。

那火夫又问："牛伯你挑过几个？"

牛巴子说："今天有酒喝。"这话完全像是答复他自己那一个嚏而言。然而，话来了，"这几天，妈妈的，不杀人，喝不成了。"

那小子又搀入了话："牛巴子，你想喝么？我输你，今夜一个人到箭场去提那个死人头来，只要你敢，我请你喝三百钱酒。"

"小鬼精，你又不是卖××，那里来得许多钱。"

"卖，你是老南瓜，才值钱！"

"排长喜欢你这小南瓜了，你小心一点。"

"小心你的老南瓜？你妈个……"小子又向另一个说，"二喜，二喜，你知不知道老南瓜家里人同更夫的事情？饿酒的人吃尿还是有志气，老南瓜在乡里全靠太太同人在床上打架才有酒喝的，老舅子还好意思说他太太长得标致！"

"杂种你不要强嘴，老子到夜间就要用红苕塞你的……"

"你看老子整你。"说着，小子走过来，把一件短棉军衣罩在牛巴子的疤头上，就骑到他的肩上去，只一滚，两人就从磐石上滚到松树根边了。那个名叫二喜的与另一个火夫，仍然像前次擦枪那几位，旁观呐喊助威。

他觉得这全是日子太长的缘故，不然这种人，清早天一亮就起来点名，点完名就出外挑水，挑得水就烧火，以后则淘米，煮饭，洗菜，理碗筷……事情忙到岂有此理，日子短则连自己安闲吃一顿饭也无时间，那里还能在这太阳下胡闹？若要怪长官，那就应当怪司务长分派这种人工作还不太多，总能让这种人找得出空闲，一有闲空，他们自然就做这些事情来了。"南瓜""红苕"，这些使人摇头的东西，他们能巧妙的用在一种比譬上，是并不缺一种艺术的元素的。他们成天所吃的就是南瓜红苕，在他们那种教养下，年青人并不见着低能的秉赋。

他看到这些人在那种调弄下，所得的快感并不下于另一种人另一种娱乐，他仍只能不自然的笑着走开。

天气还早。

到什么地方去呢？书记处有熟人，一个年纪四十一岁每天能吃五钱大烟的书记官，曾借给他过《水浒传》看。书是早还过了，因为想到要悄悄离开，恐怕不能再见到这好脾气的人了，就走到那里去。

这个人住在戏台上，平时很少下台，从一个黑暗的有尿气味的缺口处爬上了梯子的第一级，他见到楼口一个黑影子。

"副兵，到那里去这半天？"

他听出书记官的声音了，再上了一级，"书记官，是我，成标生。"

"标标吗，上来上来，我又买得新书了。"

他就上去。到了楼上，望到书记官的烟盘上一灯尚燏然做绿光，知道还在过瘾。

"怎么，书记官，副兵又走了。"

"年青人！一出去就是一天，还拿得有钱买橘子。大概钱输到别人手中，要到晚上才敢回来了。"

"人太好了是不行的。"

"都是跟着出来的，好意思开除他么？有时把我烟泼了，真想咬他一口。"

"书记官真能咬副兵倒是有趣味的事。"

"咬也不行。《三侠五义》第五章不是飞毛虎咬过他仆人一口吗？我这副兵倒知道我要咬他时，早先飞走了。"

这好性情的人，是完全为烟所熏，把一颗心柔软到像做母亲的人了。就是同他说到这一类笑话时，也像是正在同小孩子说故事一样情形的。那种遇事和平的性情，使他地位永远限在五年前的职务上。同事的无人不做知事去了，他仍然在书记官的职务上，拟稿，造饷册，善意的训练初到职的录事，同传达长喝一杯酒，在司令官来客打牌的桌上配一角，同许多兵士谈谈天，不积钱也不积德，只是很平安的过着日子。在中国的各式各型人中，这种人是可以代表一型的。

因为懂相法，看过标生是有起色的相，在许多兵士中，这好性情人对他是特别有过好意的。这好意又并不是为有所希望而来，这好性情人就并不因为一种功利观念能这样做人的。

见到他上楼了，就请坐。在往天，副兵若在，应当倒茶，因为虽然是兵，但营上的兵不是属于书记官管辖。在一种很客气的款待上，他的一个普通兵应有的拘束也去掉了，就可以随便谈话，吃东西，讨论小说上各个人物的才干与性情。如今的他，原是来看看这好人，意思是近于告别的，就不即坐。

"天气好，到些什么地方玩过没有？"

"玩过了的。"

"这几天好钓鱼，我那一天从溪边过身，一只大鲫鱼拨剌，有脚板大，匋的吓了我一跳，心想若是有小朋友在，就跳下水去摸它来，可以吃一顿。"

"书记官能泅水吗？"

"咄，我小时能够打汆子过乡里大河公安殿前面！"

"近来行不行？"

"到六月间我们去坝上试试吧。吃了烟，是有十年不敢下水了，不过我威风是还在的，你不要小看我。我问你，你怎么样呢？"

"书记官会看相，你猜吧。"

"我看你不错，凡是生长在黄罗寨的，不会泅水也不至于一到河里就变秤锤。"

"不会水。因为家里怕淹死，不准洗澡。"

"那为什么不逃学悄悄的去洗澡？我们小时在馆内念书，放午学时先生在每人手心上写一银朱字，回头字不见了就打板子，你说，我们怎么办？洗还是洗！六月间不洗几个澡那还成坏学生吗？我们宁愿意挨打也去洗。这种精神是要的。小孩子的革命精神你说可不可佩服。"

听到书记官说这一类笑话，他不由得不笑了。但他想到的，是过几天这时的书记官，会不会同别人说到今天的自己？他又想这永远是小孩子心的人，若是知道在面前的人，就是将从营伍中逃走的人，将来逃兵名册上就应当由书记官写上一个名字，这时是不是还来说这些为小孩子说的话？

书记官每天吃烟，喝酽茶，办公事，睡晏觉，几年也从不变更过生活的，当然这时料不到面前的人是正有着一种计划的人了。

"标标，你会上树不会？"

他摇头。

"扯谎，我前不久就看到你同一个弟兄在后山大松上玩。"

"我是用带子才能上树的。"

"那当然，不用带子除非是黄天霸——嗨，我忘记了，我买得许多新书了，你来看。"书记官说着，就放下了那水烟袋，走到床边去，开他那大箧箱子，取出一些石印书，"这是《红楼梦》，这是……以后有书看了，有古学了。标标，你的样子倒像贾宝玉！"

他笑着，从窗罅处望外面，见到天气仍然很早，不好意思就要走。他心上为明天的事情所缚定，对于书，对于书记官，对于书记官所说的话，全不能发生往日的兴味了。他愿意找个机会谈一点他以后的事，可是这好性情的人总不让他有这机会。

书记官谈了一阵笑了一阵以后，倒到烟盘旁预备烧烟了，他站到那里还不坐下。

"坐！"

"我要走了。"

"有什么事情？"

"没有事情。"

"没得事情不要走。回头等我副兵来，要他买瓜子去，三香斋有好葵花同玫瑰瓜子，比昨几天那个还大颗。"

"……"

"你想些什么，是不是被人欺侮了，要报仇？"

"没有的事。"

"我小时候可是成天同人打架，又不中用，打输了，回家就只想学剑仙报仇，杀了这人。如今学剑不成已成仙了，仇人来我就是这样一枪！"

所谓"一枪"者，原来是把烟泡安置在烟斗火口妥当后，双手横递过去的一种事情。这人是真有点仙气的人了。他见到这书记官无人无我的解脱情形，他只能笑。书记官是大约与他无仇恨的，所以就从不曾把烟枪给他。这时，他倒很愿在灯旁靠靠，只要书记官说一声请，就倒下了。

书记官自己吸了一泡烟，喝了一口茶，唱了一声"提起了此马来头大"，摇摇的举起了身子。

他见到这样子，如同见到那火夫相打相扑一样的难受，以为不走可不行了，就告辞。

"要走了。"

"谈谈不好么？"

"想要到别处去看看。"

"要书看不要，这里很多，随便拿几册去。"

"不想看书，有别的事要做。"

"不看书是好的，像你这样年纪，应当做一点不庄重的事情，应当做点冒险心跳事情，才合乎情调。告给我，在外面是不是也看上过什么女子没有？若是有了，我是可以帮忙的，我极会做媒，请到我的事总不至于失败。"

"将来看，或者有事情要麻烦书记官的。"

"我很有人麻烦我服务，我的副兵早看透了我，处处使我为难，也奈何他不得。"

"书记官，那再会。"

"好，明天会。"

他于是从那嵌有"人相"二字匾额的门后下楼了，书记官送到楼口，还说明天再见。

他下了楼，天气仍然很早，离入夜总还有三点钟。

今天的天气真似乎特别了，完全不像往天那么容易过去，他在太阳下再来想想消磨这下半日的方法，又走到一个洗衣处去还账。到了洗衣服那人家，正见到书记官的小副兵从那屋里出来，像肚中灌了三两杯老酒，走路摇摇摆摆，送出大门的是那个洗衣妇人。将要分手，这小副兵望了一望，见无上司，就同妇人亲了一个嘴。妇人关上腰门，副兵赶快的走了，他慢慢的才走过去拍门。妇人出来开门，见到来的是长得整齐出众的人物来了，满脸堆笑，问是洗了些什么衣，什么号码。

"不是衣，我来还你点钱，前些日子欠下的。"

"副爷要走了吗？"

"不。因为手边有钱，才想到来还你的！"

"点点儿衣服那算什么事？"

"应当要送的。"

"什么应当不应当，……"妇人一面说，一面系裤子，裤子是不是松了，还是故意，他是不明白的。但因为往上提的缘故，他见出这妇人穿的汗衣是紫的颜色了。

单看到这妇人眉眼的风情，他就明白书记官那不到十五岁年龄的小护兵，为什么迟迟不回营的理由了。他明白这妇人是同样的如何款待了营中许多年青人的。他记起书记官说的笑话，对于这妇人感到一种厌烦，不再说什么话，就把应当给她的四百钱掏出，放到这人家门边一条长凳上，扬长的走了。

奇怪得很的是天还那样早，望它即刻就夜简直是办不到的事。他应当找一点能够把时间忘去的事情做做，赌博以及别的如像那书记官副兵做的事，都是很不错的，可惜他又完全不熟。记起那提裤子的丑像，他就同时想起一些肮脏的、有不好气味的、稀糟的、不受用的东西。

兵士的揪打，火夫的戏谑，书记官的烟枪，洗衣妇人的裤，都各有其主，非为他而预备得如此周全。在往日，这一切，似乎还与他距离极近，今天则仿佛已漠不相关了。

他数了一数板袋中所有的钱，看够不够买半斤糖的数目，钱似乎还多，就走到庙前大街去。

大街上，南食店杂货店酒店铺柜里，都总点缀了一两个长官之类。照例这种地方是不缺少一个较年青的女当家人，陪到大爷们谈话剥瓜子的。部中人员既日无所事事，来到这种地方，随意的调笑，随意的吃红枣龙眼以及点心，且一面还可造福于店主，因为有了这种大爷们的地方，不规矩的兵士就不敢来此寻衅捣乱，军队原就是保国保民的，如此一来岂不是两全其美。

副官，军法，参谋，交际员，军需，司务长，营副，营长，支队长，大队长……若是有人要知道驻在此地的一个抚匪司令部的组织，不必去找取职员名册，只要从街南到街北，排家铺子一问，就可以清清楚楚了。他们每天无事可做，少数是在一种热情的赌博中消磨了长日，多数是各不缺少一种悠暇的情趣坐在这铺柜中过日子的。他们薪水不多却不必用什么钱。他们只要高兴，三五个结伴到乡下去，借口视察地形或调查人口，团总之类总是预备得很丰盛的馔肴来款待的。他们同本地小绅士往来，在庆吊上稍稍应酬，就多了许多坐席的机会。他们都能唱一两则京戏，或者《卖马》，或者《教子》，或者《空城计》与《滑油山》，其中嗓子宏亮的实不乏其人，在技术上，也有一着衣冠走上台去，就俨然有余叔岩装刘备的神气的。他们吃醉了酒，平素爱闹的，就故意寻衅吵一会儿，或者与一个同僚稍稍动点武，到明天又同在一桌喝酒，前嫌也就冰释了。

总之他们是快乐的，健康的，不容易为忧愁打倒，也不容易害都会中人杂病的。

他在一个槽坊发现了军法长，在一个干鱼店又发现了交际长同审计员，在一个卖毛铁字号却遇到三个司书生。不明白他们情形的，还会以为是这人家的中表亲，所以坐在铺子里喝茶谈天，不拘内外。

他不能不笑。

他到了他所要到的那个糖铺门前，要进去，就听见里面有人喊闹，又有人劝，原来正有许多人坐在堂屋中猜拳吃酒。他装作无心的样子慢慢走近这铺子，看到三个上司在里面，就索性走过这一家了。

一切空气竟如此调和，见不出一点不妥当，见不出一点冲突。铺子里各处有军官坐下，街上却走着才从塘里洗澡回来的鸭子，各个扁着嘴呷呷的叫，拖拖沓沓的在路中心散步，一振翅则雨点四飞，队伍走过处石板上留下无数三角形脚迹。全街除了每一处都有机会嗅闻得到大烟香味外，还有间数家一个豆腐铺，泡豆子的臭水流到街上，发着异味，有白色泡沫同小小的声音。

不知从什么地方而来，来到这里解送犯人的，休息在饭馆里。三五个全副武装的朋友蹲到灶边烘草鞋。犯人露出无可奈何的颜色，两手被绳子反缚，绳的一端绑在烧火凳上或廊柱上。饭店主人口上勾着长烟袋，睥睨犯人或同副爷谈天。

求神保佑向神纳贿的人家，由在神跟前当差的巫师，头包了大红绸巾，双手持定大雄鸡的身，很野蛮的一口把鸡头咬下，红血四溢，主人一见了血便赶忙用纸钱蘸血，且拔鸡胸脯毛贴到大门上，于是围着观看的污浊小孩，便互相推挤，预备抢爆仗。

街上卖汤圆的，为一些兵士所包围，生意忙到不知道汤圆的数目，大的桶锅内浮满了白色圆东西，只见他用漏瓢忙舀。

……

一切都快与他离开了。这一切一切，往日似乎全疏忽过去，今天见到为一种新的趣味所引起，他在一种悒郁中与这些东西告别了。

他又不买糖了，走到溪边去。果然如书记官所说，溪中桃花水新涨，鱼肥了。许多上年纪的老兵蹲在两岸钓鱼，桥头上站了许多人看。老兵的生活似乎比其他人更闲暇了，得鱼不得鱼倒似乎满不在乎，他们像一个猫蹲到岸旁，一心注意到钓竿的尖与水面的白色浮子。天气太暖和了，他们各把大棉袄放到一旁，破烂的军服一脱，这些老兵纯农民的放逸的与世无关的精神又见出了。过年了他们吃肉，水涨了他们钓鱼，夜了睡觉，他们并不觉得他们与别人是住在两个世界。

他就望到这些老兵，一个一个望去，溪的一带差不多每两株杨柳间便有一个这样人物。一体的静镇，除了水在流，全没有声音。间或从一个人口里喷出一口烟，便算是在鱼以外分了这种人心的事情了。

鱼上钩了，拨剌着，看的人拍着手，惊呼着，被钩着了嘴巴的鱼也像本来可以说话的东西，在这种情形下不开口了，在一个老兵手上默默的挣扎一番，随后便被掷到安置到水边的竹篓里去，自己在篓中埋怨自己去了。

太阳又光明又暖和，他感到不安。

他看了一阵这些用命运为注，在小铁钩蚯蚓上同鱼赌博的人，又看了看天上的太阳，还想走。

走到什么地方去？

没有可走的。他从水记起水闸，他听到水车的声音，就沿溪去看成天转动的那水磨。

他往日就欢喜这地方。这里有树，有屋，上了年纪的古树同用石头堆起的老磨坊，身上爬满了秋老虎藤，夏天则很凉快，冬天又可以看流水结成的冰柱。如今是三月，山上各处开遍映山红花，磨坊边坎上一株桃，也很热闹的缀上淡红的花朵了。他走到磨坊里面去，预备看那水磨。这东西正转动着，像兵士下操作跑步走，只听到脚步声音。小小的房子各处飞着糠灰，各处摆有篓筐。他第一眼望到的还是那个顶相熟的似乎比这屋子还年老一点的女主人，这个人不拘在什么时候都是一身糠灰，正如同在豆粉里打过滚的汤圆一样，她在追赶着转动的石碾，用大扫帚扑打碾上的米糠，也见到了他。

她并不歇气，只大声的说："成副爷，要小鸡不要？我的鸡孵出了！"于是，她放下了扫帚，走出了磨坊，引他到后面坪里去看鸡窠。

他笑着，跟了这妇人走上坎去。

他见到小鸡了，由这妇人干瘪瘪的手从那一个洋油箱里抓出两只小鸡来，只是吱吱的叫，穿的是崭新淡黄色细茸茸的毛衣褂，淡白的嘴巴，淡白的脚，眼睛光光的像水泡。这小东西就站在他手心里，不知道害怕也不知道顽皮。

"带四只回去，过五天就行了，我为你预备得有小笼。"

"……"

"它能吃米头了，可以试。"

"……"

"要花的要白的？这里是一共二十六只，我答应送杨副爷四只，他问我要过。你的我选大的。"

他找不出话可说，他又不说要又不说不要。他在这里，什么都是他的了，太阳，戏台，书记官，糖，狗肉，钓鱼，以至于鸡，要什么有什么。可是到明天后天，他要这些有什么用处？好东西与好习惯他不能带走，他至多只能带走一些人的好情分，他将忍苦担心走七天八天的路，就是好情分带得太多，也将妨碍了他走路的气力。

他只能对这老妇人笑。

一种说不分明的慈爱，一种纯母性的无所求的关心，都使他说不出话。此后过三天五天，到知道了人已逃走，将感到如何寂寞，他是不敢替她设想的。他只静静的望这个妇人的白发，同脸，同身体。

可怜的人，她的心枯了，像一株空了心的老树，到了春天，还勉强要在枝上开一朵花，生一点叶。她是在爱这个年青人，像母亲祖母一般的愿意在少年人心中放上一点温柔，一点体恤，与一点……

他望到这妇人就觉到无端忧愁。

他重复与老妇人回到磨坊。他问她可不可以让他折一枝桃花。

"欢喜折就折，过几天就要谢了。"

"今年这花开得特别好，见了也舍不得折了。"

"不折也要谢，这花树他们副爷是折了不少的，你看，那大一点的桠枝。我这老婆子还要什么花，要折就折，我尽他们欢喜！"

"那我来折一小枝。"

他就攀那树，花折得了，他拿在手，道了谢。

"你什么时候来拿鸡？"

"过一会吧。"

老妇人就屈指数："今天初六，初七，初八……到十一来好了，慢了恐怕他们争到要，就拿完了。"

"你告给他们说我要了，就不会强取了。"

"好好，那样吧，明天你再来看它们吃米，它们认得出熟人，当真的！"

他走了，妇人还在絮絮的嘱咐，不知为什么缘故，他忽然飞跑着了，妇人就在后面大声说小心小心。

天夜了。

正如属于北方特有的严冬白雪的瑰丽，是南国乡镇季春的薄暮。

生养一切的日头落到山后去了。

太阳一没天气就转凉了，各处是喇叭声音。站到小山上去看，就可见到从洞中，从人家烟囱里，从山隈野火堆旁，滋育了种子，仿佛淡牛奶一样的白色东西，流动着，溜泻着，浮在地面，包围了近山的村落，纠缠于林木间。这是雾。自由而顽皮的行止，超越了诗人想象以上的灵动与美丽。

与大地乳色烟霭相对比的，是天边银红浅蓝的颜色，缓缓的在变。有些地方变成深紫了，因此远处的山也在深紫中消失了。

喇叭的声音，似有多处，又似只有一处，扬扬的，忧郁的，不绝的在继续。

他能想到的，是许多人在这时候已经在狗肉锅边围成一圈，很勇敢的下箸了。他想到许多相熟的面孔，为狗肉、烧酒以及大碗的白米饭所造成的几乎全无差异的面孔。他知道这时火夫已无打架的机会，正在锅边烧火了。他知道书记官这时必定正在为他那副兵说剑仙采花的故事。他知道钓鱼的老兵有些已用小刀刮他所得大鱼的鳞甲了。他知道水碾子已停止唱歌，老妇人已淘米煮饭了。

他望镇上，镇上大街高墙上的鸱头与烟囱，各处随意的矗起，喇叭的声音就像从这些东西上面爬过，又像那声音的来源就出于这些口中。他又望远处，什么地方正在焚柴敬神，且隐隐听到锣鼓声音。

他有一种荒山的飞鸟与孤岛野兽的寂寞，心上发冷，然而并不想离开此地。

似乎不能自立，似乎不能用"志气"一类不可靠的东西把懦弱除去，似乎需要帮助或一种鼓励才能生活，他觉到了。

他用右手去摸坐着的那坚硬的岩石，石头发着微温，还含着日间的余热，他笑着，把左手，也放到那石上。

今天已经完了。

本篇发表于 1930 年 7 月 10 日《小说月报》。署名沈从文。

心眼睛一闭,「吃的喝的,金山苹果,美的稿子!徐悲鸿亡魂捉你狠!

大方了再好剥我的皮,因为但蒲本已凤皇,必需彩画的你翼信,再望得偏原谅。你收到这信时,理我已闹凉中。我要你们为少带峰东西来,後怕到这信起

下了,你睡,多美露!

你一峰子

你二峰

即安宁。

廿五日晚好

萧 萧

乡下人吹唢呐接媳妇，到了十二月是成天有的事情。

唢呐后面一顶花轿，两个伕子平平稳稳的抬着，轿中人被铜锁锁在里面，虽穿了平时不上过身的体面红绿衣裳，也仍然得荷荷大哭。在这些小女人心中，做新娘子，从母亲身边离开，且准备做他人的母亲，从此必然将有许多新事情等待发生。像做梦一样，将同一个陌生男子汉在一个床上睡觉，做着承宗接祖的事情。这些事想起来，当然有些害怕，所以照例觉得要哭，就哭了。

也有做媳妇不哭的人。萧萧做媳妇就不哭。这女人没有母亲，从小寄养到伯父种田的庄子上，终日提个小竹兜箩，在路旁田坎捡狗屎。出嫁只是从这家转到那家。因此到那一天，这女人还只是笑。她又不害羞，又不怕，她是什么事也不知道，就做了人家的新媳妇了。

萧萧做媳妇时年纪十二岁，有一个小丈夫，年纪三岁。丈夫比她年少九岁，还在吃奶。地方规矩如此，过了门，她喊他做弟弟。她每天应做的事是抱弟弟到村前柳树下去玩，到溪边去玩。饿了，喂东西吃；哭了，就哄他。摘南爪花或狗尾草戴到小丈夫头上，或者连连亲嘴，一面说："弟弟，啵。再来，啵。"在那满是肮脏的小脸上亲了又亲，孩子于是便笑了。孩子一欢喜，会用短短的小手乱抓萧萧的头发。那是平时不大能收拾蓬蓬松松到头上的黄发。有时垂到脑后那条小辫儿被拉，生了气，就挞那弟弟，弟弟自然哇的哭出声来。萧萧便也装成要哭的样子，用手指着弟弟的哭脸，说："哪，不讲理，这可不行！"

　　天晴落雨日子混下去，每日抱抱丈夫，也时常到溪沟里去洗衣，搓尿片，一面还捡拾有花纹的田螺给坐在身边的丈夫玩。到了夜里睡觉，便常常做世界上人所做过的梦，梦到后门角落或别的什么地方捡得大把大把铜钱，吃好东西，爬树，自己变成鱼到水中各处溜扒，或一时仿佛身子很小很轻，飞到天上众星中，没有一个人，只是一片白，一片金光，于是大喊"妈！"人醒了。醒来心里还只是跳。吵了隔壁的人，就骂着："疯子，你想什么！"却不作声，只是咕咕笑着。也有很好很爽快的梦，为丈夫哭醒的事。那丈夫本来晚上在自己母亲身边睡，吃奶方便，但是吃多了奶，或因另外情形，半夜大哭，起来放水拉稀是常有的事。丈夫哭到婆婆不能处置，于是萧萧轻脚轻手爬起床来，眼屎朦胧，走到床边，把人抱起，给他看灯光，看星光；或者仍然啵啵的亲嘴，互相觑着，孩子气的"嗨嗨，看猫呵"那样喊着哄着，于是丈夫笑了。玩一会会，困倦起来，慢慢的阖上眼。人睡定后，放上床，站在床边看着，听远处一传一递的鸡叫，知道天快到什么时候了，于是仍然蜷到小床上睡去。天亮了，虽不做梦，却可以无意中闭眼开眼，看一阵空中变幻无端的葵花。

萧萧嫁过了门，做了拳头大的丈夫小媳妇，一切并不比先前受苦，这只看她半年来身体发育就可明白。风里雨里过日子，像一株长在园角落不为人注意的蓖麻，大叶大枝，日增茂盛。这小女人简直是全不为丈夫设想那么似的长大起来了。

夏夜光景说来如做梦。大家饭后坐到院中心歇凉，挥摇蒲扇，看天上的星同屋角的萤，听南瓜棚上纺织娘咯咯咯拖长声音纺车，远近声音繁密如落雨，禾花风翛翛吹到脸上，正是让人在各种方便中说笑话的时候。

萧萧好高，一个人常常爬到草料堆上去，抱了已经熟睡的丈夫在怀里，轻轻的轻轻的随意唱着那使自己也快要睡去的歌。

在院中，公公婆婆，祖父祖母，另外还有帮工汉子两个，散乱的坐，小板凳无一作空。

祖父身边有个烟包，在黑暗中放光。这用艾蒿做成的烟包，是驱逐长脚蚊得力东西，蜷在祖父脚边，犹如一条黑色长蛇。

想起白天场上的事情，祖父开口说话：

"我听三金说，前天又有女学生过身。"

大家就哄然笑了起来。

这笑的意义何在？只因为大家都知道女学生没有辫子，穿的衣服像洋人，吃的，用的，……总而言之，一想起来就觉得怪可笑！

萧萧不大明白，她不笑。所以老祖父又说话了。他说：

"萧萧，你将来也会做女学生！"

大家于是更哄然大笑起来。

萧萧为人并不愚蠢，觉得这一定是不利于己的一件事情，所以接口便说：

"爷爷，我不做女学生。"

"不做可不行。"

"我不做。"

众口一声的说："非做女学生不行！"

女学生这东西，在本乡的确永远是奇闻。每年热天，据说放"水假"日子一到，便有三三五五女学生，由一个荒谬不经的热闹地方来，到另一个远地方去，取道从本地过身。从乡下人眼中看来，这些人都近于另一世界中活下的人，装扮如怪如神，行为更不可思议。这种人过身时，使一村人都可以说一整天的笑话。

祖父是当地人物，因为想起所知道的女学生在大城中的生活情形，所以说笑话要萧萧也去做女学生。一面听到这话，就感觉一种打哈哈趣味，一面还有那被说的萧萧感觉一种惶恐，说这话的不为无意义了。

女学生由祖父方面所知道的是这样一种人：她们穿衣服不管天气冷暖，吃东西不问饥饱，晚上交到子时才睡觉，白天正经事全不做，只知唱歌打球，读洋书。她们一年用的钱可以买十六只水牛。她们在省里京里想往什么地方去时，不必走路，只要钻进一个大匣子中，那匣子就可以带她到地。她们在学校，男女一处上课，人熟了，就随意同那男子睡觉，也不要媒人，也不要财礼，名叫"自由"。她们也做官，做县官，带家眷上任，男子仍然喊做老爷，小孩子叫少爷。她们自己不养牛，却吃牛奶羊奶，如小牛小羊，买那奶时是用铁罐子盛的。她们无事时到一个唱戏地方去，那地方完全像个大庙，从衣袋中取出一块洋钱来（那洋钱在乡下可买五只母鸡），买了一小方纸片儿，拿了那纸片到里面去，就可以坐下看洋人扮演影子戏。她们被冤了，不赌咒，不哭。她们年纪有老到二十四岁还不肯嫁人的，有老到三十四五居然还好意思嫁人的。她们不怕男子，男子不能使她们受委屈，一受委屈就上衙门打官司，要官罚男子的款，这笔钱她可以同官平分。她们不洗衣煮饭，有了小孩子，也只花五块钱或十块钱一月，雇人专管小孩，自己仍然整天看戏打牌。……

总而言之，说来都希奇古怪，岂有此理。这时经祖父一为说明，听过这话的萧萧，心中却忽然有了一种模模糊糊的愿望，以为倘若她也是个女学生，她是不是照祖父说的女学生一个样子去做那些事情？不管好歹，做女学生极有趣味，因此一来却已为这乡下姑娘体念到了。

因为听祖父说起女学生是怎样的人物，到后萧萧独自笑得特别久。笑够了时，她说：

"爷爷，明天有女学生过路，你喊我，我要看看。"

"你看，她们捉你去做丫头。"

"我不怕她们。"

"她们读洋书你不怕？"

"我不怕。"

"她们咬人你不怕？"

"也不怕。"

可是这时节萧萧手上所抱的丈夫，不知为什么，在睡梦中哭了，媳妇用做母亲的声势，半哄半吓的说：

"弟弟，弟弟，不许哭，不许哭，女学生咬人来了。"

丈夫还仍然哭着，得抱起各处走走。萧萧抱着丈夫离开了祖父，祖父同人说另外一样话去了。

萧萧从此以后心中有个"女学生"。做梦也便常常梦到女学生，且梦到同这些人并排走路。仿佛也坐过那种自己会走路的匣子，她又觉得这匣子并不比自己跑路更快。在梦中那匣子的形体同谷仓差不多，里面还有小小灰色老鼠，眼珠子红红的。

因为有这样一段经过，祖父从此喊萧萧不喊"小丫头"，不喊"萧萧"，却唤做"女学生"。在不经意中萧萧答应得很好。

乡下里日子也如世界上一般日子，时时不同。世界上人把日子糟蹋，和萧萧一类人家把日子吝惜是同样的，各人皆有所得，各人皆为命定。城市中文明人，把一个夏天完全消磨到软绸衣服精美饮料以及种种好事情上面。萧萧的一家，因为一个夏天的劳作，却得了十多斤细麻，二三十担瓜。

做小媳妇的萧萧，一个夏天中，一面照料丈夫，一面还绩了细麻四斤。这时工人摘瓜，在瓜间玩，看硕大如盆上面满是灰粉的大南瓜，成排成堆摆到地上，很有趣味。时间到摘爪，秋天已来了，院子中各处有从屋后林子里树上吹来的大红大黄木叶。萧萧在瓜旁站定，手拿木叶一束，为丈夫编小小笠帽玩。

工人中有个名叫花狗，抱了萧萧的丈夫到枣树下去打枣子。小小竹竿打在枣树上，落枣满地。

"花狗大，莫打了，太多了吃不完。"

虽这样喊，还不动身。到后，仿佛完全因为丈夫要枣子，花狗才不听话。萧萧于是又警告她那小丈夫：

"弟弟，弟弟，来，不许捡了。吃多了生东西肚子痛！"

丈夫听话，兜了一堆枣子向萧萧身边走来，请萧萧吃枣子。

"姊姊吃，这是大的。"

"我不吃。"

"要吃一颗！"

她两手那里有空！木叶帽正在制边，工夫要紧，还正要个人帮忙！

"弟弟，把枣子喂我口里。"

丈夫照她的命令做事，做完了觉得有趣，哈哈大笑。

她要他放下枣子帮忙捏紧帽边，便于添加新木叶。

丈夫照她吩咐做事，但老是顽皮的摇动，口中唱歌。这孩子原来像一只猫，欢喜时就得捣乱。

"弟弟，你唱的是什么？"

"我唱花狗大告我的山歌。"

"好好的唱给我听。"

丈夫于是就唱下去，照所记到的歌唱：

　　　　天上起云云起花，

　　　　包谷林里种豆荚，

　　　　豆荚缠坏包谷树，

　　　　娇妹缠坏后生家。

　　　　天上起云云重云，

地下埋坟坟重坟，

娇妹洗碗碗重碗，

娇妹床上人重人。

丈夫唱歌中意义全不明白，唱完了就问好不好。萧萧说好，并且问从谁学来的，她知道是花狗教他的，却故意盘问他。

"花狗大告我，他说还有好多歌，长大了再教我唱。"

听说花狗会唱歌，萧萧说：

"花狗大，花狗大，你唱一个歌我听听。"

那花狗，面如其心，生长得不很正气，知道萧萧要听歌，人也快到听歌的年龄了，就给她唱"十岁娘子一岁夫"。那故事说的是妻年大，可以随便到外面做一点不规矩事情；夫年小，只知吃奶，让他吃奶。这歌丈夫完全不懂，懂到一点儿的是萧萧。把歌听过后，萧萧装成"我全明白"那种神气，她用生气的样子，对花狗说：

"花狗大，这个不行，这是骂人的歌！"

花狗分辩说："不是骂人的歌。"

"我明白，是骂人的歌。"

花狗难得说多话，歌已经唱过了，错了赔礼，只有不再唱。他看她已经有点懂事了，怕她回头告祖父，就把话支开，扯到"女学生"。他问萧萧，看不看过女学生习体操唱洋歌的事情。

若不是花狗提起，萧萧几乎已忘却了这事情。这时又提到女学生，她问花狗近来有没有女学生过路。

花狗一面把南瓜从棚架边抱到墙角去，告她女学生唱歌的事情，这些事的来源还是萧萧的那个祖父。他在萧萧面前说了点大话，说他曾经到官路上见过四个女学生，她们都拿得有旗帜，走长路流汗喘气之中仍然唱歌，同军人所唱的一模一样。不消说，这完全是胡诌的笑话。可是那故事把萧萧可乐坏了。

花狗是会说会笑的一个人。听萧萧带着歆羡口气说："花狗大，你膀子真大。"他就说："我不止膀子大。"

"你身个子也大。"

"我全身无处不大。"

到萧萧抱了她的丈夫走去以后，同花狗在一起摘瓜，取名字叫哑叭的，开了平时不常开的口。他说：

"花狗，你少坏点。人家是黄花女，还要等十二年后才圆房！"

花狗不作声，打了那伙计一掌，走到枣树下捡落地枣去了。

到摘瓜的秋天，日子计算起来，萧萧过丈夫家有一年来了。

几次降霜落雪，几次清明谷雨，都说萧萧是大人了。天保佑，喝冷水，吃粗粝饭，四季无疾病，倒发育得这样快。婆婆虽生来像一把剪子，把凡是给萧萧暴长的机会都剪去了，但乡下的日头同空气都帮助人长大，却不是折磨可以阻拦得住。

萧萧十四岁时已高如成人，心却还是一颗胡胡涂涂的心。

人大了一点，家中做的事也多了一点。绩麻纺车洗衣照料丈夫以外，打猪草推磨一些事情也要做。还有浆纱织布：两三年来所聚集的粗细麻和纺就的纱，已够萧萧坐到土机上抛三个月的梭子了。

丈夫已断了奶。婆婆有了新儿子，这五岁儿子就像归萧萧独有了。不论做什么，走到什么地方去，丈夫总跟在身边。丈夫有些方面很怕她，当她如母亲，不敢多事。他们俩实在感情不坏。

地方稍稍进步，祖父的笑话转到"萧萧你也把辫子剪去"那一类事上去了。听着这话的萧萧，某个夏天也看过了一次女学生了，虽不把祖父笑话认真，可是每一次在祖父说过这笑话以后，她到水边去，必用手捏着辫子末梢，设想没有辫子的人那种神气，那点趣味。

因为打猪草，带丈夫上螺蛳山的山阴是常有的事。

小孩子不知事，听别人唱歌也唱歌。一唱歌，就把花狗引来了。

花狗对萧萧生了另外一种心，萧萧有点明白了，常常觉得惶恐。但花狗是男子，凡是男子的美德恶德都不缺少，所以一面使萧萧的丈夫非常欢喜同他玩，一面一有机会即缠在萧萧身边，且总是想方设法把萧萧那点惶恐减去。

山大人小，平时不知道萧萧所在，花狗就站在高处唱歌逗萧萧身边的丈夫；丈夫小口一开，花狗穿山越岭就来到萧萧面前了。

见了花狗，小孩子只有欢喜，不知其他。他原要花狗为他编草虫玩，做竹箫哨子玩，花狗想方法支使他到一个远处去，便坐到萧萧身边来，要萧萧听他唱那使人开心红脸的歌。她有时觉得害怕，不许丈夫走开；有时又像有了花狗在身边，打发丈夫走去也好一点。终于有一天，萧萧就给花狗变成妇人了。

那时节，丈夫走到山下采刺莓去了，花狗唱了许多歌，到后却向萧萧说，我想了你二三年。他又说，我为你睡不着觉。他又说，我赌咒不把这事情告给人。听了这些话仍然不懂什么的萧萧，眼睛只注意到他那一对膀子，耳朵只注意到他最后一句话。末了花狗大便又唱了许多歌给她听，她心里乱了。她要他当真对天赌咒，赌了咒，一切好像有了保障，她就一切尽他了。到丈夫返身时，手被毛毛虫螫伤，肿了一片，走到萧萧身边。萧萧捏紧这一只小手，且用口去呵它，吮它，想起刚才的胡涂，才仿佛明白做了一点胡涂事。

花狗诱她做坏事情是麦黄四月，到六月，李子熟了，她欢喜吃生李子。她觉得身体有点特别，碰到花狗，就将这事情告给他，问他怎么办。

讨论了多久，花狗全无主意。虽以前自己当天赌得有咒，也仍然无主意。这家伙个子大，胆量小。个子大容易做错事，胆量小做了错事就想不出办法。

到后，萧萧捏着自己那条乌梢蛇似的大辫子，想起城里了，她说：

"花狗，我们到城里去过日子，不好么？"

"那怎么行？到城里去做什么？"

"我肚子大了。"

"我们找药去。"

"我想……"

"你想逃？"

"我想逃吗？我想死！"

"我赌咒不辜负你。"

"负不负我有什么用，帮我个忙，拿去肚子里这块肉吧。我害怕！"

花狗不再作声，过了一会，便走开了。不久丈夫从他处回来，见萧萧一个人坐在草地上哭，眼睛红红的，丈夫心中纳罕。看了一会，问萧萧：

"姊姊，为什么哭？"

"不为什么，灰尘落到眼睛里，痛。"

"你瞧我，得这些这些。"

他把从溪中捡来的小蚌小石头陈列萧萧面前，萧萧用泪眼看了一会，笑着说："弟弟，我们要好，我哭你莫告家中。"到后这事情家中当真就无人知道。

第二天，花狗不辞而行，把自己所有的衣裤都拿去了。祖父问同住的哑叭知不知道他为什么走路，走那儿去。哑叭只是摇头，说花狗还欠了他两百钱，临走时话都不留一句，为人少良心。哑叭说他自己的话，并没有把花狗走的理由说明。因此这一家希奇一整天，谈论一整天。不过这工人既不偷走物件，又不拐带别的，这事过后不久自然也就把他忘了。

萧萧仍然是往日的萧萧。她能够忘记花狗，就好了。但是肚子真有些不同了，肚中东西使她常常一个人干发急，尽做怪梦。

她脾气坏了一点，这坏处只有丈夫知道，因为她对丈夫似乎严厉苛刻了好些。

仍然每天同丈夫在一处，她的心，想到的事自己也不十分明白。她常想，我现在死了，什么都好了。可是为什么要死？她还很高兴活下去，愿意活下去。

家中人不拘谁在无意中提起关于丈夫弟弟的话，提起小孩子，提起花狗，都像使这话如拳头，在萧萧胸口上重重一击。

到八月，她担心人知道更多了，引丈夫庙里去玩，就私自许愿，吃了一大把香灰。吃香灰被她丈夫见到了，丈夫说这是做什么事，萧萧就说这是肚痛，应当吃这个。萧萧自然说谎。虽说求菩萨保佑，菩萨当然没有如她的希望，肚子中长大的东西依旧在慢慢的长大。

她又常常往溪里去喝冷水，给丈夫见到了，丈夫问她，她就说口渴。

一切她所想到的方法都没有能够使她与自己不欢喜的东西分开。大肚子只有丈夫一人知道，他却不敢告这件事给父母晓得。因为时间长久，年龄不同，丈夫有些时候对于萧萧的怕同爱，比对于父母还深切。

她还记得那花狗赌咒那一天里的事情，如同记着其他事情一样。到秋天，屋前屋后毛毛虫更多了，丈夫像故意折磨她一样，常常提起几个月前被毛毛虫所螫的话，使萧萧难过。她因此极恨毛毛虫，见了那小虫就想用脚去踹。

有一天，又听人说有好些女学生过路，听过这话的萧萧，睁了眼做过一阵梦，愣愣的对日头出处痴了半天。

萧萧步花狗后尘，也想逃走，收拾一点东西预备跟了女学生走的那条路上城。但没有动身，就被家里人发觉了。

家中追究这逃走的根源，才明白这个十年后预备给小丈夫生儿子继香火的萧萧肚子，已被另一个人抢先下了种。这真是了不得的大事。一家人的平静生活为这件新事全弄乱了。生气的生气，流泪的流泪，骂人的骂人。悬梁，投水，吃毒药，诸事萧萧全想到了，年纪太小，舍不得死，却不曾做。于是祖父想出个聪明主意，把萧萧关在房里，派两人好好看守着，请萧萧本族的人来说话，看是沉潭还是发卖。萧萧家中人要面子，就沉潭淹死，舍不得死就发卖。萧萧既只有一个伯父，在近处庄子里为人种田，去请他时先还以为是吃酒，到了才知是这样丢脸事情，弄得这家长手足无措。

大肚子做证，什么也没有可说。伯父不忍把萧萧沉潭，萧萧当然应当嫁人做二路亲了。

这处罚好像也极其自然，照习惯受损失的是丈夫家里，然而却可以在改嫁上收回一笔钱，当做赔偿损失的数目。那伯父把这事情告给了萧萧，就要走路。萧萧拉着伯父衣角不放，只是幽幽的哭。伯父摇了一会头，一句话不说，仍然走了。

没有相当的人家来要萧萧，就仍然在丈夫家中住下。这件事情既经说明白，倒又像不什么要紧，大家反而释然了。先是小丈夫不能再同萧萧在一处，到后又仍然如月前情形，姊弟一般有说有笑的过日子了。

丈夫知道了萧萧肚子中有儿子的事情，又知道因为这样萧萧才应当嫁到远处去。但是丈夫并不愿意萧萧去，萧萧自己也不愿意去。大家全莫名其妙，像逼到要这样做，不得不做。

在等候主顾来看人，等到十二月，还没有人来。

萧萧次年二月间，坐草生了一个儿子，团头大眼，声响宏壮。大家把母子二人照料得好好的，照规矩吃蒸鸡同江米酒补血，烧纸谢神。一家人都欢喜那儿子。

生下的既是儿子，萧萧不嫁别处了。

到萧萧正式同丈夫拜堂圆房时，儿子年纪十岁，已经能看牛割草，成为家中生产者一员了。平时喊萧萧丈夫做大叔，大叔也答应，从不生气。

这儿子名叫牛儿。牛儿十二岁时也接了亲，媳妇年长六岁。媳妇年纪大，方能诸事做帮手，对家中有帮助。唢呐到门前时，新娘在轿中呜呜的哭着，忙坏了那个祖父，曾祖父。

这一天，萧萧抱了自己新生的月毛毛，却在屋前榆蜡树篱笆间看热闹，同十年前抱丈夫一个样子。

本篇发表于 1930 年 1 月 10 日《小说月报》。署名沈从文。

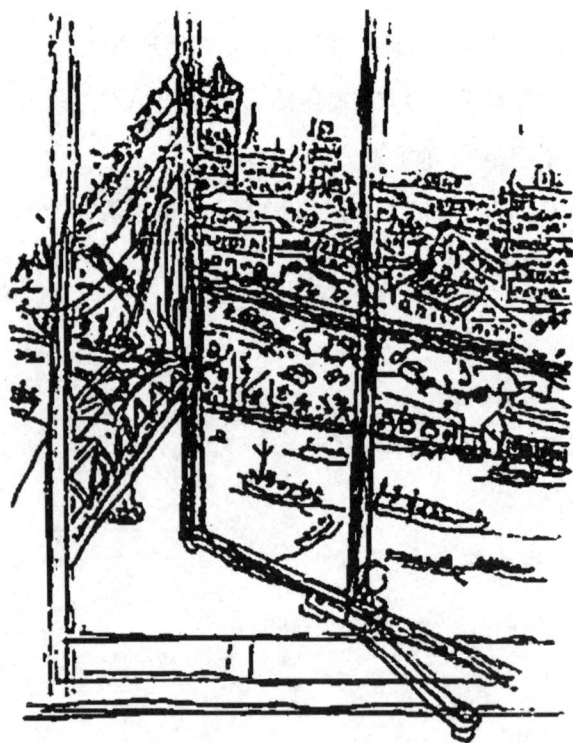

静

　　春天日子是长极了的。长长的白日，一个小城中，老年人不向太阳取暖就是打瞌睡，少年人无事做时皆在晒楼或空坪里放风筝。天上白白的日头慢慢的移着，云影慢慢的移着，什么人家的风筝脱线了，各处便皆有人仰了头望到天空，小孩子都大声乱嚷，手脚齐动，盼望到这无主风筝，落在自己家中的天井里。

　　女孩子岳珉年纪十四岁左右，有一张营养不良的小小白脸，穿着新上身不久长可齐膝的蓝布袍子，正在后楼屋顶晒台上，望到一个从城里不知谁处飘来的脱线风筝，在头上高空里斜斜的溜过去，眼看到那线脚曳在屋瓦上，隔壁人家晒台上，有一个胖胖的妇人，正在用晾衣竹竿乱捞。身后楼梯有小小声音，一个男小孩子，手脚齐用的爬着楼梯，不久一会，小小的头颅就在楼口边出现了。小孩子怯怯的，贼一样的，转动两个活泼的眼睛，不即上来，轻轻的喊女孩子。

"小姨，小姨，婆婆睡了，我上来一会儿好不好？"

女孩子听到声音，忙回过头去。望到小孩子就轻轻的骂着："北生，你该打，怎么又上来？等会儿你姆妈就回来了，不怕骂吗？"

"玩一会儿。你莫出声，婆婆睡了！"小孩重复的说着，神气十分柔和。

女孩子皱着眉吓了他一下，便走过去，把小孩援上晒楼了。

这晒楼原如这小城里所有平常晒楼一样，是用一些木枋，疏疏的排列到一个木架上，且多数是上了点年纪的。上了晒楼，两人倚在朽烂发霉摇摇欲堕的栏杆旁，数天上的大小风筝。晒楼下面是斜斜的屋顶，屋瓦疏疏落落，有些地方经过几天春雨，都长了绿色霉苔。屋顶接连屋顶，晒楼左右全是别人家的晒楼。有晒衣服被单的，把竹竿撑得高高的，在微风中飘飘如旗帜。晒楼前面是石头城墙，可以望到城墙上石罅里植根新发芽的葡萄藤。晒楼后面是一道小河，河水又清又软，很温柔的流着。河对面有一个大坪，绿得同一块大毡茵一样，上面还绣得有各样颜色的花朵。大坪尽头远处，可以看到好些菜园同一个小庙。菜园篱笆旁的桃花，同庵堂里几株桃花，正开得十分热闹。

日头十分温暖，景象极其沉静，两个人一句话不说，望了一会天上，又望了一会河水，河水不像早晚那么绿，有些地方似乎是蓝色，有些地方又为日光照成一片银色。对岸那块大坪，有几处种得有油菜，菜花黄澄澄的如金子。另外草地上，有从城里染坊中人晒得许多白布，长长的卧着，用大石块压着两端。坪里也有三个人坐在大石头上放风筝，其中一个小孩，吹一个芦管唢呐，吹各样送亲嫁女的调子。另外还有三匹白马，两匹黄马，没有人照料，在那里吃草，从从容容，一面低头吃草一面散步。

小孩北生望到有两匹马跑了，就狂喜的喊着："小姨，小姨，你看！"小姨望了他一眼，用手指指楼下，这小孩子懂事，恐怕下面知道，赶忙把自己手掌掩到自己的嘴唇，望望小姨，摇了一摇那颗小小的头颅，意思像在说："莫说，莫说。"

两个人望到马，望到青草，望到一切，小孩子快乐得如痴，女孩子似乎想到很远的一些别的东西。

他们是逃难来的，这地方并不是家乡，也不是所要到的地方。母亲，大嫂，姊姊，姊姊的儿子北生，小丫头翠云，一群人中就只五岁大的北生是男子。胡胡涂涂坐了十四天小小篷船，船到了这里以后，应当换轮船了，一打听各处，才知道××城还在被围，过上海或过南京的船车全已不能开行。到此地以后，证明了从上面听来的消息不确实。既然不能通过，回去也不是很容易的，因此照妈妈的主张，就找寻了这样一间屋子权且居住下来，打发随来的兵士过宜昌，去信给北京同上海，等候各方面的回信。在此住下后，妈妈同嫂嫂只盼望宜昌有人来，姊姊只盼望北京的信，女孩岳珉便想到上海一切。她只希望上海先有信来，因此才好读书。若过宜昌同爸爸住，爸爸是一个军部的军事代表。哥哥也是个军官，不如过上海同教书的第二哥哥同住。可是××一个月了还打不下。谁敢说定什么时候才能通行？几个人住此已经有四十天了，每天总是要小丫头翠云做伴，跑到城门口那家本地报馆门前去看报，看了报后又赶回来，将一切报上消息，告给母亲同姊姊。几人就从这些消息上，找出可安慰的理由来，或者互相谈到晚上各人所做的好梦，从各样梦里，卜取一切不可期待的佳兆。母亲原是一个多病的人，到此一月来各处还无回信，路费剩下来的已有限得很，身体原来就很坏，加之路上又十分辛苦，自然就更坏了。女孩岳珉常常就想到："再有半个月不行，我就进党务学校去也好吧。"那时党务学校，十四岁的女孩子的确是很多的。一个上校的女儿有什么不合式？一进去不必花一个钱，六个月毕业后，派到各处去服务，还有五十块钱的月薪。这些事情，自然也是这个女孩子，从报纸上看来，保留到心里的。

正想到党务学校的章程，同自己未来的运数，小孩北生耳朵很聪锐，因恐怕外婆醒后知道了自己私自上楼的事，又说会掉到水沟里折断小手，已听到了楼下外婆咳嗽，就牵小姨的衣角，轻声的说："小姨，你让我下去，大婆醒了！"原来这小孩子一个人爬上楼梯以后，下楼时就不知道怎么办了的。

女孩岳珉把小孩子送下楼以后，看到小丫头翠云正在天井洗衣，也就蹲到盆边去搓了两下，觉得没什么趣味，就说："翠云，我为你楼上去晒衣吧。"拿了些扭干了水的湿衣，又上了晒楼。一会儿，把衣就晾好了。

这河中因为去桥较远，为了方便，还有一只渡船，这渡船宽宽的如一条板凳，懒懒的搁在滩上。可是路不当冲，这只渡船除了染坊中人晒布，同一些工人过河挑黄土，用得着它以外，常常半天就不见一个人过渡。守渡船的人，这时正躺在大坪中大石块上睡觉，那船在太阳下，灰白憔悴，也如十分无聊十分倦怠的样子，浮在水面上，慢慢的在微风里滑动。

"为什么这样清静？"女孩岳珉心里想着。这时节，对河远处却正有制船工人，用钉锤敲打船舷，发出砰砰庞庞的声音。还有卖针线飘乡的人，在对河小村镇上，摇动小鼓的声音。声音不断的在空气中荡漾，正因为这些声音，却反而使人觉得更加分外寂静。

过一会，从里边有桃花树的小庵堂里，出来了一个小尼姑，戴黑色僧帽，穿灰色僧衣，手上提了一个篮子，扬长的越过大坪向河边走来。这小尼姑走到河边，便停在渡船上面一点，蹲在一块石头上，慢慢的卷起衣袖，各处望了一会，又望了一阵天上的风筝，才从容不迫的，从提篮里取出一大束青菜，一一的拿到面前，在流水里乱摇乱摆。因此一来，河水便发亮的滑动不止。又过一会，从城边岸上来了一个乡下妇人，在这边岸上，喊叫过渡。渡船夫上船抽了好一会篙子，才把船撑过河，把妇人渡过对岸。不知为什么事情，这船夫像吵架似的，大声的说了一些话，那妇人一句话不说就走去了。跟着不久，又有三个挑空箩筐的男子，从近城这边岸上唤渡，船夫照样缓缓的撑着竹篙。这一次那三个乡下人，为了一件事，互相在船上吵着，划船的可一句话不说，一摆到了岸，就把篙子钉在沙里。不久那六只箩筐，就排成一线，消失到大坪尽头去了。

洗菜的小尼姑那时也把菜洗好了，正在用一段木杵，捣一块布或是件衣裳，捣了几下，又把它放在水中去拖摆几下，于是再提起来用力捣着。木杵声音印在城墙上，回声也一下一下的响着。这尼姑到后大约也觉得这回声很有趣了，就停顿了工作，尖锐的喊叫"四林，四林"，那边也便应着"四林，四林"。再过不久，庵堂那边也有女人锐声的喊着"四林，四林"，且说些别的话语，大约是问她事情做完了没有。原来这就是小尼姑自己的名字！这小尼姑事做完了，水边也玩厌了，便提了篮子，故意从白布上面，横横的越过去，踏到那些空处，走回去了。

小尼姑走后，女孩岳珉望到河中水面上，有几片菜叶浮着，傍到渡船缓缓的动着，心里就想起刚才那小尼姑十分快乐的样子。"小尼姑这时一定在庵堂里把衣晾上竹竿了！……一定在那桃花树下为老师傅捶背！……一定一面口中念佛，一面就用手逗身旁的小猫玩！……"想起许多事都觉得十分可笑，就微笑着，也学到低低的喊着"四林，四林"。

过了一会。想起这小尼姑的快乐，想起河里的水，远处的花，天上的云，以及屋里母亲的病，这女孩子，不知不觉又有点寂寞起来了。

她记起了早上喜鹊，在晒楼上叫了许久，心想每天这时候送信的都来送信，不如下去看看，是不是上海来了信。走到楼梯边，就见到小孩北生正轻脚轻手，第二回爬上最低那一级梯子。

"北生你这孩子，不要再上来了呀！"

下楼后，北生把女孩岳珉拉着，要她把头低下，耳朵俯就到他小口，细声细气的说："小姨，大婆吐那个……"

到房里去时，看到躺在床上的母亲，静静的如一个死人，很柔弱很安静的呼吸着，又瘦又狭的脸上，为一种疲劳忧愁所笼罩。母亲像是已醒过一会儿了，一听到有人在房中走路，就睁开了眼睛。

"珉珉，你为我看看，热水瓶里的水还剩多少。"

一面为病人倒出热水调和库阿可斯，一面望到母亲日益消瘦下去的脸，同那个小小的鼻子，女孩岳珉说："妈，妈，天气好极了，晒楼上望到对河那小庵堂里桃花，今天已全开了。"

病人不说什么，微微的笑着。想到刚才咳出的血，伸出自己那只瘦瘦的手来，摸了摸自己的额头，自言自语的说着，我不发烧。说了又望到女孩温柔的微笑着。那种笑是那么动人怜悯的，使女孩岳珉低低的嘘了一口气。

"你咳嗽不好一点吗？"

"好了好了，不要紧的，人不吃亏。早上吃鱼，喉头稍稍有点火，不要紧的。"

这样问答着，女孩便想走过去，看看枕边那个小小痰盂。病人明白那个意思了，就说："没有什么。"又说，"珉珉你站到莫动，我看看，这个月你又长高了！"

女孩岳珉害羞似的笑着："我不像竹子吧，妈妈。我担心得很，人太长高了要笑人的！"

静了一会。母亲记起什么了。

"珉珉我做了个好梦，梦到我们已经上了船，三等舱里人挤得不成样子。"

其实这梦还是病人捏造的，因为记忆力乱乱的，故第二次又来说着。

女孩岳珉望到母亲同蜡做成一样的小脸，就勉强笑着："我昨晚当真梦到大船，还梦到三毛老表来接我们，又觉得他是福禄旅馆接客的招待，送我们每一个人一本旅行指南。今早上喜鹊叫了半天，我们算算看，今天会不会有信来。"

"今天不来明天应来了！"

"说不定自己会来！"

"报上不是说过，十三师在宜昌要调动吗？"

"爸爸莫非已动身了！"

"要来，应当先有电报来！"

两人故意这样乐观的说着，互相哄着对面那一个人，口上虽那么说着，女孩岳珉心里却那么想着："妈妈病怎么办？"病人自己也心里想着："这样病下去真糟。"

姊姊同嫂嫂，从城北卜课回来了，两人正在天井里悄悄的说着话。女孩岳珉便站到房门边去，装成快乐的声音："姊姊，大嫂，先前有一个风筝断了线，线头搭在瓦上曳过去，隔壁那个妇人，用竹竿捞不着，打破了许多瓦，真好笑！"

姊姊说："北生你一定又同小姨上晒楼了，不小心，把脚摔断，将来成跛子！"

小孩北生正蹲到翠云身边，听姆妈说到他，不敢回答，只偷偷的望到小姨笑着。

女孩岳珉一面向北生微笑，一面便走过天井，拉了姊姊往厨房那边走去，低声的说："姊姊，看样子，妈又吐了！"

姊姊说："怎么办？北京应当来信了！"

"你们抽的签？"

姊姊一面取那签上的字条给女孩，一面向蹲在地下的北生招手，小孩走过身边来，把两只手围抱着他母亲，"娘，娘，大婆又咯咯的吐了，她收到枕头下！"

姊姊说："北生我告你，不许到婆婆房里去闹，知道么？"

小孩很懂事的说："我知道。"又说："娘，娘，对河桃花全开了，你让小姨带我上晒楼玩一会儿，我不吵闹。"

姊姊装成生气的样子，"不许上去，落了多久雨，上面滑得很！"又说，"到你小房里玩去，你上楼，大婆要骂小姨！"

这小孩走过小姨身边去，捏了一下小姨的手，乖乖的到他自己小卧房去了。

那时翠云丫头已经把衣搓好了，且用清水荡过了，女孩岳珉便为扭衣裳的水，一面做事一面说："翠云我们以后到河里去洗衣，可方便多了！过渡船到对河去，一个人也不有，不怕什么吧。"翠云丫头不说什么，脸儿红红的，只是低头笑着。

病人在房里咳嗽不止，姊姊同大嫂便进去了。翠云把衣扭好了，便预备上楼。女孩岳珉在天井中看了一会日影，走到病人房门口望望。只见到大嫂正在裁纸，大姊姊坐在床边，想检察那小痰盂，母亲先是不允许，用手拦阻，后来大姊仍然见到了，只是摇头。可是三个人皆勉强的笑着，且故意想从别一件事上，解除一下当前的悲戚处，于是说到一个很久远的故事。到后三人又商量到写信打电报的事情。女孩岳珉不知为什么，心里尽是酸酸的，站在天井里，同谁生气似的，红了眼睛，咬着嘴唇。过一阵，听到翠云丫头在晒楼说话：

"珉小姐，珉小姐，你上来，看新娘子骑马，快要过渡了！"

又过一阵，翠云丫头于是又说：

"看呀，看呀，快来看呀，一个一块瓦的大风筝跑了，快来，快来，就在头上，我们捉它！"

女孩岳珉抬起来了头，果然从天井里也可以望到一个高高的风筝，如同一个吃醉了酒的巡警神气，偏偏斜斜的滑过去，隐隐约约还看到一截白线，很长的在空中摇摆。

也不是为看风筝，也不是为看新娘子，等到翠云下晒楼以后，女孩岳珉仍然上了晒楼了。上了晒楼，仍然在栏杆边傍着，眺望到一切远处近处，心里慢慢的就平静了。后来看到染坊中人在大坪里收拾布匹，把整匹白布折成豆腐干形式，一方一方摆在草上，看到尼姑庵里瓦上有烟子，各处远近人家也都有了烟子，她才离开晒楼。

下楼后，向病人房门边张望了一下，母亲同姊姊三人皆在床上睡着了。再到小孩北生小房里去看看，北生不知在什么时节，也坐在地下小绒狗旁睡着了。走到厨房去，翠云丫头正在灶口边板凳上，偷偷的用无敌牌牙粉，当成水粉擦脸。女孩岳珉似乎恐怕惊动了这丫头的神气，赶忙走过天井中心去。

这时听到隔壁有人拍门，有人互相问答说话。女孩岳珉心里很希奇的想到："谁在问谁？莫非爸爸同哥哥来了，在门前问门牌号数吧？"这样想到，心便骤然跳跃起来，忙匆匆的走到二门边去，只等候有什么人拍门拉铃子，就一定是远处来的人了。

可是，过一会儿，一切又都寂静了。

女孩岳珉便不知所谓的微微的笑着。日影斜斜的，把屋角同晒楼柱头的影子，映到天井角上，恰恰如另外一个地方，竖立在她们所等候的那个爸爸坟上一面纸制的旗帜。

本篇发表于 1932 年 5 月 1 日《创化》。

沈从文（1902－1988）

著名作家，历史文物研究学者。

湖南凤凰县人，苗族。

早年投身行伍，1924 年开始文学创作。

作品有小说《边城》《长河》，散文《从文自传》《湘行散记》等。

曾两度被提名为诺贝尔文学奖候选人。

"我轻视天才，却愿意人明白我在写作方面是个如何用功的人。"

书中彩插为林田"春见"主题画，
内文黑白画为沈从文速写真迹。

图书在版编目（CIP）数据

在春天，去看一个人 / 沈从文著 . – 南昌：百花
洲文艺出版社，2017.7（2022.5 重印）
　　ISBN 978-7-5500-2282-9

　　Ⅰ . ①在… Ⅱ . ①沈… Ⅲ . ①短篇小说 – 小说集 – 中
国 – 现代 Ⅳ . ① I246.7

中国版本图书馆 CIP 数据核字（2017）第 156575 号

在春天，去看一个人
ZAI CHUNTIAN QU KAN YI GE REN

沈从文 著

责任编辑	胡志敏
监　制	黄　利　万　夏
特约编辑	曹莉丽　鞠媛媛
营销支持	曹莉丽
插　画	林　田
封面设计	紫图图书 ZITO®
出版发行	百花洲文艺出版社
社　址	南昌市红谷滩世贸路 898 号博能中心 1 期 A 座 20 楼
邮　编	330038
经　销	全国新华书店
印　刷	艺堂印刷（天津）有限公司
开　本	880mm×1230mm　1/32
印　张	10.5
版　次	2017 年 7 月第 1 版
印　次	2022 年 5 月第 6 次印刷
字　数	200 千字
书　号	ISBN 978-7-5500-2282-9
定　价	58.00 元

赣版权登字 05-2017-246
发行电话 010-84798009
网　址 http://www.bhzwy.com
图书若有印装错误，影响阅读，可向承印厂联系调换。